KB097492

하루 15분 고전과 친밀해지는 시간

문학줍줍의 고전문학 플레이리스트 41

하루 15분 고전과 친밀해지는 시간
문학줍줍의 고전문학 플레이리스트 41
—
2022년 4월 01일 1판 1쇄 인쇄
2022년 4월 11일 1판 1쇄 발행
—
지은이 문학줍줍
펴낸이 이상훈
펴낸곳 책밥
주소 03986 서울시 마포구 동교로23길 116 3층
전화 번호 02-582-6707
팩스 번호 02-335-6702
홈페이지 www.bookisbab.co.kr
등록 2007.1.31. 제313-2007-126호
—
기획·진행 권경자
디자인 디자인허브
—
ISBN 979-11-90641-71-5 (03800)
정가 17,000원

책밥은 (주)오렌지페이퍼의 출판 브랜드입니다.

하루 15분 고전과 친밀해지는 시간

문학줍줍의 고전문학 플레이리스트 41

한 손에 쥐고 한 숨에 보는
북튜버 〈문학줍줍〉의
고전문학 독서노트

+

《안나 카레니나》 / 레프 톨스토이
《오만과 편견》 / 제인 오스틴
《브람스를 좋아하세요...》 / 프랑수아즈 사강
《연인》 / 마르그리트 뒤라스
《카라마조프 씨네 형제들》 / 표도르 도스토예프스키
《부덴브로크가의 사람들》 / 토마스 만
《백년 동안의 고독》 / 가브리엘 가르시아 마르케스
《지킬 박사와 하이드 씨》 / 로버트 루이스 스티븐슨
《오페라의 유령》 / 가스통 르루
《변신》 / 프란츠 카프카
《이반 일리치의 죽음》 / 레프 톨스토이
《사람은 무엇으로 사는가》 / 레프 톨스토이
《신곡》 / 단테 알리기에리
《레 미제라블》 / 빅토르 위고
《멋진 신세계》 / 올더스 헉슬리
《그들》 / 조이스 캐롤 오츠
《서부전선 이상없다》 / 에리히 레마르크
《무기여 잘 있거라》 / 어니스트 헤밍웨이
《전쟁과 평화》 / 레프 톨스토이
《누구를 위하여 종은 울리나》 / 어니스트 헤밍웨이
《일리아스》 / 호메로스
《노인과 바다》 / 어니스트 헤밍웨이
《야간 비행》 / 앙투안 드 생텍쥐페리
《세일즈맨의 죽음》 / 아서 밀러
《데미안》 / 헤르만 헤세
《마담 보바리》 / 귀스타브 플로베르
《이방인》 / 알베르 카뮈
《죄와 벌》 / 표도르 도스토예프스키
《해저 2만리》 / 쥘 베른
《걸리버 여행기》 / 조나탄 스위프트
《로빈슨 크루소》 / 대니얼 디포
《톰 소여의 모험》 / 마크 트웨인
...

문학줍줍 지음

책밥

"문학 작품을 왜 읽어야 하는가?" 문학 작품을 좋아하든 아니든 누구나 한번쯤 생각해봤을 법한 질문이다. 문학 작품, 특히 소설이나 희곡 등은 작가의 창작에 의한 허구의 이야기를 토대로 하기 때문에 이를 읽는 것이 무슨 의미가 있을까 고민하게 되는 것 또한 어쩌면 당연한 일이다. 하루가 다르게 급변하는 현실의 삶 속에서 변화를 따라가는 것만으로도 버거운 현대인들에게 문학 작품 속 이야기는 더욱 공허하게 느껴질지도 모르겠다. 20대 초반의 나 역시 마찬가지였다. 문학 작품들을 읽을 바에는 트렌드에 맞게 무섭게 쏟아져 나오는 경제경영서, 자기계발서, 각종 실용서를 한 권이라도 더 읽는 것이 남는 것이라 생각했다. 그랬던 내가 문학에 대해 달리 생각하게 된 계기는 책장 한 구석에 꽂혀 있던 낡은 책《바람과 함께 사라지다》를 우연히 접하게 되면서부터였다. 주인공 스칼렛 오하라가 수많은 고난을 겪으면서도 "어쨌든 내일도 또 다른 하루가 아닌가"라고 말하며 희망을 잃지 않는 모습이 내 마음을 움직였다. 그 후로 나는 여러 문학 작품들을 탐독하며 '이야기가 가지는 힘'에 대해 뼛속 깊이 느끼게 되었다.

'이야기가 가지는 힘'이란, 이야기를 통해 인간이란 어떤 존재인지, 우리가 살고 있는 사회는 어떤 모습이어야 하는지를 스스로 생각하게 만드는 힘을 말한다. 우리는 소설 또는 희곡 같은 문학 작품 속 인물을 통해 인간이 가지고 있는 다양한 모습을 목격한다. 그러면서 자연스럽게 등장인물의 말과 행동, 생각과 감정에 공감하기도 하고 때로는 비판적 의견을 피력하기도 할 것이다. 또한 그 과정에서 시대적, 문화적 차이를 뛰어넘는 인간의 보편적 특성을 발견함과 동시에 인간이 갖춰야 할 기본에 대해 생각할 기회를 만나기도 한다.

그런가 하면 작가와 그가 남긴 문학 작품은 시대의 산물이기도 하다. 그만큼 작가가 살았던 사회의 영향을 많이 받게 마련이다. 이를 토대로 우리는 당시 사회의 모습을 단편적으로나마 머릿속에 재구성해볼 수 있을 뿐만 아니라 지금 사회의 모습이나 우리가 생각하는 이상적인 사회상을 비교하며 사회가 어떤 모습이이아 하는지도 생각해볼 수 있다. 그렇기 때문에 문학 작품은 어떤 철학서보다 더 철학적일 수도 있고, 어떤 역사서보다 더 사료적 가치가 클 수도 있다.

이 책은 그동안 읽은 다양한 작품 중에서 내게 깊은 울림을 준 41개 작품에 대한 설명과 생각을 담고 있다. 어떤 작품은 사랑과 결혼에 대한 내용을 주로 보여주기도 하고, 또 어떤 작품은 한 인간의 삶과 죽음, 그리고 성장과 방황에 대한 이야기를 다루고 있기도 하다. 그런가 하면 거대한 역사의 흐름 속에서 드러나는 한 인간의 모습을 담아낸 작품도 있고, 한 집안에서 벌어지는 이야기를 그린 작품도 있다. 저마다 각기 다른 주제와 소재를 다루고 있지만 나는 이 책에서 앞서 말한 두 가지 관점으로 작품들을 바라보았다. 그중 하나는 '인간의 복잡하고 다양한 모습 중에서 작품이 포착한 인간의 모습은 어떤 것인지', 다른 하나는 '작품이 진단하는 사회의 현실, 그리고 이상적인 사회상은 무엇인지'다. 독자들도 이 책에서 소개하는 문학 작품을 통해 이 두 가지 물음에 대한 해답을 찾아본다면 좀 더 풍성하고 의미 있는 독서가 될 수 있으리라 확신한다.

차례

1장

사랑과 결혼에 대해
다시 생각해보다

《안나 카레니나》 / 레프 톨스토이

《오만과 편견》 / 제인 오스틴

《브람스를 좋아하세요...》 / 프랑수아즈 사강

《연인》 / 마르그리트 뒤라스

《독일인의 사랑》 / 프리드리히 막스 뮐러

잘못된 사랑의 돌이킬 수 없는 결과

《안나 카레니나》
Anna Karenina

레프 톨스토이
Lev Nikolayevich Tolstoy

톨스토이,
금단의 사랑에 경종을 울리다

‡

1828년 러시아 남부 야스나야 폴랴나에서 태어난 톨스토이는 19세기 러시아를 대표하는 작가이자 사상가로 꼽힌다. 젊은 시절의 톨스토이는 부모가 남긴 많은 유산 중 자신의 몫이 된 영지 야스나야 폴랴나에서 농노들을 대상으로 파격적인 개혁 실험을 하는 이상주의자의 삶을 살면서도 동시에 쾌락에 탐닉하는 이중적인 모습을 보인다.

군인이었던 형을 따라 장교로 입대한 그는 그 시절 첫 소설《유년 시절Детство》을 선보이며 지금 우리가 알고 있는 작가로서의 길을 걷는다. 특히 톨스토이가 말년에 남긴 작품들은 인간의 삶과 죽음, 그리고 종교를 통한 구원 등 보편적인 주제에 대한 작가의 깊은 성찰을 담고 있어 지금까지도 많은 독자들의 공감을 얻고 있다.

1877년에 발표된《안나 카레니나》는 톨스토이가 3년에 걸쳐 집필한 대작으로 19세기 당시 러시아 상류 사회의 사랑과 결혼, 가정생활, 그리고 여성에 대한 인식과 사회적 지위가 어떠했는지를 엿볼 수 있는 작품이다. 작가는 이 소설에서 안나와 브론스키, 레빈과 키티 등 두 커플의 모습을 의도적으로 대조해 보여주면서 이상적인 가정이란 어떤 모습인가를 생각하게 한다. 작품에서 톨스토이는 자극적이지만 끝내 불행한 결말을 맞게 된 안나와 브론스키의 관계를 이상적으로 바라보지는 않았다. 톨스토이가 작품의 에피그라프(epigraph, 제명)로 삼은 성경 구절 '복수는 내가 하리라. 내 이를 보복하리'는 이들의 사랑이 용서받을 수 없는 것이라는 자신의 생각을 드러낸 것이며, 안나의 끔찍한 최후는 이런 금단의 사랑을 꿈꾸는 사람들에 대한 작가의 경고가 아닐까 하는 느낌마저 들게 한다.

톨스토이는 이상적인 부부의 모습을 보여주는 레빈과 키티에게 자신과 아내의 결혼생활을 투영했던 것으로 알려져 있는데, 그들이 영지에서 보여주는 생활을 보면 톨스토이와 그의 아내 소피아의 생활을 유추해볼 수 있을 것이다. 지금도 러시아 모스크바에 남아 있는 톨스토이의 저택에서는 두 사람의 사진을 확인할 수 있다.

한 손에 쥐고
단숨에 읽는 작품 속으로

‡

등장인물과 그들의 관계

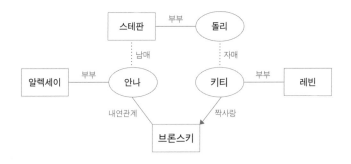

엇갈린 사랑

주인공 안나 카레니나의 오빠 스테판은 최근 곤란한 상황에 처했다. 자신의 외도가 아내 돌리에게 발각되었기 때문이다. 돌리로서는 쉽게 남편의 부정을 용서하기 어려웠고 부부 사이는 파국으로 치닫고 있었다. 이런 상황에 스테판의 동생 안나가 방문하기로 한다. 한편 스테판에게는 레빈이라는 친구가 있었는데 그는 돌리의 동생 키티를 짝사랑하고 있었다. 그는 자신의 친구이자 키티의 형부인 스테판을 찾아가 도움을 청하지만, 스테판은 키티가 브론스키라는 남성을 마음에 두고 있다는 귀띔만 해줄 뿐이다. 그럼에도 불구하고 레빈은 용기를 내어 키티에게 청혼하지만 거절당하고, 이에 상처 입은 레빈은 시골의 영지로 떠난다. 레빈은 그곳에서 자신의 신념에 따라 영지를 운영하며 일련의 개혁 조치들을 단행하는 등 새로운 삶을 살아간다.

안나와 브론스키

키티가 사랑하고 있는 브론스키는 상당히 매력적인 젊은 장교로, 딱히 결혼 생각이 없으면서도 아름다운 키티가 자신에게 호감을 표하자 이를 즐기고 있었다. 그러던 어느 날 그는 어머니를 마중하기 위해 기차역에 나갔다가 오빠를 만나기 위해 온 안나와 마주치고 한눈에 호감을 느낀다. 한편 오빠의 집에 도착한 안나는 올케 돌리를 만나 스테판의 실수에 대한 용서를 구하고 이에 마음이 약해진 돌리는 사과를 받아들인다.

　며칠 후 키티의 집에서 무도회가 열리고 거기서 안나와 다시 만난 브론스키가 안나에게 관심을 표하자 그를 사랑하는 키티는 마음에 상처를 받는다. 얼마 후 기차역에서 안나와 다시 마주친 브론스키는 그녀를 향한 뜨거운 사랑을 고백해 안나를 당황하게 만든다. 안나는 그의 구애를 거절했지만 브론스키는 그녀를 포기하지 않았고 안나는 안나대로 결혼생활에 권태를 느끼고 있었기에 은근 브론스키가 신경 쓰인다. 브론스키는 안나의 주변을 맴돌면서 자신의 마음을 지속적으로 고백하고 이에 안나도 조금씩 흔들리기 시작한다. 안나와 남편 알렉세이와의 관계가 소원해지고 있었기에 결국 안나는 브론스키와 내연관계로 발전한다.

엇갈린 두 부부의 희비

두 사람의 내연관계는 사교계의 공공연한 비밀이 되었고, 안나의 남편 알렉세이도 이를 눈치채지만 남의 이목을 중시하는 그는 안나에게 다른 사람의 눈에 띄지 말라고만 경고할 뿐이다. 이런 남편의 태도에 안나는 더욱 실망하게 되고 결정적으로 안나가 브론스키의 아이를 임신하면서 갈등은 극에 달해 안나는 아들 세료자를 데리고 가출을 감행하기에 이른다. 그런 상황에서도 알렉세이는 안나와의 이혼을 원하지 않았는데, 이는 자신의 명성에 흠이 될 뿐만 아니라 이혼이 불륜 커플의 행복으로 이어질 뿐이라 생각했기 때문이다. 이렇게 어느 누구도 행복하지 않은 결혼생활이 이어지고, 그럴수록 브론스키에 대한 안나의 애정과 집착은 커져만 간다.

한편 키티는 브론스키에게서 받은 상처로 인해 건강이 악화되어 멀리 요양을 갔다가 그곳에서 마음의 치유를 얻고 돌아온다. 얼마 후 키티와 레빈은 스테판이 주최한 연회에서 재회하고 키티가 레빈의 매력을 발견하게 되면서 두 사람은 결혼에 이르게 되고 레빈의 시골 영지로 가 함께 살면서 평범하지만 행복한 부부생활을 이어간다.

안나의 비극적인 최후

안나는 남편 알렉세이를 떠나 별거생활을 하지만 불안정한 생활로 인해 건강이 악화되면서 알렉세이에게 용서를 구한다. 알렉세이도 표면적으로는 관대하게 용서하는 모습을 보이고, 이들의 모습을 지켜본 브론스키는 스스로에 대한 자괴감에 자해를 시도한다. 하지만 안나의 출산 이후 이들 부부의 관계는 더 이상 회복하기 어려운 지경에 이르게 되고, 안나는 브론스키와 유럽 여행을 떠났다 돌아온다. 브론스키는 자신을 찾아온 돌리에게 안나가 알렉세이와 이혼할 수 있도록 해달라며 도움을 청하고, 돌리는 안나에게 이혼을 권하지만 그녀는 남편이 이를 허락하지 않을 것이라고 한다. 결국 그들은 어떤 명확한 결론도 내리지 못한 채 동거를 이어가게 되고 이런 생활이 길어지면서 브론스키는 어느 순간 안나와의 관계가 구속처럼 느껴지기 시작한다. 그런가 하면 안나는 안나대로 자신의 삶을 살아가려는 브론스키의 모습에 실망하면서 두 사람은 자주 다투게 된다. 안나는 과거 자신에 대해 열정적이었던 브론스키의 사랑과 관심을 되돌리기 위해서는 죽음 외에 방법이 없다고 생각하기에 이른다. 그녀는 가족과 친지들, 지인들을 방문하며 마음을 다잡아보려 애쓰지만 별다른 위로를 받지 못하고, 결국 달리는 기차에 몸을 던져 죽음을 맞는다. 안나의 비극적인 죽음 이후 브론스키는 전쟁터로 향하고, 레빈은 자기 삶의 방향에 대해 고민하다 종교에서 그 답을 찾아내고자 한다.

불륜의 끝이
절망일 수밖에 없는 이유

‡

이 작품은 등장인물의 심리와 생각을 탁월하게 묘사하고 있는데, 불륜의 주인공 안나의 심리도 톨스토이 특유의 필치로 적나라하게 그려내고 있다. 19세기 말 가정 있는 여성의 외도에 대한 당시 사회적 비난은 말로 설명하기 어려울 정도로 심했을 것이다. 사실 상류 사회에서 남부러울 것 없이 생활하던 안나가 가정을 버리기까지는 상당한 고민과 갈등이 있었을 것임은 분명해 보인다. 작품 속에서 안나는 가정을 외면했으나 자신의 잘못을 누구보다 잘 알고 있었기에 죄책감에 괴로워하는 모습을 보이기도 한다. 그럼에도 불구하고 그녀가 자신의 모든 것을 포기하고 사회적 지탄을 감수하면서까지도 가정을 저버린 이유는 단 하나, 바로 브론스키의 열정적인 사랑 때문이었다.

그렇게 모든 것을 버리고 브론스키를 택한 안나에게는 그의 사랑이 전부였다. 그래서 자신의 전부가 된 브론스키의 사랑이 변하거나 사라질까 노심초사한다. 브론스키의 사랑은 실제로 변한 적이 없음에도 안나는 그의 사소한 언행을 문제삼아 자신을 향한 브론스키의 마음을 판단하려 한다. 브론스키 스스로 자신이 여전히 안나를 사랑하고 있음을 끊임없이 이야기하지만 안나는 믿지 않을 뿐이다. 결국 그녀는 변심한 브론스키를 벌주겠다며 달리는 기차에 몸을 던진다. 무엇보다 자신의 행복을 추구했던 안나는 어느 순간 브론스키에게 의지하게 되는데, 이는 행복의 원천을 자기 자신이 아닌 타인에게서 찾으려 하면서 불안과 불행 속에 살게 됨을 보여주는 부분이라 할 수 있다. 사랑했으나 결과적으로는 불행으로 막을 내린 이들의 관계는 불륜으로 시작되었기에 절망으로 끝날 수밖에 없음을 말하는 것도 같다. 사회·도덕적으로 지탄받을 수밖에 없는 두 사람에게 남은 것이라고는 서로이기에, 자신의 모든 행복을 서로에게 걸어야만 하는 절박한 상황에 내몰렸다고도 볼 수 있겠다.

사랑의 결말은 무엇이어야 하는가

《오만과 편견》

Pride and Prejudice

제인 오스틴

Jane Austen

제인 오스틴,
새로운 여성상을 그리다

‡

1775년 영국 햄프셔주에서 교구 목사의 일곱 번째 아이로 태어난 제인 오스틴은 어린 시절 단 3년간의 기숙학교 교육을 받았을 뿐, 이후에는 줄곧 집을 떠나지 않은 것으로 알려져 있다. 그녀는 21세가 되던 해에 《첫인상First Impressions》이라는 소설을 집필해 런던의 한 출판사에 가져갔으나 거절당하는 아픔도 겪었다. 1805년 든든한 후원자였던 아버지의 죽음 이후 제인 오스틴은 본격적인 작품활동을 시작하는데, 《첫인상》을 개작한 《오만과 편견》 같은 작가의 대표작들이 이 시기에 쏟아져 나왔다. 1999년 BBC가 영국 국민을 대상으로 지난 1000년간의 위대한 문학가를 꼽는 설문조사에서 셰익스피어에 이어 2위를 차지할 정도로 제인 오스틴에 대한 사랑은 지금까지도 이어지고 있다.

제인 오스틴의 작품 중에서 가장 유명하고 대중적인 작품인 《오만과 편견》은 1813년 발표된 소설이다. 영국의 시골 마을을 배경으로 세 자매의 사랑 이야기를 다루고 있는데, 독자는 이 소설을 통해 당시 영국 사회의 연애와 결혼 풍습을 확인할 수 있다. 주인공 리지는 전형적이고 전통적인 여성상인 언니 제인과 달리 빗길에 혼자 걸어가는 것을 마다하지 않을 정도로 독립적이고 적극적인 여성으로 그려진다. 제복 '오만과 편견'은 작품 속 인물 다르시에 대한 리지의 복잡한 감정을 잘 표현한 것으로, 연애를 해본 사람이라면 한번쯤 겪게 마련인 감정의 변화가 아닐까 생각한다.

평생 독신으로 살아온 제인 오스틴에게도 결혼할 뻔한 에피소드가 있었다. 가족과 함께 방문한 옛 친구의 집에서 친구의 남동생 해리스에게 청혼을 받은 것이다. 오스틴은 그의 청혼을 받아들였지만 바로 다음 날 철회했는데 이에 대한 정확한 이유는 알려지지 않았다.

한 손에 쥐고
단숨에 읽는 작품 속으로

‡

등장인물과 그들의 관계

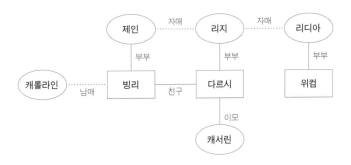

오만한 다르시

작품의 배경은 19세기 초 영국의 한 시골 마을 롱본으로 베넷 집안을 둘러싼 이야기를 다루고 있다. 베넷 부부는 슬하에 다섯 명의 딸을 두었는데, 베넷 부인은 빙리라는 젊고 부유한 총각이 동네 저택에 살 것이라는 이야기를 듣고 자신의 딸 중 하나와 엮어보려 한다. 얼마 후

열린 무도회에 빙리는 역시 부유한 배경을 지닌 친구 다르시와 함께 참석한다. 활달한 성격의 빙리는 사람들과 금세 친해지지만 다르시는 사람들과 거리를 두며 춤도 추지 않아 오만한 사람이라는 인상을 남긴다. 특히 그는 베넷 부인의 둘째 딸 리지와 춤을 추라는 주변의 권유를 끝내 거절함으로써 리지의 자존심에 큰 상처를 입힌다.

리지의 편견

무도회 이후에도 베넷 집안의 여성들과 빙리 집안의 교분은 이어지고, 다르시는 서서히 리지의 매력에 빠져드는 자신을 발견한다. 반면 리지는 오만해 보이는 다르시에 대한 좋지 않은 감정이 깊어만 갔다. 한편 리지의 언니 제인은 빙리의 집에 초대받아 갔다가 감기로 인해 어쩔 수 없이 그 집에 머물게 된다. 언니가 걱정된 리지는 먼 거리를 걸어 빙리의 집으로 찾아가고, 거기서 자신을 짝사랑하는 캐롤라인에게마저 차갑게 대하는 다르시를 보고는 오만 정이 떨어지게 된다. 그즈음 마을에 군부대가 주둔하게 되면서 젊은 장교들과 지역 여성들 사이에 사교관계가 형성되고 여기에서 리지는 위컴이라는 사람을 알게 된다. 너무나도 친절하고 매력적인 사람이지만 다르시와는 과거 악연으로 얽혀 있었다. 다르시의 아버지는 위컴에게 한 교구의 성직자 자리를 주려 했지만, 아버지가 돌아가신 후 다르시는 그 약속을 이행하지 않았던 것이다. 매력적인 위컴에게 끌린 리지는 부친의 유언마저 마음대로 파기하는 다르시에 대해 더욱 깊은 오해를 하게 된다.

엇갈린 사랑

어느 날 제인은 빙리의 여동생 캐롤라인으로부터 한 통의 편지를 받게 되는데, 편지의 내용은 빙리를 비롯한 가족들이 런던으로 떠나게 되었다는 것이었다. 이 소식에 내심 빙리를 마음에 두었던 제인과 두 사람이 잘되길 바라던 리지는 모두 충격을 받는다. 런던으로 간 빙리에게 아무런 연락이 없어 속상해하던 차에 외삼촌인 가디너 부부가 롱본을 방문한다. 런던으로 가서 모든 일을 잊고 새로 시작하자는 외숙모의 제안에 제인은 런던으로 떠나고, 리지는 빙리가 끝내 제인에게 연락 한번 없다는 사실에 실망한다. 한편 호감을 갖고 교제하던 위컴이 별안간 다른 부유한 여성과 결혼하게 되었다는 소식에 리지 역시 크게 상심한다. 그러던 중 리지는 친구 샬럿의 초대로 여행을 가게 되고, 그곳에서 샬럿의 친족인 캐서린 부인을 만난다. 사실 캐서린 부인은 다르시의 이모였으며 거기서 리지와 다르시는 재회하게 된 것이다. 리지에게 빠진 다르시는 그곳에서 그녀에게 청혼하지만, 그에 대한 강한 편견으로 인해 리지는 독설과 함께 그의 청혼을 단칼에 거절한다.

화해와 결혼

다르시는 떠나면서 리지에게 한 통의 편지를 남기고, 편지를 통해 다르시와 위컴의 숨겨진 이야기를 알게 된 리지는 그동안 자신이 다르시를 크게 오해했음을 깨닫는다. 사실 위컴은 돈만 밝히는 겉과 속이 다른 음험한 사람으로 다르시의 여동생을 유혹해 야반도주까지 계획했던 것이다. 이후 리지는 외삼촌 가디너 부부와 북부를 여행하다가 우연히 다르시의 영지에 들르게 되고, 그곳에서 리지와 다르시는 민망한 재회를 하게 된다. 다르시에 대한 미안함과 그에게서 새로운 매력을 발견하게 된 리지는 점차 그에게 호감을 갖게 되고, 그 와중에 막내 동생 리디아가 위컴에게 빠져 야반도주를 했는데 행방불명이 되었다는 소식을 듣게 된다. 리지 일행과 런던에 체류 중이던 제인은 급히 집으로 향하고, 가족들은 리디아와 위컴의 행방을 찾아 헤맨다. 결국 위컴은 일정한 금전적 도움을 받는 조건으로 리디아와 결혼하고, 그나마도 다르시가 많은 도움을 주었다는 사실을 알게 된 리지는 그에 대해 고마움과 호감을 더해간다. 얼마 후 빙리와 다르시는 롱본으로 찾아오고 빙리는 제인과, 다르시는 리지와 결혼해 행복한 생활을 이어가게 된다.

사랑의 결말은
반드시 결혼이어야 하는가

‡

작가 제인 오스틴은 리지라는 캐릭터를 창조하면서 19세기 초 보수적인 영국 시골 마을에서 다소 당돌해 보이는 캐릭터를 부여했다. 가깝지 않은 시골길을 혼자 걸어 다니는 모습은 당시 사회가 생각하는 전형적인 여성상과는 거리가 있었다. 작품 속에서도 리지의 이런 모습은 이웃들로부터 쑥덕공론의 대상이 되기도 한다. 이런 측면에서 봤을 때 《오만과 편견》은 그 시대의 관점에서는 새로운 여성상을 보여주는 작품이라고도 할 수 있겠다.

하지만 그와 동시에 연애관에 있어서는 당시의 시대적 한계를 벗어나지 못하는 모습을 보이기도 하는데, 사랑의 목표가 결혼인 것처럼 그린 결말이 그러하다. 이 작품의 끝에 제인은 빙리와 리지는 다르시와 결혼하게 되면서 무척이나 행복해하는 모습을 그리고 있다. 물론 사랑하는 사람과의 결혼이 행복임을 부인할 수는 없을 테지만, 내가 지적하고 싶은 부분은 작가가 이를 서술하는 분위기다. 작가는 이들의 결말을 그리며 좋은 배우자를 만나 결혼하는 것이 마치 제인과 리지에게 주는 특별한 선물인 것처럼 묘사한다. 빙리와 다르시라는 부유하고 매너 좋은 남편을 만나게 된 제인과 리지에게는 더 이상의 불행이 없을 것처럼 그린 것이다. 결혼이 인생의 목표가 아니라는 생각이 보편화된 현대 사회의 관점에서 봤을 때 결말을 결혼으로, 그것도 부유한 집안과의 결혼이 밝은 미래를 보장하는 것처럼 묘사하는 것은 쉽게 공감하기 어려운 부분이다. 더구나 당시 사회적 관점에서 전형적인 여성상으로 그려진 제인과 달리 적극적이고 자유로운 성향의 리지에게마저도 제인과 같은 결말을 부여한 부분은 다소 아쉬움이 드러나는 부분이다. 현대를 살아가는 우리가 이 작품을 통해 사랑의 결말이 반드시 결혼이어야 하는지에 대해서는 다시 한 번 고민해볼 부분이다.

평범한 사랑의 소중함에 대하여

《브람스를 좋아하세요...》

Aimez-vous Brahms...

프랑수아즈 사강

Francoise Sagan

프랑수아즈 사강,
악마적 재능으로 사랑의 본질을 파헤치다

‡

1935년 프랑스 카자르크에서 태어난 프랑수아즈 사강의 본명은 프랑수아즈 쿠아레Francoise Quoirez다. 작가가 필명으로 삼은 '사강'은 마르셀 프루스트Marcel Proust의 그 유명한 소설 《잃어버린 시간을 찾아서À la recherche du temps perdu》에 등장하는 인물의 이름을 딴 것이라고 한다. 사강은 19세에 발표한 첫 소설 《슬픔이여 안녕Bonjour Tristesse》으로 일약 스타 작가의 반열에 오르게 된다. 그 후 20대에 있었던 두 번의 결혼 실패는 작가의 인생과 작품 스타일에 적지 않은 영향을 미쳤다. 노벨문학상을 수상한 프랑스 작가 프랑수아 모리아크Francois Mauriac는 사강을 두고 "유럽 문단의 매혹적인 작은 악마"라며 재능을 타고난 소녀라고 평했다.

프랑수아즈 사강의 대표작 《브람스를 좋아하세요...》는 작가의 연애관이 잘 드러나 있는 소설로 2020년대에 읽어도 세련된 느낌을 주는 작품이다. 독자들은 주인공 폴의 이야기, 그리고 그녀의 선택을 통해 사랑이란 과연 어떤 형태여야 하는가에 대해 자연스럽게 생각하게 된다. 폴을 둘러싼 두 남성이 보여주는 모습이 사뭇 대조적이라 이 소설을 읽으면서 독자들은 아마도 자연스럽게 자신의 주변에 있는 실제 인물들을 떠올리게 될 것이다.

'브람스를 좋아하세요...'라는 제목은 작품 속에서 시몽이 폴에게 보낸 편지의 한 구절을 따온 것인데, 특이하게도 말줄임표(...)로 끝난다. 이는 시몽의 적극적인 구애 속에서 자기 자신에 대해 성찰하게 된 폴의 내면을 반영한 것이라고 볼 수 있다.

비교적 활발한 작품활동, 그리고 문학적 성취와는 별개로 술과 마약에 찌든 그녀의 삶은 행복과 거리가 있어 보였다. 1995년 마약 복용 혐의로 재판을 받으면서 "나는 나를 파괴할 권리가 있다"고 말한 일화로도 유명한데, 우리나라 소설가 김영하는 프랑스아즈 사강의 이 말을 제목으로 한 작품을 발표한 바 있다.

한 손에 쥐고
단숨에 읽는 작품 속으로

‡

등장인물과 그들의 관계

폴에게 찾아온 인연

《브람스를 좋아하세요...》 속 주인공 폴은 파리에서 실내 인테리어 일을 하고 있는 30대 후반의 여성으로, 첫 남편과 이혼 후 혼자 살면서 로제라는 남성과 5년째 연애 중이다. 마흔이 넘은 로제와 30대 후반의 폴의 관계는 끈끈하긴 했어도 젊었을 때의 뜨거운 열정은 찾아보기 어려운 오래된 연인처럼 보였다. 그러던 어느 날, 폴은 반 덴 베시라는 여성의 집 거실 인테리어를 맡게 되는데, 작업 도중 그녀의 25세된 아들 시몽을 만나게 되고 그의 젊고 잘생긴 외모는 폴의 눈길을 사로잡는다. 시몽 역시 자신보다 나이가 훨씬 많은 폴에게 매력을 느끼고, 언젠가 반드시 그녀를 만나야겠다는 결심을 한다. 어느 날 폴과로제가 함께 저녁 식사를 하는데 마침 그 식당에 온 시몽이 합석하게되고 로제는 이를 상당히 불쾌하게 여긴다. 시몽은 로제가 잠시 자리를 비운 사이 폴에게 그를 사랑하는지 묻지만, 폴은 대답할 필요가 없다며 회피한다. 다음 날 일을 하고 있는 폴에게 시몽이 찾아오고 두사람은 공원으로 점심을 먹으러 나가 이런저런 대화를 나눈다.

시몽의 열정

한편 로제는 폴을 두고도 메지라는 여성을 만나 우당이라는 곳으로둘만의 여행을 떠난다. 바로 그 주말 폴은 시몽으로부터 브람스를 좋아하냐며 음악회 초청 편지를 받고 그와 함께 공연을 보며 시간을 보낸다. 사실 시몽은 전날 우당에 갔다가 우연히 함께 있던 로제와 메지를 목격했지만 차마 그 사실을 폴에게 전하지 못한다. 이후 시몽은 폴에게 편지를 보내 자신이 한동안 시골로 출장을 가게 되었다고 전한다. 파리로 돌아온 로제의 수상한 태도를 보고 그의 외도를 눈치챈 폴은 충동적으로 시몽에게 답장을 보내 빨리 파리로 와달라고 하고, 시몽은 이를 보고 급히 파리로 돌아온다. 시몽은 신이 나서 파리로 돌아왔지만 막상 그를 대하는 폴의 태도는 기대와 달리 차가웠고, 그럴수록 그녀에 대한 시몽의 열정은 더해만 갔다.

로제와의 이별

얼마 후 시몽의 어머니 반 덴 베시 부인 거실 인테리어 작업이 마무리되고 폴과 로제는 그녀의 디너파티에 초대된다. 거기서 폴, 로제 그리고 시몽은 어색한 만남을 갖게 되고, 로제는 폴에게 다정하게 대하는 시몽의 모습에 불쾌함을 느낀다. 화가 난 로제는 파티 도중 폴을 데리고 나와 그녀를 집에 데려다주고 가버리는데, 이들을 뒤따라온 시몽에게 폴은 마음을 열게 된다. 권태에 빠진 로제보다 열정적인 시몽에게 호감을 느낀 폴은 나이 차에서 오는 부담감에도 불구하고 만남을 이어간다. 폴과 시몽이 만남을 이어가는 사이 로제는 출장차 멀리 떠나 있었고, 거기서 비로소 자신이 폴을 깊이 사랑하며 그녀를 잃을까 두려워하고 있음을 깨닫는다. 파리로 돌아온 로제는 폴과 만나지만 두 사람은 자신들의 사이가 이미 멀어졌음을 확인하고 이별을 택한다.

결국 또다시

한편 시몽은 폴과의 만남 이후 출근도 하지 않은 채 한량처럼 보내고 있었고, 시몽의 그러한 모습이 못마땅한 폴은 그를 몰아붙여 일을 하게 한다. 그러던 어느 날 폴과 시몽은 한 클럽에 갔다가 어떤 여성과 함께 있는 로제를 만나게 되고 그들은 각자 춤을 추지만 서로 아직 사랑하고 있음을 느낀다. 폴은 자신이 결국 로제를 택할 수밖에 없음을 깨닫고 로제가 그녀를 찾아오면서 두 사람은 재결합을 결심한다. 폴은 시몽과 이별하고 로제와 다시 만나게 되지만 폴에게 무관심한 로제의 태도는 크게 변하지 않는다.

뜨거운
사랑만이 사랑인 것일까

‡

폴이 시몽을 떠나보내고 다시 로제와 재결합한다는 이 소설의 결말은 개인적으로 의외였다. 자신의 젊은 시절을 떠올리게 하고 자극적인 사랑의 맛을 일깨웠던 열정적인 시몽 대신 미지근하게 그냥 그래왔던 익숙한 로제를 택한 것 말이다. 소설이 진행되는 내내 폴과 로제의 관계가 위태로웠음을 아는 독자 입장에서는 폴의 마지막 선택이 당황스럽게 느껴지기도 한다. 분명 폴은 로제와의 관계에서 권태를 느끼고 있었고, 자신에게 충실하지 않은 그에게서 때로 실망감을 느끼기도 했다. 게다가 로제가 다른 여성과 몰래 밀월여행을 떠난 것이 밝혀지면서 그는 폴로부터 신뢰를 잃고 있었다. 하지만 폴은 신선한 자극을 선사해준 시몽을 떠나보내는데, 그녀가 이런 선택을 하게 된 이유는 소설 속에 명확하게 드러나지 않는다.

　다만 한 가지 확실한 것은 폴이 격정적인 자극보다는 일상적인 안정을 택했다는 것이다. 시몽의 뜨거운 격정과 열정은 물론 폴에게 신선한 자극이었겠지만 폴로서는 매번 그런 자극을 느낄 수 없었고 그럴 필요 또한 없었던 것 아닐까. 사랑에 있어서 폴은 보수적인 사람이었고, 자극적이지 않은 사랑에 익숙해하며 그것을 좋아했기에 로제를 선택했을 것이다.

많은 예술 작품들은 강렬하고 뜨거운 사랑을 소재로 한다. 하지만 사랑은 일상적이면서도 공기나 물처럼 자극적이지 않더라도 당사자인 두 사람에게 무엇보다 소중한 감정일 수 있다는 것을 작품은 보여주고 있는 것이다.

무엇을 사랑해야 하는가

《연인》

L'Amant

마르그리트 뒤라스
Marguerite Duras

마르그리트 뒤라스,
사랑이 가진 이면을 보여주다

‡

20세기 프랑스를 대표하는 작가 마르그리트 뒤라스는 1914년 당시 프랑스의 식민지였던 베트남에서 태어나 그곳에서 자랐다. 성인이 되어 프랑스로 돌아간 그녀는 대학에서 법학과 정치학을 공부했고 이후 공무원으로 평범한 삶을 살다가 20대 후반 본격적인 작가의 길을 걷기 시작하는데, 50여 년에 걸쳐 70편 이상의 작품을 발표하는 기염을 토한다. 뒤라스는 자신의 작품들을 어떤 특정한 사조로 규정하는 것을 거부했는데, 그만큼 독창적인 작품들을 남긴 것으로 평가받고 있다. 문학 외적으로는 정치·사회적인 활동을 활발하게 했던 작가이기도 하다.

　뒤라스의 대표작 《연인》은 1984년 발표한 소설로 같은 해 프랑스 최고의 문학상으로 꼽히는 공쿠르상을 수상한 작품이다. 이름을 알 수 없는 주인공 '나'는 베트남에서 태어나 생활하고 있으며, 가족 구성도 작가 자신과 비슷해 스스로를 반영한 캐릭터라고 할 수 있을 것이다. 《연인》은 10대 소녀인 주인공과 그녀의 연인인 중국인 부호의 만남과 헤어짐에 대한 이야기로 흔히 말하는 연애소설로 분류할 수도 있겠지만, 이 소설을 가만히 읽다 보면 단순한 연애소설 이상의 깊이를 느낄 수 있다. 사랑이 반드시 기쁨과 행복 같은 긍정적인 감성과 결말을 안겨주지는 않는다는 것, 그리고 때로 우리는 상대 그 자체를 사랑하기보다는 상대를 감싸고 있는 분위기를 사랑하기도 한다는 것을 보여주기 때문이다.

마르그리트 뒤라스는 제2차 세계대전 기간 중 레지스탕스 활동을 했던 것으로도 알려져 있으며, 1950년대에는 열렬한 공산주의자로 활동하며 현실 정치에 적극적으로 참여했다.

한 손에 쥐고 단숨에 읽는 작품 속으로

‡

등장인물과 그들의 관계

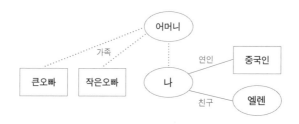

중국인 부호와의 만남

프랑스령 베트남에 살고 있는 주인공은 사이공의 국립 기숙사에서 지내며 고등학교에 다니고 있다. 15세가 되던 어느 날 기숙사로 돌아가기 위해 메콩강을 건너다 고급 리무진을 타고 있는 부유한 중국인의 눈에 띄게 된다. 당시 그녀는 베트남에서 보기 드문 백인이었을 뿐 아니라 하이힐과 남성용 중절모 등 복장만으로도 눈에 띄기에 충분했다. 그는 주인공에게 접근하여 원한다면 자신의 리무진으로 기숙사까지 데려다주겠다고 제안하고, 주인공이 이를 받아들이면서 두 사람의 관계는 시작된다. 나중에 알게 된 사실이지만 그 중국인은 대단한 부호의 상속자였고 파리에서도 2년간 생활한 적이 있어 프랑스어에도 능통한 사람이었다.

지속되는 연인관계

그날 이후 주인공은 중국인 부호의 리무진을 타고 등하교를 하게 되고, 그러던 어느 날 그는 자신의 집으로 주인공을 데려간다. 그날 그는 그녀에게 자신의 사랑을 고백하고 두 사람은 나이 차와 미성년자라는 사실에도 불구하고 연인 사이로 발전한다. 두 사람은 자주 육체적 관계를 갖게 되는데, 그는 주인공과의 첫 관계에서 눈물을 흘리고 이로 인해 둘은 커다란 쾌감을 느낀다. 그는 주인공을 사랑하지만 차마 그녀와 결혼까지 결심하지는 못하는데, 이는 완고한 아버지의 반대에 부딪혔기 때문이다. 그는 강압적인 아버지에 대한 반발심을 갖고 있으면서도 아버지로부터 물려받을 막대한 유산에 매여 자립하지 못하는 상황이었고, 그것이 그의 가슴에 응어리로 남아 슬픔의 근원이 되었다. 그러면서도 주인공과의 연인관계는 지속하는데, 기숙사가 아닌 그의 집에서 자주 외박을 하는 그녀를 친구 엘렌은 무척 걱정한다. 엘렌은 순수한 소녀로 아름다운 몸매를 갖고 있어 항상 주인공의 부러움과 동경의 대상이었다. 하지만 엘렌이 수인공보다 먼저 프랑스로 돌아가게 되면서 두 사람의 연락은 끊기게 되고, 주인공이 중국인 남성과 그렇고 그런 사이라는 사실이 학교에 퍼지면서 그녀는 친구들 사이에서 따돌림을 당하게 된다.

헤어짐, 그 후

그러던 어느 날 어머니는 주인공에게 조만간 프랑스로 귀국할 계획임을 알리고, 중국인 연인도 차마 아버지의 뜻을 거스르며 주인공과 결혼하지는 못할 것이라는 점이 확실해진다. 주인공은 결국 베트남을 떠나 프랑스로 돌아가고, 그녀의 중국인 연인은 다른 여성과 결혼하게 된다. 몇 해가 흐르고 그녀의 옛 연인은 부인과 함께 파리에 와서는 전화를 걸어 자신은 여전히 주인공을 사랑한다고 말한다.

사랑의 대상은
누구인가

‡

이 소설의 제목이 '연인'이기에 얼핏 보면 평범한 연애소설처럼 느껴질 수도 있다. 실제로 이 소설의 주된 줄거리는 주인공인 '나'라는 인물이 베트남에서 중국인 남성을 만나 연애하며 사랑하는 내용이다. 그러나 이 소설을 단순한 연애소설이라고 보기 어려운 이유는 주인공이 사랑한 대상이 평범하지 않기 때문이다. 결론부터 말하자면 인간 존재의 근원적인 슬픔이 그 사랑의 대상인 것이다. 주인공의 연인인 중국인 남성은 주인공과의 첫 관계 때부터 왠지 모르지만 슬프게 우는 모습을 보인다. 그의 슬픔은 아버지를 떠나 자유롭게 살기를 원하지만 그로부터 물려받을 막대한 유산 때문에 그렇게 하지 못하는 좌절감에서 비롯된다. 그의 슬픔이 얼마나 극진한 것이었는지, 이 소설의 화자이기도 한 주인공은 그와 밀회를 즐겼던 그의 저택을 비탄의 장소라고 묘사하기까지 한다.

그녀가 연인의 집을 비탄의 장소로 기억하는 이유는 비단 연인의 슬픔 때문만은 아닐 것이다. 자기 안에 내재되어 있는 슬픔도 한몫 했으리라 생각한다. 그녀는 자신의 삶과 슬픔을 떼려야 뗄 수 없는 불가분의 관계라 느끼고 있어 자신의 연인 또한 슬픔이라고 이야기한다. 또한 주인공은 자신의 삶에 불행과 슬픔이 예고되어 있다고 여기고 있었다. 그러므로 이 작품의 제목이 말하는 연인은 단순히 사랑의 대상이 되는 한 인간이 아니라 우리 삶에서 도저히 떼어버릴 수 없는 근원적인 슬픔을 의미하는 것이도 하다. 작품을 통해 우리는 사랑의 대상이 연인인지 아니면 자신의 내면에 존재하는 어떤 특별한 감정인지 생각해보게 된다.

지고지순한 사랑

《독일인의 사랑》
Deutsche Liebe

프리드리히 막스 뮐러

Friedrich Max Müller

막스 뮐러,
사랑의 이유에 대해 고민했던 학자

‡

《독일인의 사랑》을 쓴 프리드리히 막스 뮐러는 사실 문학 작가라기보다는 언어학, 동양학자라는 표현이 더 어울리는 인물이다. 그가 이 작품에서 보여주는 예술적인 감성은 시인이었던 그의 아버지 빌헬름 뮐러Wilhelm Müller로부터 이어받은 것이지 않을까 싶다. 젊은 시절 그는 슈베르트의 음악을 즐겨 들었는가 하면 멘델스존과도 교분이 있었다고 전해진다. 막스 뮐러는 1850년 영국의 옥스퍼드대학 교수로 임용되면서 고국인 독일을 떠나 영국에서 본격적인 학자 활동을 시작한다. 학자로서 그는 인도 고대 언어인 산스크리트어의 권위자로 그 분야에 많은 업적을 남기기도 했다.

문학 작가라기보다 학자인 막스 뮐러가 거의 유일하게 남긴 소설이 《독일인의 사랑》일 것이다. 주인공인 '나'와 마리아라는 한 여성의 지고지순한 순백의 사랑 이야기를 다루고 있는데, 자극적인 내용에 지친 사람이라면 관심 있게 읽어볼 만한 소설이다. 특히 마지막에 마리아의 주치의가 주인공에게 밝히는 반전과도 같은 과거 이야기는 또 하나의 순애보를 보여주고 있다. 그렇다고 해서 이 작품이 단순히 감정적인 사랑만을 그리고 있다고 생각하면 오해다. 막스 뮐러는 이 소설을 통해 사랑의 철학적인 면, 인간이 누군가를 사랑한다면 그 이유는 무엇일까에 대한 작가 나름의 고찰을 보여주고 있기 때문이다.

프리드리히 막스 뮐러는 독일 비사우 출신이지만 1855년 32세의 나이에 영국에 귀화했기 때문에 어디까지나 영국 작가로 분류된다. 영국으로 귀화한 이듬해 '독일인의 사랑'이라는 제목의 소설을 발표했다는 건 단순한 우연이었을까.

한 손에 쥐고
단숨에 읽는 작품 속으로

‡

등장인물과 그들의 관계

마리아와의 만남

평민으로 추정되는 주인공은 어린 시절 후작의 성에 들어갈 기회를 얻게 되고 후작의 아이들과 친해진다. 후작에게는 마리아라는 딸이 있는데 그녀의 친어머니는 마리아를 낳자마자 세상을 떠났고 지금의 후작 부인은 후작과 재혼한 것이었다. 마리아는 선천적으로 건강이 좋지 않아 늘 침대에 누워 지내는데, 주인공은 마리아를 불쌍히 여기지만 동시에 그녀의 아름다움에 매료된다. 어느 날 마리아는 자신의 이복동생들과 주인공을 불러 끼고 있던 반지를 나눠주며 자신이 언젠가 세상을 떠나더라도 자신을 기억해달라고 말한다. 하지만 그때 주인공의 마음에는 마리아에 대한 사랑의 감정이 자리하고 있었기에 그녀에게 반지를 돌려주며 "너의 것은 모두 나의 것"이라 말하고 마리아는 그의 말을 마음에 담아둔다.

사랑에 찾아온 위기

시간이 흘러 다른 도시에서 학업을 마치고 오랜만에 고향으로 돌아온 주인공은 놀랍게도 마리아의 편지를 받게 된다. 그녀는 주인공과 만나고 두 사람은 서로에게 호감을 느끼며 이후로도 만남을 지속한다. 그러던 어느 날 후작 가족의 주치의가 찾아와 마리아가 주인공과 만나기 시작하면서 잘 쉬지 못한다며 마리아와 그만 만날 것을 청한다. 주인공은 의사의 요청에 심각하게 고민하고, 결국 그녀를 떠나 티롤이라는 곳으로 여행을 가지만 마리아에 대한 그리움까지는 지우지 못한다.

지고지순한 사랑

주인공 '나'는 결국 마리아에게로 돌아가 어떤 대가를 치르더라도 자신의 사랑을 알리고 그녀 곁에 있겠노라 결심하는데, 때마침 마리아도 요양을 위해 티롤의 별장에 와 있었다. 티롤의 별장으로 찾아간 주인공은 마리아와 다시 만나고, 그동안 있었던 일들을 이야기하며 마리아에게 사랑을 고백한다. 급작스러운 고백에 당황한 마리아는 제대로 대답하지 못하고, 주인공은 이런 마리아의 반응을 거절로 오해하게 된다. 다음 날 주인공은 마리아로부터 모레 다시 만나자는 내용의 편지를 받게 되고, 이틀 동안 마리아를 향한 자신의 마음을 글로 정리하면서 그녀에 대한 자신의 사랑에 더 큰 확신을 갖게 된다. 다시 만난 마리아는 주인공에게 그가 자신에게 동정심 이상의 감정을 갖고 있으리라고는 상상도 하지 못했으며 두 사람에 관한 소문이 이미 퍼졌으니 그냥 좋은 친구로 지내자고 말한다. 하지만 주인공은 마리아에게 다시 자신의 사랑을 고백하고 마침내 마리아는 그의 사랑을 받아들이는데, 그날 밤 마리아의 주치의가 찾아와 그녀가 세상을 떠났다는 소식을 전한다. 마리아는 마지막으로 주인공에게 '나의 모든 것은 너의 것'이라는 편지를 남기고 세상을 떠난 것이다. 후에 마리아의 주치의는 사실 자신이 세상을 떠난 마리아 친어머니의 옛 연인이었음을 고백한다. 그는 마리아 친어머니의 행복을 위해 후작에게 보내주었으며, 그녀의 딸 마리아를 지금까지 돌본 것이라고 한다. 그러면서 마리아의 죽음으로 인해 자신에게도 지금껏 잡아온 마지막 남은 끈이 끊어졌다고 이야기한다.

나는 왜
너를 사랑하는가

‡

이 작품에서 드러나는 마리아를 향한 주인공의 사랑은 지고지순 그 자체라고 할 수 있다. 그는 신분의 차이, 마리아의 건강 같은 현실적인 장벽을 뛰어넘어 오로지 그녀만을 사랑한다. 작품 후반부에 주인공은 마리아에게 자신의 사랑을 고백하면서 오랜 투병생활로 인한 고통까지도 함께 감수할 것이라 말하는데, 그런 그의 순수함은 눈물겨울 정도다. 그래서인지 이 작품이 '순수한 사랑'을 그리고 있다는 해석이 주를 이루는데, 여기서 주인공의 마리아를 향한 사랑의 이유는 과연 무엇이었을까 궁금하지 않을 수 없다. 다행히 소설 속에서 직접적으로 그 단서를 확인할 수 있다.

주인공은 왜 자신을 사랑하냐고 묻는 마리아의 질문에 책의 한 구절을 인용해 대답하고 있는데, 그 책에는 이렇게 적혀 있었다. '다른 사람보다 더 고귀하고 선한 사람이 있는 것이다. 그런 사람은 다른 사람보다 더 빛을 발한다. 그러므로 피조물 간의 이런 차이를 인정한다면, 고귀하고 선한 사람을 사랑하고 가까이 접하고 그 사람과 하나가 되기 위해 힘써야 한다.' 결국 주인공에게 있어 마리아는 자신이 알고 있는 그 누구보다 고귀하고 선한 사람이었으며, 그렇기 때문에 그녀 곁에서 하나가 되기 위해 애쓴 것이다. 그렇다면 과연 마리아가 이 책에서 말하는 대로 고귀하고 선한 사람일까? 사실 주인공은 마리아가 고귀하고 선하기 때문에 사랑한 것이 아니라, 사랑하기 때문에 고귀하고 선하게 느낀 것은 아닐까 하는 생각을 해보게 된다. 사람들은 흔히 사랑의 이유를 알고 싶어 하지만, 사랑에 이유를 찾는 건 무의미한 일일 뿐이다. 이 책은 이유가 있어서 사랑하게 되는 것이 아니라 사랑하기 때문에 이유를 찾는다고 말하고 있다.

2장

가족의 의미를
되새겨보다

《대지》/ 펄 S. 벅

《까라마조프 씨네 형제들》/ 표도르 도스토예프스키

《부덴브로크가의 사람들》/ 토마스 만

《백년 동안의 고독》/ 가브리엘 가르시아 마르케스

《다섯째 아이》/ 도리스 레싱

자식에게 부모는 어떤 존재인가

《대지》
The Good Earth

펄 S. 벅

Pearl S. Buck

펄 S. 벅,
중국을 너무나도 잘 이해했던 서양 작가

‡

1892년 미국에서 태어난 펄 S. 벅은 태어난 지 3개월 만에 선교사 부모를 따라 중국으로 건너가 18세가 될 때까지 줄곧 중국에서 보냈다. 18세가 되어 미국 대학에 진학한 그녀는 4년의 대학생활을 마치고 졸업한 직후 바로 중국으로 돌아와 1934년 완전히 떠나기 전까지 중국에서 살게 된다. 《대지》에서 보여주는 중국인과 중국 문화에 대한 깊은 이해도는 작가가 중국에서 실제로 살고 경험하지 않았다면 불가능했을 것이다.

그녀가 작가의 길로 들어서게 된 것은 순조롭지 못한 가정생활 때문이었던 것으로 알려져 있다. 남편 로싱 벅은 가정적인 남자가 아니었고 딸은 장애를 안고 있었기에 펄 S. 벅은 자신의 괴로움을 글로 풀어냈던 것이다. 1938년 미국 여성 작가 최초로 노벨문학상을 수상하기도 한 그녀는 미국으로 돌아온 후 적극적인 사회봉사 활동, 인권 운동을 펼친 것으로도 유명하다.

대하소설이라는 말이 너무나 잘 어울리는 《대지》는 19세기 말에서 20세기 초까지 중국을 배경으로 한 소설이다. 왕룽 일가 3대의 이야기를 통해 작가는 중국의 역사와 문화에 대한 깊은 통찰을 보여주고 있다. 특히 대를 이어 주인공이 바뀌면서 그들이 활동하던 시대의 중국 모습을 너무나도 자연스럽게 그려낸 것은 놀랍기까지 하다. 이 소설의 주인공들은 어디까지나 중국인들이지만 이들의 이야기를 통해 독자들은 보편적인 가족의 모습을 보게 된다. 특히 왕룽과 아들 왕싼, 그리고 왕싼과 그의 아들 왕옌의 갈등은 어느 나라, 어느 시대에나 있을 법한 세대 간의 갈등을 잘 표현하고 있다.

펄 S. 벅은 우리나라와의 각별한 인연으로도 유명한데, 1910년대 난징에서 영문학을 가르칠 때 한국인 제자들도 있었다고 한다. 또한 한국을 배경으로 한 소설을 세 편이나 남겨 1968년에는 서울시로부터 명예 시민증을 받기도 했다. 그런가 하면 펄 S. 벅이 세계 곳곳에 세운 펄 벅 재단은 우리나라에도 세워져 지금까지 활발한 활동을 이어오고 있다.

한 손에 쥐고
단숨에 읽는 작품 속으로

‡

등장인물과 그들의 관계

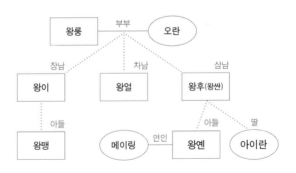

왕씨 집안의 성장

나이 든 아버지와 시골에서 농사를 지으며 단둘이 살아오던 왕룽은 근처 성 내의 황 부잣집 하녀 오란을 아내로 맞는다. 성실한 두 사람 덕에 왕룽 집안의 살림은 조금씩 나아져 갔다. 그러던 어느 해 극심한 가뭄으로 대기근이 왕룽이 사는 중국 북부를 강타하고 왕룽 일가 역시 굶주림에 시달리다 남부로 이동하게 된다. 당시 남부에는 혁명의 기운이 움트고 있었는데, 어느 날 왕룽이 움막을 치고 기거하던 담벼락의 부잣집이 약탈을 당하게 되고 그 와중에 오란은 부잣집에서 숨겨둔 보물들을 발견한다. 이를 밑천으로 고향에 돌아온 왕룽 일가는 몰락해가는 황 부잣집의 땅을 조금씩 사들이기 시작한다. 풍작이 계속되고 왕룽과 오란이 열심히 일한 덕에 그들의 토지는 나날이 늘어나 어느새 지주 행세를 하기에 이른다.

왕룽의 세 아들

시간이 흐르고 왕룽의 토지는 계속 늘어 부유해지면서 마침내 과거 황 부자가 살던 저택을 사들이고 어엿한 대지주가 된다. 그는 첫째 아들 왕이를 학자로, 둘째 아들 왕얼을 상인으로, 셋째 아들 왕싼을 농부로 키울 생각에 첫째 왕이를 남부로 유학 보내지만 얼마 후 오란이 사망하는 바람에 다시 돌아와 눌러앉는다. 상인이라는 직업이 자신에게 잘 맞는 둘째 왕얼은 착실히 성장하고, 셋째 왕씬은 왕룽의 생각과 달리 농사에 관심이 없었다. 어느덧 노인이 된 왕룽은 어린 몸종 이화를 첩으로 맞이하는데, 내심 그녀를 마음에 두고 있던 왕싼은 이 일을 계기로 가출해 지방 군벌 부대에 입대한다. 얼마 지나지 않아 왕룽이 사망하고 세 아들은 각각 아버지의 땅을 상속받는데, 지주가 되었으나 게으른 왕이는 땅 관리가 귀찮아 토지를 조금씩 팔아가며 호화생활을 이어가고, 인색한 둘째 왕얼은 장사를 통해 막대한 이익을 남기면서 형의 땅을 부지런히 사들이는 한편, 군자금이 필요한 막내 왕싼의 땅을 사들이며 그에게 돈을 대준다. 군인인 막내 왕싼은 용맹함으로 '호랑이'라는 뜻의 왕후라 불리기 시작하고, 형들로부터 두 여자를 소개받아 결혼해 한 아내로부터는 아이란이라는 딸을, 다른 아내로부터는 왕옌이라는 아들을 얻는다.

아버지를 떠나는 왕옌

왕후의 관심은 온통 아들 왕옌이었고, 그를 훌륭한 군인으로 키워 자신의 후계자로 삼기 위해 애쓰지만 어쩐 일인지 왕옌은 농사에 더 큰 관심을 갖는다. 시간이 흘러 왕옌이 청소년기에 접어든 어느 날, 아버지 왕후가 먹을 것을 얻기 위해 협상하러 온 병사 여섯을 그 자리에서 처형하는 것을 보고 큰 충격을 받는다. 부자 사이는 점점 멀어지고 왕후는 왕옌을 남부의 군사학교로 유학 보내지만 그곳에서 왕옌은 혁명당의 영향을 받게 된다. 혁명당의 입장에서 왕후 같은 지방 군벌은 민중의 고혈을 짜내는 암적 존재였고, 이러한 사상에 혼란을 느낀 왕옌은 사관학교를 뛰쳐나와 아버지에게로 돌아간다. 왕옌은 도저히 아버지를 이해할 수도 사랑할 수도 없어 몰래 가출해 할아버지 왕룽이 살던 옛집에 들어가 농사일을 하며 숨어지내지만, 이도 곧 발각되어 왕후에게 소환된다. 그러나 그는 결국 자신의 계모와 이복동생 아이란이 사는 해안도시로 도망치듯 떠나버리고 그곳에서 대학생활을 시작한다.

다시 만난 아버지와 아들

마침 큰아버지인 왕이 일가 역시 그곳에 터를 잡고 있었고, 왕옌은 이복동생 아이란, 사촌들과 개화된 생활을 한다. 왕옌의 사촌 왕맹은 혁명세력에 깊숙이 가담하고, 그를 통해 왕옌 역시 혁명세력과 손을 잡는다. 그러던 어느 날 당국에 의해 혁명세력이 소탕당하고 왕맹은 피신하지만 왕옌은 감옥에 갇히고 만다. 이 사실을 안 왕후 등 친인척들은 뇌물로 왕옌을 빼돌리고 미국으로 도피 유학을 보낸다. 농학 학위를 받고 중국으로 돌아온 왕옌은 왕맹의 주선으로 새로운 나라의 수도에서 학생들을 가르치는 일을 하게 되는데, 그의 유학자금을 대기 위해 아버지 왕후가 많은 빚을 졌다는 사실에 마음 아파하며 자신이 그 빚을 갚기로 결심한다. 그러던 어느 날, 비적 떼에 의해 노쇠한 왕후가 사로잡혔다는 소식이 전해지고 왕옌은 황급히 아버지를 찾아 나선다. 왕후는 과거 왕룽이 살던 시골집에 피신해 있었고, 노환과 전투로 인한 상처가 겹쳐 회복되기 어려운 상황이었다. 왕옌이 짝사랑하던 메이링이 그를 돕기 위해 찾아오고 그들은 왕후를 극진히 보살피지만, 왕후는 결국 회복하지 못하고 만다.

자식에게 부모는
어떤 의미일까

‡

이 작품은 왕룽 일가의 이야기를 담고 있으며, 특히 왕룽-왕후(왕싼)-왕옌으로 이어지는 3대의 이야기가 큰 축을 이룬다. 왕룽과 왕후, 왕후와 왕옌 각각의 부자관계는 일종의 애증의 관계처럼 보인다. 아버지로서 왕룽과 왕후는 제각기 아들인 왕후와 왕옌에게 자신의 삶의 방식을 따르라 강요하는데, 왕룽은 왕후가 자신처럼 농부가 되기를 바라고 왕후는 왕옌이 자신처럼 군인이 되기를 바란다. 그러나 왕후와 왕옌은 아버지의 요구를 거절하고 아버지의 삶의 방식을 떠나 자신들만의 방식으로 세상을 살아간다. 부모는 자신의 경험을 바탕으로 자식에게 자신의 방식을 따를 것을 조언하거나 강요하지만, 부모의 말을 그대로 따르는 자식은 거의 없을 것이다. 자식들에게 있어 부모의 존재는 자신의 자유를 제약하는 장애물처럼 여겨지기도 할 텐데, 왕옌에게 있어 아버지 왕후는 다리에 묶인 통나무와도 같았다.

이렇게 보면 부모와 자식 간의 관계가 갈등을 일으키는 관계 그 이상도 이하도 아닌 것처럼 보이지만 사실 그렇지는 않다. 자식은 부모와 다른 방식으로 살아가려 하지만 후에 돌아보면 자신의 삶 속에 부모의 흔적이 남아 있음을 알게 된다. 왕옌은 강압적인 아버지 왕후에 대한 반발심이 있었지만, 자신이 아버지를 많이 닮았음을 깨닫게 되고 이는 왕후 역시도 마찬가지다. 작품 속에서 왕룽-왕후-왕옌 3대가 공유하고 있는 기질은 바로 대지에 대한 애착의 형태로 나타나는

데, 이들의 땅에 대한 사랑은 그 성격이 다를 뿐 작품 곳곳에서 드러
난다.

결론적으로 자식에게 있어 부모란 극복하고 싶은 존재이지만 자신
도 모르게 그들의 모습이 강하게 남아 있기에 끝내 극복할 수 없는 그
런 존재인 것이다. 부모와 자식 간에는 말로 설명하기 어려운 연결의
고리가 있다는 것인데, 이 작품 속에서는 왕후가 느낀 감정을 통해 이
를 표현하고 있다. '아버지와 자기 아들을 생각하고 있으니, 왕후는 긴
생명의 연쇄 속에서 자기가 한 자리 차지한 것을 느꼈다. 이제는 그
전처럼 자기 혼자 남겨진 것처럼 고독하지 않았다.'(《대지》, 펄 S. 벅 지
음, 홍사중 옮김, 동서문화사, 2009)

끊기 어려운 가족이라는 이름의 천륜

《까라마조프 씨네 형제들》

Братья Карамазовы

표도르 도스토예프스키

Fyodor Mikhailovich Dostoevskii

도스토예프스키,
인간의 깊숙한 내면을 탐구하다

‡

도스토예프스키는 문학에 조금이라도 관심 있는 사람이라면 한번쯤 들어봤을 정도로 유명한 19세기 러시아 문단을 대표하는 세계적인 작가로 우리나라 독자들에게도 많은 사랑을 받고 있다. 그는 동시대에 활동했던 또 다른 러시아의 대문호 톨스토이가 시골 영지에서 청년시절을 보낸 것과 달리 도시에서 태어나 청년시절을 보냈다. 이러한 까닭에 그의 작품은 도시를 배경으로 하는 경우가 많으며, 특히 도시 빈민들의 이야기를 많이 다루고 있다. 도스토예프스키의 작품들은 읽기 까다로운 것으로도 유명한데 그의 작품들이 인간의 깊숙한 곳에 자리잡고 있는 내면의 어두운 면을 끄집어내 보여주기 때문이 아닐까 생각한다. 하지만 동시에 이런 점이 도스토예프스키의 작품이 200년 넘게 널리 읽히는 요인이기도 하다.

《까라마조프 씨네 형제들》은 1880년 발표된 작품으로 도스토예프스키 말년의 대작이라고 할 수 있다. 작가로서 원숙기를 지나 황혼기에 접어든 도스토예프스키의 인간이라는 존재에 대한 깊은 고민이 돋보이는 수작이다. 도스토예프스키 작품 대부분이 그렇듯 이 소설 역시 등장인물들을 통해 홍수처럼 쏟아내는 기나긴 장광설이 특징인데, 이러한 부분은 작가의 사상이 고스란히 드러나는 곳이라 그를 사랑하는 독자들에게는 오히려 독서를 즐겁게 하는 요소가 되기도 한다. 많은 사람들이 꼽는 《까라마조프 씨네 형제들》의 백미는 아마 '대심문

관' 부분일 것이다. 인간의 본질적인 속성에 대한 고민을 담고 있는 이 부분은 이후 수많은 해석을 낳았고 지금까지도 문학 애호가들에게 회자되고 있다.

도스토예프스키의 작품들은 대개 종교적, 도덕적 주제를 다루고 있지만 의외로 그 자신은 도박을 즐겼던 것으로 알려져 있다. 그의 소설 속에 도박 장면들이 빈번하게 등장하는 것은 이와 무관하지 않을 것이다. 도스토예프스키가 도박 빚 때문에 왕성한 작품활동을 하지 않을 수 없었다고 하니, 후대의 독자들에게는 도리어 행운이라고 해야 할까?

한 손에 쥐고
단숨에 읽는 작품 속으로

‡

등장인물과 그들의 관계

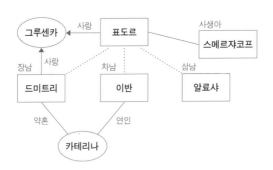

까라마조프 씨네의 갈등

표도르 까라마조프는 이런저런 사업을 통해 재산을 꽤 모은 사람으로, 다소 경박하고 정욕적인 성격을 가졌으며 두 번에 걸친 결혼생활을 통해 세 명의 아들을 두었다. 표도르는 아버지로서의 역할을 제대로 하지 않았고 드미트리, 이반, 알료샤 등 세 아들은 각각 외가 친척의 도움을 받아 성장한다. 장남 드미트리는 아버지 표도르와 재산 문제로 갈등을 빚고 있었는데, 그는 어머니 몫에 해당하는 재산을 더 받고자 하지만 표도르는 이를 거부하는 상황이었다. 둘째 이반이 두 사람 사이를 중재하기 위해 고향에 돌아왔고 가족들은 명망 높은 조시마 장로의 중재를 구하기 위해 수도원에 모여 논의하지만, 표도르는 자식들과 수도사들 앞에서 추태를 부리며 논의를 망쳐버리고는 돌아간다.

드미트리의 속사정

사실 드미트리에게는 복잡한 사정이 또 있었다. 원래 그에게는 카테리나라는 약혼녀가 있었지만 최근 그루셴카라는 행실이 좋지 않기로 유명한 이성에게 빠진데다 그녀와 결혼까지 하고 싶어 했다. 카테리나는 약혼자 드미트리에게 3천 루블을 건네며 친척에게 송금해달라고 부탁했는데 그는 그 돈을 그루셴카와의 유흥에 모두 써버린 바 있었다. 드미트리는 아버지에게 재산을 추가로 받아 카테리나에 3천 루블을 갚는 한편, 그루셴카와 먼 곳으로 떠나 결혼해 살기를 원했던 것이다. 하지만 아버지 표도르 역시 그루셴카를 마음에 두고 있어 그녀가 자신에게 오기만 하면 3천 루블을 주겠다고 공언하며 그녀를 기다리는 중이었다. 한마디로 아버지와 아들은 재산 문제뿐만 아니라 애정 문제까지 복잡하게 얽힌 상황이었다.

표도르의 사생아 스메르쟈코프

드미트리는 그루센카가 아버지에게 갈까 싶어 매일같이 집에 가는 길목을 지키고 서 있었는데, 표도르는 자신의 사생아 스메르쟈코프를 이용해 그루센카를 끌어들이려 한다. 사실 스메르쟈코프는 간질병을 앓고 있었는데, 표도르와 아들들은 그를 일개 무식한 하인으로 여기고 있었다. 특히 지식인인 이반의 경우 별생각 없이 "신이 없다면 사람에게는 모든 것이 허용된다"는 자신만의 사상을 설파하며 자기도 모르는 사이 그에게 영향을 미치고 있었다. 한편 드미트리는 아버지에 대한 분노에 사로잡힌 나머지 아버지를 죽이겠다는 말을 공공연히 하고 다녔으며, 스메르쟈코프는 이반에게 끔찍한 일이 발생하기 전에 고향을 떠나있으라 권한다. 이반은 조만간 간질병이 발작할 것 같다고 예고하는 스메르쟈코프에게 이상한 낌새를 느끼지만 잠시 고향을 떠나게 되고, 이것이 까라마조프 씨네의 비극을 초래하게 된다.

마침내 벌어진 참극

어느 날 밤 드미트리는 스메르쟈코프로부터 오늘 밤 그루센카가 표도르를 찾아올 것 같다는 이야기를 듣게 되고, 마침 그루센카가 집에 없다는 사실에 이성을 잃고 구리 절구공이를 들고는 아버지의 집으로 향한다. 하지만 그곳에 그루센카가 없다는 것을 확인하고 몰래 담을 넘어 돌아가려던 드미트리는 하인 그레고리에게 발각되고, 당황한 나머지 엉겁결에 절구공이로 그레고리를 내리치고 도망친다. 그레고리는 겨우 목숨을 건졌으나 엉뚱하게도 표도르가 사망하면서 드미트리는 살인혐의로 체포되고 만다. 사실 표도르는 스메르쟈코프가 살해한 것이었지만, 그레고리의 증언과 정황 증거 등으로 인해 드미트리는 감옥에 갇혀 재판을 기다리는 처지가 된다.

드미트리에 대한 유죄 선고 그리고 용서

시간이 흘러 고향으로 돌아온 이반은 스메르쟈코프와의 만남을 통해 그가 아버지를 살해한 진범임을 확신하게 되는데, 그는 이반에게 이반도 아버지가 죽기를 바랐고 자신이 그를 살해하도록 사주했다고 주장한다. 격분한 이반은 자신이 모든 사실을 밝히겠다고 하지만, 그날 스메르쟈코프는 돌연 자살을 택하고 만다. 마침내 열린 드미트리의 재판에서 이반과 알료샤, 그루센카는 드미트리의 무죄를 주장하지만, 카테리나와 그레고리 등 대부분의 증인들은 유죄를 주장한다. 검사와 변호사의 치열한 논쟁 끝에 배심원들은 조금의 정상참작도 없이 드미트리의 유죄를 판결하고, 그는 결국 20년 형을 선고받게 된다. 이반은 죄책감으로 인해 중병을 앓게 되고 이반을 사랑하게 된 카테리나와 동생 알료샤는 드미트리를 탈출시키려 계획을 세운다. 그 과정에서 드미트리의 변심으로 인해 상처받은 카테리나와 카테리나의 증언으로 인해 유죄를 선고받은 드미트리는 서로를 용서한다.

끊을 수 없는
가족의 영향

‡

이 작품은 까라마조프 씨네 삼형제 드미트리, 이반, 알료샤뿐만 아니라 또 다른 까라마조프 씨인 표도르와 스메르쟈코프에 대한 이야기다. 까라마조프라는 성을 가진 이들 다섯 명은 다소 정도가 덜한 알료샤를 제외하고는 대부분 격정적인 성격을 지니고 있으며, 감정이나 행동이 급격하게 변하는 모습을 보여주고 있다. 표도르의 경우 오십이 넘은, 당시로서는 고령임에도 불구하고 그루센카라는 여성에게 빠져 아들과 경쟁한다. 그런가 하면 드미트리는 약혼녀의 돈을 빼돌려 유흥비로 탕진하고 아버지를 죽이겠다고 공공연히 떠들고 다닐 정도로 격정적인 모습을 보이기도 한다. 내심 아버지가 죽기를 바랐던 이반이나 살인을 저지른 스메르쟈코프 역시 마찬가지다. 까라마조프 씨네 형제들은 자신들의 이러한 성격을 '까라마조프적'이라 규정하는데, 까라마조프 집안 사람이라면 벗어날 수 없는 선천적인 특성이라고 생각하는 것이다.

누군가는 자신이 가족들의 영향을 많이 받고 있다고 생각하는 반면, 다른 누군가는 이를 부정할 수도 있다. 특히 가족이나 가문에 대한 소속감보다는 개인의 독립성을 중시하는 지금과 같은 시대에는 후자의 견해를 가진 사람이 더 많을 수도 있다. 소설에 등장하는 드미트리, 이반, 알료샤 그리고 스메르쟈코프는 각자의 처지에 따라 조금은 다른 모습을 보이지만, 까라마조프의 피가 흐르는 이상 기저에는 본질적으로 유사한 성향을 가지고 있다는 것을 알 수 있다. 결과적으로 작가는 작품을 통해 개인으로 태어났으나 가족이라는 집단의 영향에서 벗어날 수 없음을 까라마조프 씨네 형제들을 통해 보여주고 있는 것은 아닐까 생각해본다.

가문을 위해 희생한 가장들의 대를 이은 이야기

《부덴브로크가의 사람들》
Buddenbrooks

토마스 만
Thomas Mann

토마스 만,
바이마르 공화국의 양심으로 살아간 작가

‡

1929년 노벨문학상을 수상한 토마스 만은 '바이마르 공화국의 양심'이라 평가받는 작가다. 유럽 대륙을 휩쓴 제1차 세계대전이 끝난 후 집필한 그의 대표작 《마의 산 Der Zauberberg》에서 그는 전 인류의 사랑에 근거한 새로운 사회 모델을 제시하는 등 작품활동을 통해 정치 사회 문제에 대한 의견을 제시하는데 주저하지 않았기 때문이다. 이런 그에게 나치의 집권은 참을 수 없는 상황이었기에 토마스 만은 히틀러 집권 이후 고국을 등질 수밖에 없었다. 그렇긴 해도 그는 어디까지나 독일을 사랑하는 독일인이었다. 이는 그가 남긴 작품들 대부분이 독일 문화에 깊이 뿌리내린 작품들이었다는 점에서도 확인할 수 있다.

토마스 만은 장편과 중단편을 가리지 않고 좋은 작품들을 많이 남겼는데, 《부덴브로크가의 사람들》은 작가 개인의 삶이 반영되어 있다는 점에서 주목할 만하다. 이 작품은 상업을 주로 하는 부덴브로크 가문의 4대에 걸친 이야기를 다루고 있는데, 이는 뤼베크의 유명한 곡물상이었던 토마스 만의 가문을 반영한 설정이다. 이 소설에서 작가는 가문을 위해 자신을 희생하는 가장들의 이야기를 보여줌으로써 가족과 개인의 관계에 대해 생각할 거리를 제공하고 있다. 방대한 분량으로 선뜻 손이 가지 않지만 이야기 중심으로 전개되는 소설이기에 어느 순간 빠져들어 읽게 된다.

토마스 만은 나치 정권에 반대한 작가였지만 다른 작가와 달리 작품이 불타는 수모만은 면했는데, 그 이유가 다름 아닌 노벨문학상 수상 때문이라는 속설이 있다. 독일 민족의 우수성에 취한 나치 정권이기에 세계적인 문학상을 수상한 토마스 만의 작품들까지 모두 불태우지 못했을 것이라는 추측이다.

한 손에 쥐고
단숨에 읽는 작품 속으로

‡

등장인물과 그들의 관계

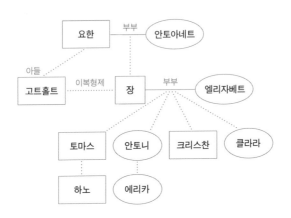

명문가 부덴브로크

부덴브로크 가문은 1700년대부터 사업을 시작해 번창한 집안으로 가문을 대표하는 가장에게는 '요한'이라는 세례명이 대대로 이어져 오고 있었다. 집안의 제일 웃어른인 요한에게는 사별한 전 부인과의 사이에서 낳은 아들 고트홀트가 있었는데, 그는 반대하는 결혼을 진행해 가문과 의절한 상태였다. 지금의 아내 안토아네트와의 사이에서 낳은 장과 그의 아내 엘리자베트의 두 아들 토마스와 크리스찬은 성격이 사뭇 달랐는데, 얌전하고 진중한 토마스와 달리 크리스찬은 자유분방했다. 그런가 하면 둘째 딸 안토니는 어릴 때부터 집안에 대해 큰 자부심을 갖고 있었다. 시간이 흘러 안토아네트가 먼저 세상을 떠나고, 마치 뒤따르듯 남편 요한도 죽음을 맞게 된다. 아버지의 부고에 고트홀트가 찾아오고 오랜만에 만난 이복동생 장에게 재산 분할을 요구하지만, 장은 사업을 이어가야 한다는 사명감에 이를 거부한다.

안토니의 결혼 그리고 실패

집안의 가장이 된 장은 맏아들 토마스의 진중하고 성실한 성품을 신뢰해 16세부터 사업에 조금씩 참여시키기 시작한다. 기숙학교에서 공부하던 둘째 안토니는 다시 집으로 돌아오고, 그 무렵 그륀리히라는 30대 사업가가 안토니에게 청혼 의사를 전한다. 그녀는 그륀리히가 그다지 마음에 들지는 않았으나 사업상 그의 존재가 도움이 된다는 사실에 결혼을 결심한다. 그륀리히와 안토니 사이에 에리카라는 딸이 태어나고 안토니는 사치스러운 삶을 살고 싶어 하지만 이를 못마땅하게 여기는 남편과 갈등을 빚는다. 후에 알게 된 사실이지만 당시 그륀리히는 처가의 신용을 이용해 은행에 막대한 빚을 지게 되면서 빚 독촉에 시달리고 있었던 것이다. 결국 그륀리히는 장인 장에게 손을 벌

리지만, 장은 도리어 안토니에게 집안 사정을 설명하고 집안에 대한 자부심이 컸던 안토니는 남편을 떠나 친정으로 향한다.

새로운 가장, 토마스

그 일이 있은 얼마 후 장이 갑작스럽게 세상을 떠나고, 장남 토마스가 부덴브로크 가문의 가장이 된다. 막중한 임무를 맡게 된 토마스는 특유의 성실함과 진중함으로 사업을 이끌어간다. 한편 오랜 시간 다른 도시에 떠나있다가 아버지의 죽음을 계기로 돌아온 크리스찬은 여전히 자유분방한 삶을 살고 있었다. 동생의 그런 모습을 달가워하지 않던 형 토마스와 크리스찬은 갈등을 빚게 되고 건강이 그리 좋지 못한 크리스찬은 갈수록 엇나간다. 그런가 하면 장의 죽음 이후 엘리자베트는 종교에 귀의해 집안을 경건한 분위기로 만들고, 토마스는 안토니의 친구이기도 한 게르다와 결혼한다. 그러던 어느 날 알로이스라는 사업가가 안토니에게 청혼하고 망설이던 그녀는 결국 재혼에 이르지만, 알로이스는 안토니의 기대와 달리 활동적인 사람이 아닌 탓에 두 사람의 갈등은 가족들의 근심을 사게 된다.

안토니의 두 번째 아픔

알로이스와 안토니 둘 사이에서 태어난 아이의 죽음, 하녀와의 외도 등으로 파경을 맞고 그렇게 안토니는 두 번째 이혼을 하게 된다. 한편 토마스와 게르다 사이에서는 오랫동안 기다리던 아들이 태어나 하노라는 이름을 붙여준다. 집안의 가장인 토마스가 전임 시의원의 죽음으로 궐석이 된 시의원까지 겸하게 되자 안토니는 가문의 영광에 자랑스러워한다. 하지만 토마스는 사업이 원활하지 못해 자산이 줄어드는 것에 대한 근심과 더불어 자신의 기대와 달리 숫기 없는 아들 하노에 대해 걱정하고 있었다. 하노는 하노대로 자유분방하게 살아가는 삼촌 크리스찬을 부러워하고, 안토니의 사위 후고는 사업상 어려움으로 인해 징역형에 처해지면서 안토니는 또 한번의 아픔을 겪게 된다.

부덴브로크 가문의 몰락

얼마 후 사남매의 어머니 엘리자베트마저 세상을 떠나고 어머니의 유품과 유산을 분배하는 과정에서 유족들은 갈등을 겪는다. 특히 크리스찬은 행실이 좋지 않은 것으로 소문이 무성한 여성과 결혼하겠다는 폭탄선언으로 토마스와 크게 다툰 후 떠나고 만다. 한편 토마스는 계속 내리막길을 걷고 있는 사업에 대한 불안과 쉼 없이 달려온 삶으로 지치게 되고, 이에 더해 기대에 부응하지 못하는 아들 하노에 대한 근심으로 힘들어하고 있었다. 그러던 어느 날 독서를 통해 죽음과 인생에 대한 깨달음을 얻은 토마스는 유언장을 미리 작성한다. 그만큼 지쳐있던 토마스는 치통으로 어금니를 뽑다가 의료 과실로 제대로 치료도 받지 못한 채 거리에서 쓰러져 급사하고 만다. 크리스찬은 집안의 반대에도 불구하고 행실이 좋지 않은 여성과 끝내 결혼하지만 그녀의 농간으로 정신병원에 갇힌 채 삶을 마감하는 비극을 겪는다. 부덴브로크 가문의 어린 하노는 학교에 다니며 교육을 받지만 그마저도 얼마 후 장티푸스로 인해 이른 나이에 세상을 떠난다. 남편과 아들을 연달아 잃은 게르다는 부덴브로크가를 떠나고, 가문을 사랑하고 자랑스러워한 안토니만이 남아 가문을 지키게 된다.

가문에 대한 책임감에 짓눌린
한 가장의 이야기

‡

부덴브로크 가문의 첫째 토마스와 셋째 크리스찬은 같은 부모에게서 태어난 친형제이지만 완전히 다른 성향을 지녔다. 진중하고 성실한 성격의 토마스와 달리 크리스찬은 자유분방하고 충동적이었으며, 이런 두 사람의 성향 차이는 작품 초반부터 부각된다. 이들의 아버지 장은 토마스의 성향이 앞으로 회사와 집안을 이끌어가는데 적합하다고 판단해 어릴 때부터 회사 일에 참여시킨다. 반면 크리스찬은 마치 탕자처럼 집안 사람들에게 불편함을 느끼게 하는 천덕꾸러기 신세가 된다. 같은 부모 아래서 태어난 형제라도 신기할 정도로 각각의 성향이 다른 것은 현실에서도 흔하게 볼 수 있는 일이다. 그런데 유독 이 작품에서 토마스와 크리스찬의 성향 차이는 부각되고, 특히 토마스는 자신과 맞지 않는 동생 크리스찬에게 적대감마저 드러내고 있다. 그는 동생이 하는 일에 대해 사사건건 불편한 마음을 드러내고 결정적으로 동생이 행실 나쁜 여성과 결혼하겠다고 선언하자 폭발해버린다.

표면적인 이유야 집안의 재산을 지키지 못할 것이라는 데에 있었지만, 소설의 내용을 잘 들여다보면 이면에는 또 다른 이유가 있음을 알게 된다. 사실 성실하고 진중하게만 묘사되는 토마스도 크리스찬과 같은 일탈의 욕구를 늘 품고 있었다는 것을 확인할 수 있다. 그렇기 때문에 토마스로서는 실제로 그런 삶을 살아가는 크리스찬을 보면서 내면에 감춰둔 욕망이 자극받는 것을 괴로워했던 것이다. "내가 너를 마음속으로 싫어한다면 그것은 너로부터 나 자신을 보호할 필요가 있었기 때문이야. 너라는 존재와 본질은 나에게 위험한 것이었어."(《부덴브로크가 사람들》, 토마스 만 지음, 홍성광 옮김, 민음사, 2001) 토마스의 이 말을 통해 그가 동생에게 적개심을 드러내는 본질적인 이유는, 동생의 모습에서 자기 내면 깊숙한 곳에 숨겨둔 욕망을 보게 되었기 때문임을 알 수 있다. 더불어 크리스찬으로부터 받은 자극이 자신의 균형 잡힌 삶을 흔들게 할 우려가 있었기 때문에 그가 그토록 강하게 반발했던 것이다. 어릴 때부터 가문의 운명을 양 어깨에 짊어지고 일탈은 생각할 수도 없었던 토마스의 모습이 애처롭게까지 느껴진다.

세대 간 연계의 중요성을 일깨우는

《백년 동안의 고독》

Cien Anos de Soledad

가브리엘 가르시아 마르케스

Gabriel Garcia Marquez

가브리엘 가르시아 마르케스,
마술적 리얼리즘으로 남미의 이야기를 풀어내다

‡

남미 콜롬비아에서 태어난 가브리엘 가르시아 마르케스는 어린 시절 사업가인 부모와 떨어져 외가에서 지낼 수밖에 없는 상황이었다. 자칫 불우한 환경에 놓일 수도 있는 상황이었지만 다행히 그의 외조부는 진취적인 사고방식을 지닌 어른이었고 마르케스는 외조부에게 많은 영향을 받으며 자랐다. 학교에 다닐 때가 되어서야 그는 부모와 함께 살게 되었으며 학교에서의 성적은 꽤 우수한 우등생이었다. 당시 콜롬비아는 극심한 정치적 혼란을 겪고 있었는데 마르케스는 기자로 활동하면서 뛰어난 글솜씨로 유럽과 미국의 특파원 생활을 하기도 했다. 이 시기 서구의 발전된 정치·경제체제를 경험한 것이 훗날 그의 작품활동에 많은 영향을 준다. 작가로서 그는 중남미 문학 특유의 '마술적 리얼리즘'의 대표 주자로 평가받고 있으며, 1982년 노벨문학상을 수상함으로써 라틴 아메리카를 대표하는 작가로 자리매김했다.

《백년 동안의 고독》은 1967년 발표한 작품으로 가브리엘 가르시아 마르케스에게 세계적인 명성을 안겨준 작품이다. 이 작품은 마콘도라는 가상의 공간을 배경으로 부엔디아 가문의 7대에 걸친 이야기를 풀어내는 대서사시다. 가상의 공간, 가상의 가문이지만 작가가 그려내고 있는 이 소설의 이야기는 중남미 국가들이 거의 예외 없이 공통적으로 겪은 역사적 사실을 상징적으로 보여주고 있다. '20세기 스페인어 작품 중 최고'라는 찬사를 받는 소설이지만 사실 이 작품은 읽기가 쉽지 않다. 너무나 많은 사람들의 이야기가 복잡하게 얽혀 있을 뿐 아니라 호세, 아우렐리아노 등과 같은 이름이 반복되어 사용되기 때문이다.

가브리엘 가르시아 마르케스의 작품 중에는 '대령'이라는 인물이 중요한 역할을 하는 경우가 많다. 《백년 동안의 고독》에서는 아우렐리아노 대령이 그렇고, 《아무도 대령에게 편지하지 않다El coronel no tiene quien le escriba》에서는 애초에 퇴역 대령이 주인공이다. 이는 마르케스의 어린 시절을 돌봐준 외조부가 대령 출신이었기 때문인 것으로 생각되는데, 그가 외조부로부터 얼마나 많은 영향을 받았는지 알 수 있게 해주는 대목이다.

한 손에 쥐고
단숨에 읽는 작품 속으로

‡

등장인물과 그들의 관계

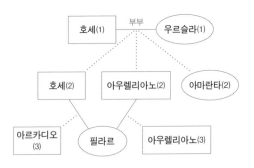

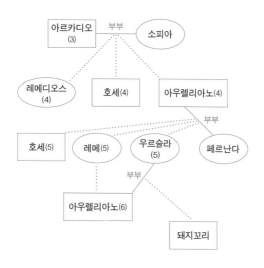

마콘도 건설

호세 아르카디오 부엔디아는 아내 우르슬라 이구아란과 함께 마콘도
를 건설한다. 사실 호세와 우르슬라는 사촌지간이며 근친결혼으로 인
해 돼지꼬리 달린 아이를 낳을 수 있다는 말에 우르슬라는 아이 낳는
것을 두려워하지만 호세의 요구로 아이를 낳게 되고 호세(2대), 아우
렐리아노(2대), 아마란타(2대)가 그들이었다. 첫째 아들 호세는 필라르
라는 여성을 사랑하게 되면서 아이를 갖게 되지만, 호세는 그녀를 떠
나버리고 집시들과 함께 종적을 감추고 만다. 필라르가 낳은 아이인
아르카디오(3대)는 부엔디아 가문에 입적되고 고모인 어린 아마란타
와 함께 양육되는데, 어느 날 레베카라는 소녀가 호세(1대)의 친척 딸
이라며 찾아와 부엔디아 가문에서 자라게 된다.

호세와 아우렐리아노의 결혼

그 후 아우렐리아노(2대)는 마콘도의 군수 모스코테의 어린 딸 레메디오스를 사랑해 결혼하게 되고, 새신부 레메디오스는 남편 아우렐리아노와 필라르의 혼외자식인 아우렐리아노(3대)를 입양해 키울 정도로 착한 여자였지만 결혼한 지 얼마 되지 않아 급작스럽게 사망하게 된다. 얼마 후 집시들과 함께 사라졌던 호세(2대)가 돌아오고 레베카는 그에게 반해 결국 두 사람은 결혼한다.

보수와 자유의 내전

한편 마콘도에서는 보수파와 자유파의 내전이 발발하고 아우렐리아노(2대)는 자유파 군의 대령이 되어 이곳저곳을 떠돌며 여러 여성들과의 사이에서 17명의 아들을 낳는다. 그는 조카 아르카디오(3대)에게 마콘도의 통치를 맡기는데, 아르카디오(3대)는 어머니 필라르의 소개로 소피아라는 여성과 결혼해 레메디오스(4대), 쌍둥이 형제인 호세(4대), 아우렐리아노(4대)를 낳는다. 하지만 마콘도가 보수파 군의 공격을 받아 점령당하면서 아르카디오(3대)는 총살을 당하고 만다. 내전은 보수파의 승리로 끝나고 아우렐리아노(2대)도 체포되어 총살당할 뻔했으나 형 호세(2대)의 구출로 목숨을 건져 달아나서는 다시 봉기를 일으키는데 성공해 마콘도로 돌아온다. 그 후 호세(2대)가 의문의 자살을 하면서 아내인 레베카의 은둔생활이 시작되고, 아우렐리아노(2대)는 다시 마콘도를 떠나 반란군을 지휘한다. 한편 아우렐리아노(3대)는 아버지를 따라 전장으로 향했다가 얼마 후 정부군이 점령한 마콘도로 돌아오지만 몸수색을 거부하다 총에 맞아 사망하고 만다. 이후 아우렐리아노(2대)는 반란군들을 지휘하여 마콘도를 탈환하고는 정부군과 휴전협정을 맺어 내란을 종식시킨 후 작업실에 틀어박혀 생활한다.

후손들의 이야기

쌍둥이 형제 호세(4대)와 아우렐리아노(4대)는 동시에 페트라라는 한 여성과 사귀게 되지만 후에 아우렐리아노(4대)는 페르난다라는 여성과 결혼한다. 결혼 후에도 그는 페르난다와 페트라의 사이를 오가며 두 집 살림을 하고, 페르난다는 호세(5대)라는 아들과 레메(5대)라는 딸을 낳는다. 우르슬라(1대)는 호세(5대)를 교황으로 만들고 싶어 신학교로 보내고, 레메(5대)는 악기를 배우기 위해 수녀 학교로 향한다. 수녀 학교에서 악기 공부를 마친 레메(5대)가 돌아오고, 레메의 여동생 우르슬라(5대)가 태어난다. 레메(5대)는 마우리치오 바빌로니아라는 남성을 만나 사랑하게 되고 그와의 사이에서 아우렐리아노(6대)라는 아들을 낳는다. 하지만 마우리치오는 부엔디아 집으로 몰래 들어오려다 도둑으로 몰려 총에 맞아 사망하고, 레메(5대)는 수녀가 되어 마콘도를 떠난다.

돼지꼬리 아이의 탄생

아우렐리아노(4대)는 공부에 뜻을 보이는 막내딸 우르슬라(5대)를 벨기에에 유학 보내는데, 얼마 후 호세(4대)와 아우렐리아노(4대)가 사망하자 그들의 어머니 소피아도 마콘도를 떠난다. 어느 날 페르난다마저 사망하고 호세(5대)가 로마의 신학교에서 돌아와 어머니 페르난다의 장례를 치른 뒤 조카 아우렐리아노(6대)와 서로 의지하며 살아가다 그 또한 강도를 당해 사망하고 만다. 그 후 벨기에에서 공부하던 우르슬라(5대)가 남편 가스통과 마콘도로 돌아와 아우렐리아노(6대)와 함께 살게 되는데, 이때 아우렐리아노(6대)는 우르슬라(5대)를 사랑하게 된다. 가스통이 벨기에로 돌아가고 이후 우르슬라(5대)와 아우렐리아노(6대) 사이에서는 돼지꼬리 아이가 태어난다. 그 후 아우렐리아노(6대)는 멜키아데스의 비밀원고를 발견하게 되는데, 거기에는 부엔디아 가문의 멸문에 대한 예언이 적혀 있었다.

세대 간의
단절이 불러온 비극

‡

이 작품은 우르슬라라는 한 여성의 이야기로 시작해 그녀의 5대손인 또 다른 우르슬라라는 여성의 이야기로 끝난다고 봐도 과언이 아니다. 1대 할머니 우르슬라는 부엔디아 가문에서 돼지꼬리 아이가 태어날 것이라는 저주를 피하기 위해 아이를 갖지 않으려 했다. 하지만 다행히 그녀의 슬하에서는 돼지꼬리 아이가 태어나지 않았고, 이후 다섯 대를 지나오는 동안 역시 마찬가지였다. 그런데 그녀의 6대손에 이르러 돼지꼬리 아이가 태어나면서 부엔디아 가문은 멸문의 길에 접어들고 만다. 직접적인 이유는 서로 친족인줄 몰랐던 이모와 조카 간의 근친상간이지만, 근본적인 이유는 친족간이라는 사실과 근친결혼 시 돼지꼬리 아이가 태어날 수도 있다는 사실을 그들에게 알려주지 않았기 때문이다.

반드시 전해야 할 이야기를 전해주지 않음으로써 부엔디아 가문은 결국 대를 이어가지 못하는 불행을 겪게 된다. 이 작품은 후세에 꼭 전해야 할 이야기와 지식이라는 것이 존재하며, 이를 전하는 것이 공동체 유지에 얼마나 중요한 일인지를 알려주고 있다. 돼지꼬리 아이는 후세에 대한 재교육에 실패한 집단이 필연적으로 겪게 되는 불행을 상징하는 존재라고 할 수 있을 것이다. 1대조 할머니인 우르슬라가 죽고 나서 가문이 지켜야 할 내용을 전해줄 사람이 사라진 것으로, 이 이야기는 세대 간 단절이 촉발할 수 있는 가문의 불행에 대한 경고로 해석할 수 있을 것이다.

'가족은 안식처'라는 명제에 도전하는

《다섯째 아이》
The Fifth Child

도리스 레싱
Doris May Lessing

도리스 레싱,
일상의 작은 소재도 놓치지 않았던 작가

‡

도리스 레싱은 영국 국적의 작가지만 이란에서 출생해 아프리카 남부 짐바브웨로 이주해 성장한 다소 특이한 이력을 가지고 있다. 특히 짐바브웨에서의 생활을 통해 그녀는 식민지에서 제국주의의 수탈과 그로 인한 원주민들의 핍진한 삶을 두 눈으로 목격하게 된다. 14세에 제도권 교육을 거부하고 학교를 그만둔 도리스 레싱은 15세부터는 이런저런 일들을 하며 독립적인 생활을 했으며 그 시기 이미 단편소설들을 집필하기 시작했다고 한다. 젊은 시절 두 번의 결혼생활을 했지만 모두 이혼으로 끝을 맺은 그녀는 영국에 정착해 본격적인 작품활동을 시작한다. 작가로서 도리스 레싱은 왕성한 작품활동을 하기도 했으며, 동시에 여러 사회 문제에 침묵하지 않는 행동하는 지식인이었다. 도리스 레싱은 2007년 노벨문학상을 수상했는데 수상 당시 88세로 역대 최고령 수상자로 기록되었다.

도리스 레싱은 사소한 것 하나도 놓치지 않고 작품 소재로 활용하곤 했는데, 1988년 발표한 《다섯째 아이》가 대표적이다. 그녀는 이 소설을 구상하게 된 계기로, 빙하시대의 유전자가 현대의 인류에게 전해져 내려온다는 한 인류학자의 글과 네 번째 딸 때문에 다른 세 아이까지도 망쳤다고 하소연한 한 어머니의 잡지 기고문을 꼽는다. 이 작품의 주인공이라고 할 수 있는 다섯째 아이 벤은 형, 누나들과는 현저하게 다른 성향을 가지고 태어나 가족들의 근심거리가 된다. 벤이 보여주는 폭력적인 언행은 화목한 가족, 친지들과의 모임마저도 해체시킬 정도인데 일련의 과정들에 관한 묘사는 독자의 간담을 서늘하게 한다. 비교적 짧은 작품인데다 흥미로운 부분도 있어 가벼운 마음으로 접하기 좋은 소설이다.

도리스 레싱은 자신이 노벨문학상을 수상하리라고는 상상하지 못했는지, 2007년 노벨문학상 수상자 발표 당시 장을 보러 나갔었다고 한다. 장을 보고 돌아오는 길에 자신의 집 앞에 운집한 기자들을 보고서야 수상 소식을 접하게 된 도리스 레싱은 놀라움을 감추지 못했다고 전해진다.

**한 손에 쥐고
단숨에 읽는 작품 속으로**

‡

등장인물과 그들의 관계

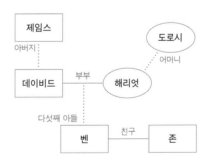

데이비드와 해리엇

주인공 부부인 데이비드와 해리엇은 회사 파티에서 만나 뜨거운 사랑에 빠지고 얼마 지나지 않아 결혼한다. 이상적인 가정상을 그리던 둘은 자신들의 재정 능력을 초과함에도 불구하고 런던 교외에 대저택을 구입한다. 그들은 대저택에서 되도록 많은 자녀를 낳아 키우며 살고 싶었던 것이다. 다행히 데이비드의 아버지 제임스가 부유했던 관계로 그들 부부를 재정적으로 지원해줄 수 있었다. 데이비드와 해리엇의 가정생활은 평탄하게 이어지는데, 그들은 매년 성탄절과 부활절, 여름휴가 때마다 일가 친척들을 초대해 파티를 열곤 했다. 이런 데이비드와 해리엇은 루크, 헬렌, 제인, 폴 등 4남매를 연달아 낳았는데 해리엇의 친정어머니 도로시가 두 사람을 도와 아이들을 양육한 반면, 그들의 친족들은 지나치게 많은 자녀를 낳으려 하는 두 사람을 걱정하며 만류한다.

다섯째 아이가 태어나다

그러던 어느 날 드디어 다섯째 아이가 생기는데, 이 아이는 뱃속에서부터 뭔가 심상치 않았다. 해리엇은 다섯 번째 임신임에도 불구하고 왠지 모르게 이 아이가 어색했고, 아이는 뱃속에서부터 분노와 증오로 똘똘 뭉쳐 어머니와 전쟁을 벌였던 것이다. 8개월 때 유도분만을 해야 할 정도로 힘들게 만들었던 다섯째 아이는 벤이라는 남자아이로, 생김새부터가 비호감이었을뿐더러 다른 아이들과 달리 폭력적인 모습을 보인다. 어른들조차 간담을 서늘하게 만드는 벤의 외모와 행동으로 인해 매년 있었던 친척들의 모임은 서서히 해체되기 시작하고, 개와 고양이를 목졸라 죽인 것으로 추측되는 벤의 행동으로 인해 부모와 가족 친지들의 공포는 극에 달한다. 이에 친지들은 의논 끝에 벤을 이름 모를 한 요양소로 보내버린다.

돌아온 벤

해리엇은 데이비드의 만류에도 불구하고 벤을 보기 위해 홀로 요양소를 찾는다. 그 요양소에는 겉보기에도 충격적인 아이들이 수용되어 있었는데, 해리엇은 자신의 아들 벤이 구속복에 갇혀 마취되어 있는 것을 보고는 집으로 데려온다. 하지만 남편 데이비드를 비롯한 아이들과 친지들의 반응은 싸늘했는데, 그들은 해리엇을 속으로 비난하기까지 했다. 벤의 형, 누나들은 벤을 두려워하고 데이비드와 친지들, 심지어 해리엇도 마찬가지였다. 설상가상으로 데이비드와 해리엇의 사이는 벤으로 인해 갈수록 멀어지게 되는데, 어느 날 정원 관리를 위해 부른 존이라는 청년을 벤이 잘 따르는 것을 본 해리엇은 그에게 용돈을 주며 벤과 하루 종일 나가서 놀도록 한다.

해리엇의 좌절

시간이 흘러 벤의 형제들은 친지들의 집으로 뿔뿔이 흩어져 지내게 되고, 존과 그의 친구들도 취업해 동네를 떠난다. 해리엇은 벤을 데리고 전문가를 찾아 상담을 받아보기도 하지만 아무런 도움도 얻지 못한다. 이제 벤도 나이가 차 학교에 다니게 되었지만, 공부엔 전혀 관심이 없고 불량학생들과 어울려 다니다 마침내 집안에까지 그들을 들여 제멋대로 지낸다. 심지어 그들은 몇 날 며칠 가출해 지내기도 했는데, 어느 날 뉴스에 보도된 청소년 폭동 현장에서 벤의 무리를 발견한 해리엇은 충격에 휩싸인다. 더불어 해리엇은 벤이 다시는 돌아오지 않을 것임을 예견한다.

가족의
이중적 모습

‡

가족은 많은 사람이 소중하게 생각하고 무슨 일이 있어도 반드시 지키고 싶어 하는 존재다. 대부분의 사람은 가족으로부터 기쁨을 얻고 가정 안에서 평안을 누린다. 그런데 아이러니하게도 우리가 가장 많은 상처를 받는 상대도 가족인 경우가 허다하다. 이 작품은 가족 안에서 상처받은 이들의 모습을 잘 보여주고 있다. 데이비드와 해리엇에게 가족은 무엇보다 소중한 존재이고, 자신들이 생각하는 이상적 결혼생활에서 없어서는 안 될 필수요소였다. 그렇기 때문에 그들은 자신들의 경제력을 초과하는 대저택을 구입하고 때마다 친척들을 초대해 파티를 열곤 했던 것이다.

그런데 그들 부부의 마음에 상처를 주는 존재는 남이 아니라 바로 그 가족들이었다는 것이 아이러니한 부분이다. 가족들은 데이비드, 해리엇 부부와 정기적으로 만나면서도 자녀를 가능한 많이 낳으려는 두 사람의 계획을 대놓고 비난하거나 상처를 준다. 하지만 누구보다도 가족의 이중성을 가장 적나라하게 드러내는 존재는 다름 아닌 다섯째 아이 벤이라고 할 수 있다. 어머니 해리엇의 입장에서는 벤 역시 포기할 수 없는 너무나 소중한 아이였지만, 다른 가족들에게 벤은 피하고 싶은 존재일 뿐이다. 이 때문에 벤이 요양소에서 돌아오자 가족들의 평범한 생활은 깨지고 만다. 가족인 벤을 지키고자 하는 해리엇의 노력이 도리어 다른 가족들을 뿔뿔이 흩어지게 만들어 결국 가정이 깨지고 만 것이다. 이 소설은 대부분의 사람들이 지키고 싶어 하는 가족이 동시에 가장 많은 상처를 주는 존재라는 이중적 모습을 아주 잘 드러내는 작품이라고 할 수 있다.

3장

'나'란 존재의 정체성에 대해
탐구하다

《정체성》/ 밀란 쿤데라

《나를 보내지 마》/ 가즈오 이시구로

《지킬 박사와 하이드 씨》/ 로버트 루이스 스티븐슨

《오페라의 유령》/ 가스통 르루

《변신》/ 프란츠 카프카

이름과 정체성의 상관관계

《정체성》

L'identite

밀란 쿤데라

Milan Kundera

밀란 쿤데라,
작품 속 개개인에 깊은 관심을 가진 작가

‡

우리나라 독자들에게도 많은 사랑을 받고 있는 작가 밀란 쿤데라는 1929년 체코에서 태어났다. 그의 아버지 루드빅 쿤데라는 당대의 뛰어난 피아니스트이자 음악학자였고, 밀란 쿤데라 역시 아버지로부터 음악과 피아노 교육을 받았다고 한다. 그 영향 때문인지 그는 음악적인 영감을 기초로 하는 작품들을 많이 남겼고, 악보나 음악 기호가 소설 속에 직접적으로 등장하기도 한다.

20세기 중반 체코 정국은 혼란스러웠으며 밀란 쿤데라 역시 체코 공산당에 가입했다가 추방되기를 반복하는 등 갖은 부침을 겪었다. 결국 그는 1968년 소련군이 프라하에 진주하는 '프라하의 봄' 이후 공산주의의 개혁을 위해 노력하다가 1975년 조국을 떠나 프랑스로 망명, 줄곧 그곳에서 작품활동을 이어나갔다.

정체성에 혼란을 겪으며 살아온 탓인지 밀란 쿤데라는 한 인간에 주목하여 그가 어떤 존재인지를 그려내는 작품들을 많이 남겼다.《정체성》역시 그중 하나라고 할 수 있는데, 이 소설에서 작가는 샹탈이라는 한 여성의 내면을 깊이 파고든다.

밀란 쿤데라의 대중적인 명성과 달리 그의 작품들은 사실 읽기 어려운 편이리고 할 수 있다. 일반적인 시간의 흐름에 따라 이야기를 전개하는 경우가 거의 없을 뿐만 아니라 시점을 자유자재로 변화시키며 서술하기 때문이다. 짧은 분량에 속하는 이 소설에서도 역시 비슷한 기법을 선보이고 있어 자칫 혼란스러울 수도 있지만, 샹탈이라는 한 인물에 집중해 읽어내려가다 보면 작가가 이 소설을 통해 하고 싶은 이야기가 무엇인지 짐작할 수 있을 것이다.

밀란 쿤데라는 1967년 그의 첫 소설 《농담The Joke》을 선보인 이래 비교적 최근까지도 신작을 발표했던 작가다. 약 50년에 걸쳐 작품활동을 하다 보니 그의 작품 스타일이 시대와 그가 처한 상황에 따라 변화하는 것을 확인할 수 있다. 작품이 작가의 산물이라는 것을 증명하는 데 가장 적합한 사례가 아닐까 싶다.

한 손에 쥐고
단숨에 읽는 작품 속으로

‡

등장인물과 그들의 관계

샹탈과 장마르크

연인 사이인 샹탈과 장마르크는 노르망디 해변의 한 도시를 여행하기로 한다. 하루 먼저 도착한 샹탈은 호텔에서 잠을 청하지만 자주 그랬듯 어수선하고 에로틱한 긴 꿈을 꾸고는 잠에서 깨어나 피곤한 상태로 혼자 해변 산책을 나간다. 한편 그사이 친구 F의 문병을 간 장마르크는 그가 중한 병으로 고통받는 모습을 보고도 별 감흥을 느끼지 못한다. 그는 F가 한 모임에서 자신을 비방하는 이야기를 듣고도 변호 한마디 하지 않았다는 사실에 화가 난 상태였던 것이다. 뒤늦게 샹탈 이 있는 호텔에 도착한 장마르크는 그녀가 산책을 갔다는 사실에 찾 아 나서지만 만나지 못한 채 호텔로 돌아온다. 그사이 샹탈은 해변을 떠나 카페에 들렀다 호텔 방으로 돌아왔고 두 사람은 방에서 만나는 데, 샹탈은 뭇 남성들이 더 이상 자신에게 관심을 보이지 않는다며 푸 념한다. 장마르크는 그녀를 찾아 헤맨 자신 앞에서 다른 남성들의 무 관심을 이야기하는 샹탈에게 서운함을 느끼게 된다.

미지의 남성으로부터 온 편지

여행을 마치고 파리로 돌아와 일상을 보내던 어느 날, 샹탈은 낯선 남 성으로부터 온 편지를 발견한다. 미지의 그 남성은 자신이 예전부터 그녀를 지켜봐왔다는 말을 하고, 샹탈은 한편으로는 불쾌해하면서도 편지를 간직한다. 그 후로도 편지는 계속되고 점점 더 노골적인 내용 으로 채워진 그 편지를 샹탈은 장마르크 몰래 계속 간직한다. 한편 장 마르크는 투병생활을 하던 F의 사망 소식을 듣고 과거 그와의 추억을 되새기며 사람이란 과거의 자신을 기억하기 위해 친구와 우정을 필요 로 하는 것이라고 생각한다. 그런가 하면 샹탈은 계속 편지를 보내는 미지의 남성이 누구인지 신경 쓰여 갖가지 추측을 하기 시작한다. 그 녀는 그 미지의 남성에게 왠지 모를 매력을 느끼며 편지에서 요구한 대로 빨간 목걸이를 착용해보는 등 하지 않던 행동도 시도하게 된다.

갈등

그러던 어느 날 샹탈은 자신이 몰래 숨겨놓은 편지를 장마르크가 봤다는 사실을 눈치채고, 직감적으로 그 미지의 남성이 장마르크임을 깨닫는다. 그녀는 미지의 남성에게서 온 편지와 장마르크의 편지를 필적 대조하기 위해 흥신소를 찾지만 굴욕감만 안고 집으로 향한다. 사실 장마르크는 다른 남성들이 자신에게 무관심하다는 샹탈의 푸념을 달래줄 작정으로 이런 장난을 한 것인데, 그녀가 점점 그 편지에 심취하자 질투와 소외감을 느끼고 있었던 것이다. 그는 이제 이 장난을 그만둘 생각으로 샹탈이 흥신소에 간 사이 마지막 편지를 편지함에 넣고 돌아서는데, 뜻밖에 샹탈의 옛 시누이가 아이들을 데리고 방문한다. 장마르크가 그들을 맞이하고 있는 사이 샹탈이 귀가하고, 그녀는 자기 방을 함부로 뒤지고 있는 아이들을 목격하고는 화를 낸다. 시누이와 아이들은 쫓겨나듯이 떠나고 샹탈과 장마르크는 편지 일로 크게 다툰다.

샹탈의 꿈

샹탈은 런던으로 가겠다며 뛰쳐나오고 장마르크는 고민 끝에 샹탈을 뒤따라 런던으로 향하지만 샹탈은 자취를 감추고 장마르크는 그런 그녀를 찾아 헤맨다. 샹탈은 우연히 난잡한 파티장에 가게 되는데 그곳에서 혐오감을 느낀 나머지 빠져나가려 하지만 그럴수록 나갈 수 없는 상황이 이어진다. 비명을 지르며 깨어난 샹탈은 그 상황이 꿈임을 알게 된다. 옆에 누워있던 장마르크는 그녀를 꼭 안아주는데, 도대체 어디서부터 꿈이었는지 샹탈은 알지 못한다. 그 일이 있은 후 샹탈은 자기 곁에 있는 장마르크에게서 절대 눈을 떼지 않겠다고 다짐한다.

정체성에서 이름이 차지하는
비중은 어느 정도일까

‡

시인 김춘수는 자신의 시 〈꽃〉에서 이름과 정체성의 관계에 대해 말한 바 있다. 밀란 쿤데라의 이 소설 역시 이름이 정체성에서 차지하는 비중이 얼마나 큰가에 대해 생각하게 하는데, 소설 속에는 이를 보여주는 장면이 두 번 등장한다. 먼저 장마르크가 자신의 이름을 숨긴 채 익명으로 샹탈에게 편지를 보내는 장면인데, 그는 익명을 사용함으로써 완전히 다른 모습을 보여준다. 심지어 장마르크는 익명의 자신에 대해 샹탈이 설레는 모습을 보자 자기 자신임에도 불구하고 그 익명의 존재에 질투심을 느끼기도 한다. 비록 동일인이라 하더라도 다른 이름을 사용할 때 완전히 다른 정체성을 갖게 되는 것을 가장 극적으로 보여주는 부분이 아닐까 싶다.

또 하나의 장면은 런던의 파티장에서 샹탈이 만난 노인이 샹탈의 이름을 '안'이라고 부르자 그녀가 보였던 내면의 반응이다. 어떤 대상, 어떤 인물을 그 사람 고유의 이름으로 부르는 것은 대상의 정체성을 인식하고 인정한다는 의미다. 그렇기 때문에 샹탈은 자신이 다른 이름으로 불리는 그 순간 낯섦을 느끼게 되는 것이다.

    장마르크의 에피소드는 이름이 자신의 정체성을 가장 잘 숨길 수 있는 도구가 된다는 점을, 샹탈의 에피소드는 이름이 어떤 사람의 정체성을 가장 잘 드러내는 수단이라는 점을 보여주는 것이다. 이 작품에서 드러나는 이름에 대한 에피소드들은 독자로 하여금 이름과 정체성의 관계에 대해 여러 가지 생각을 하게 한다.

근원을 찾고 싶은 인간의 이야기

《나를 보내지 마》
Never Let Me Go

가즈오 이시구로
Kazuo Ishiguro

가즈오 이시구로,
다양하고 기발한 소재로 인간을 탐구하다

‡

일본 나가사키에서 태어난 가즈오 이시구로는 여섯 살이 되던 해인 1960년 영국으로 이주해 그곳에서 성장한다. 그는 대학에서 철학으로 학사 학위를, 문예 창작으로 석사 학위를 받은 정통파 작가라 할 수 있다. 1982년부터 본격적인 작품활동을 시작한 가즈오 이시구로는 세 번째 소설인 《남아 있는 나날The Remains of the Day》로 영미권 최고의 문학상이라 평가받는 부커상을 수상해 이름을 알렸다. 특히 이 작품에서 그는 영국 상류층 귀족 사회에 대한 깊은 이해를 보여주고 있어 어린 시절을 일본에서 보낸 사람이라는 사실이 믿기지 않을 정도다. 특히 지난 2017년에는 노벨문학상을 수상하면서 그의 독특한 작품 세계의 깊은 문학성을 인정받았다.

《나를 보내지 마》는 2005년에 발표된, 비교적 작가의 최근작이라 할 수 있다. 이 소설은 복제인간이라는 공상과학적인 소재를 채택해 자신의 근원을 탐구하고 싶어 하는 인간의 보편적인 특성을 보여주고 있다. 복제인간을 소재로 하고 있기 때문에 과학기술관련 내용이 많이 포함되어 있을 것 같지만 실제로 작품은 공학적인 내용보다는 깊은 생각을 하게 만드는 철학적인 질문들로 가득 차 있다. 이 작품이 다루고 있는 주제의 심오함과 이를 풀어나가는 문학적인 탁월함 덕분인지 이 소설은 〈타임〉지가 선정한 100대 영문소설에 선정되기도 했으며, 작가는 이 작품으로 많은 문학상을 수상했다. 제목인 '나를 보내지 마'는 소설 속에서 주인공 캐시가 부르는 노래의 가사로 복제인간에게도 인간으로서의 정체성이 있음을 극적으로 보여주는 부분이다.

2017년 가즈오 이시구로가 노벨문학상을 수상하자 우리나라 온라인 커뮤니티에서는 그를 일본 작가로 볼 것인가, 아니면 영국 작가로 볼 것인가로 격렬한 논쟁을 벌인 바 있다. 작가 본인은 사실 여섯 살에 일본을 떠난 후 30년 동안 일본을 방문한 적이 없다고 하지만, 일본 문화에 익숙하고 일본어를 사용하는 부모의 영향을 받았기에 스스로를 완전한 영국인 같지는 않다고 말한 바 있다.

한 손에 쥐고
단숨에 읽는 작품 속으로

‡

등장인물과 그들의 관계

복제인간 캐시

주인공 캐시는 복제인간이며, 그녀는 지금 기증자가 되기 전에 반드시 거쳐야 하는 단계인 간병인으로서의 역할을 훌륭히 수행하고 있다. 캐시는 헤일셤이라는 기숙학교에서 어린 시절을 보냈는데, 이 학교 학생들은 모두 복제인간으로 일반인 교사들의 지도 아래 생활하고 있다. 헤일셤의 아이들은 교육적인 측면에서는 특별히 다를 것 없는 평범한 교육을 받지만, 생활 면에서는 일반 학교 학생들과는 조금 다른 생활을 하게 된다. 특이한 점은 외부 세계와 완전히 단절된 생활을 하고 있으며, 가끔 그 아이들이 만든 미술작품 중 우수한 것들은 어딘가로 옮겨진다는 것이다. 당시 캐시는 어떤 노래를 상당히 좋아했는데, 그 노래의 가사는 '오 베이비, 베이비, 네버 렛 미 고'였다. 어느 날 이 노래를 들으며 춤을 추고 있던 캐시는 문 앞에서 자신을 바라보며 눈물을 흘리는 마담을 보게 된다.

근원을 찾아서

헤일셤에서 졸업한 아이들은 코티지라는 곳으로 가게 되는데, 농장인 그곳은 복제인간들이 간병인-기증자 단계를 거치기 전 대기하며 생활하는 곳이다. 그곳에서 아이들은 복제인간이 헤일셤 출신만 있는 것은 아니라는 것을 알게 되고, 먼저 코티지로 온 선배들과 만나게 된다. 어느 날 선배 몇 명이 캐시, 토미, 루스에게 다가와 루스의 근원자, 즉 복제인간인 루스의 근원인 사람을 노퍼크라는 도시에서 만났다는 이야기를 한다. 헤일셤 아이들에게 있어 노퍼크는 자신들이 잃어버린 모든 물건이 모이는 일종의 유실물센터 같은 곳이다. 그들은 노퍼크에 가보지만 루스의 근원자는 찾지 못하고, 과거 캐시가 잃어버린 노래가 담긴 카세트를 발견해 캐시에게 선물한다.

복제인간들의 희망

시간이 흘러 이들 역시 간병인-기증자 단계를 거치게 되는데, 캐시는 간병인으로서 탁월한 기량을 발휘하여 간병인 단계에 오래 머물게 되고, 나아가 자신이 간병하고 싶은 기증자를 선택할 수 있는 특권까지 얻게 된다. 캐시는 루스를 선택해 그녀의 마지막까지 함께 해주게 되는데, 루스가 최후를 맞이하기 전 루스와 캐시는 다른 기증센터에 있던 토미를 찾아간다. 루스는 자신의 전 남자친구였던 토미에게 캐시와 그가 서로 호감을 가지고 있는 걸 알고 있으니 마담을 찾아가 집행유예를 신청하라고 권한다. 복제인간 남녀가 서로를 간절히 사랑하면 기증 단계를 유예하여 행복한 시간을 보낼 수 있다는 소문이 있었던 것이다.

밝혀지는 진실

루스의 죽음 이후 캐시와 토미가 마담을 찾아가 집행유예라는 것이 실재하는지, 그걸 허락해줄 수 있는지 묻지만 돌아온 대답은 충격적이었다. 집행유예라는 것은 없으며, 헤일섬의 아이들에게 평범한 교육을 하고 미술작품을 만들게 한 것은 복제인간에게도 영혼이 있다는 사실을 알리기 위함이라는 것이다. 그리고 마담이 〈나를 보내지 마〉라는 노래를 들으며 춤을 추는 캐시를 보고 울었던 이유는 캐시 역시 영혼을 지닌 한 존재라는 사실을 절실히 깨달았기 때문이었다. 캐시와 도미는 아무런 소득 없이 돌아오고, 토미는 곧 네 번째 기증을 마치고 죽음을 맞게 되어 두 사람은 영원히 이별하게 된다. 이후 캐시는 다시 노퍼크를 찾아가 먼 하늘을 바라보며 토미의 얼굴을 떠올리는 것으로 이 소설은 끝을 맺는다.

자신의 근원에 대한 본능적인 궁금함

‡

인간의 정체성을 설명하는 데 있어 또 하나 중요한 것은 바로 근원, 즉 뿌리일 것이다. 이 소설의 등장인물들은 비록 복제인간으로 설정되어 있지만, 이들이 보여주는 근원에 대한 궁금증은 평범한 인간의 그것과 크게 다르지 않다. 루스의 근원자를 찾기 위해 노퍼크로 향하는 모습이 그렇고, 폐교된다는 소식이 들리자 헤일섬을 찾아 나서는 헤일섬 출신 복제인간들의 모습, 그리고 마담을 찾아가는 캐시와 토미의 모습 등 작품 속 복제인간들의 행동은 모두 근원을 찾아 나서는 인간의 모습 그 자체다. 인간은 누구나 자신의 근원을 찾고 싶어 하고 그것을 알고 싶어 하는 천성이 있다. 심지어 그 근원을 아는 것이 불편하고 불쾌한 일일지라도 인간은 자신이 어디서 왔는지 그 뿌리를 알고 싶어 하는 것이다.

어떻게 생각하면 근원에 대한 궁금증은 과거에 대한 집착처럼 보이기도 하지만, 근원을 찾아가는 것은 어찌 보면 미래를 위한 것일 수도 있다는 것을 작품은 보여주고 있다. 루스와 캐시, 토미는 루스의 근원자를 찾기 위해 노퍼크까지 가는데, 그들이 이토록 근원자를 찾고 싶어 하는 이유가 루스의 미래에 대해 알 수 있기 때문이라고 말한다. 그들은 자신의 근원으로부터 시작된 존재이므로 근원에 대한 탐구에서 미래를 엿볼 수 있기 때문일 것이다. 이 책을 읽다 보면 인간은 자신의 정체성뿐 아니라 미래에 대한 궁금증으로 자신의 근원을 찾아 헤매는 것일지도 모른다는 생각을 하게 된다.

인간의 이중적 정체성에 관한 이야기

《지킬 박사와 하이드 씨》

Strange Case of Dr. Jekyll and Mr. Hyde

로버트 루이스 스티븐슨

Robert Louis Stevenson

짧은 생을 불태웠던 작가,
로버트 루이스 스티븐슨

‡

1850년 스코틀랜드 에든버러에서 태어난 로버트 루이스 스티븐슨은 허약한 체질로 많은 고생을 한 것으로 알려져 있다. 이로 인해 토목기사인 아버지의 뒤를 이어 공과대학에 진학했다가 법학으로 전공을 바꾸기도 했다. 대학을 졸업하고 변호사가 된 이후에도 폐렴으로 건강이 악화되자 요양차 유럽 각지를 여행했는데, 이때 넓힌 견문이 그의 작품활동에 큰 도움이 된 것으로 보인다. 작가로서 그가 이름을 떨친 것은 《보물섬Treasure Island》이라는 작품을 발표한 이후이며, 대중적이면서도 깊이 있는 소재를 다룬 작품을 많이 남긴 것으로 평가 받고 있다.

《지킬 박사와 하이드 씨》는 아마도 많은 사람에게 〈지킬 앤 하이드〉라는 뮤지컬의 원작으로 더 잘 알려져 있다. 이 작품은 인간이라면 누구나 가지고 있을 선과 악, 이중적인 내면의 모습을 소재로 하고 있다. 작가는 이 소설을 통해 한 인간에게서 선한 면과 악한 면을 분리할 수 있다면 어떨까 하는 사고 실험을 시도한다. 자신에게서 악한 면을 완전히 분리해내면 행복할 수 있을 것이라는 주인공의 기대와 달리 그렇지 못한 결말은 독자들에게 많은 생각을 하게 한다. 뮤지컬에서는 여성 주인공이 등장하고 로맨스가 포함된 줄거리지만, 이는 원작을 각색한 것이며 소설 속에서는 일체의 로맨스가 배제된 무거운 내용이 주를 이룬다.

마치 프랑스의 유명 화가 폴 고갱이 타히티에 정착한 것처럼 로버트 루이스 스티븐슨은 죽음을 맞기 전 태평양에 있는 사모아제도에서 말년을 보냈다. 평생 건강 때문에 시달렸던 그로서는 따뜻한 남태평양의 기후가 마음에 들었을 것이다. 하지만 그런 노력에도 불구하고 그는 불과 44세에 생을 마감하게 된다.

한 손에 쥐고
단숨에 읽는 작품 속으로

‡

등장인물과 그들의 관계

하이드에 대한 소문

런던에서 변호사로 활동하는 어터슨은 얼마 전 친한 친구이자 고객인 지킬 박사로부터 이해할 수 없는 유언장을 기탁받는데, 그 내용은 자신이 죽거나 행방불명되면 모든 재산을 하이드라는 남자에게 상속하라는 것이었다. 이 때문에 어터슨은 하이드를 한번 만나봐야겠다고 생각하고는 하이드가 살고 있는 것으로 알려진 건물 근처에서 잠복하다가 그가 건물로 들어가려는 순간을 노려 대화를 시도한다. 그러나 하이드는 어터슨을 피하고, 그의 끔찍한 외모를 목격한 어터슨은 친구 지킬이 하이드에 대해 제대로 알고 있는 것인지 궁금해한다. 그는 지킬 박사를 찾아가지만 만나지 못하고 하인인 폴을 만나 하이드에 대해 물어보는데, 폴은 지킬 박사가 자신에게도 하이드에게 복종하라는 명령을 했다고 말한다.

지킬과 하이드의 유사성

어터슨은 아무래도 지킬과 하이드 사이에 무슨 일이 있는 것은 아닐까 의심하게 되고, 얼마 후 지킬을 만나 하이드에 대한 이야기를 하지만 지킬은 대수롭지 않게 넘겨버린다. 그러던 어느 날 댄버스 커루라는 국회의원이 잔인하게 살해되는 사건이 발생하고 범인이 하이드라는 사실이 밝혀진다. 경찰은 하이드를 체포하기 위해 그의 집을 급습하지만 이미 행방불명된 상황이었다. 어터슨은 지킬을 찾아가 하이드의 행방을 묻지만 그는 하이드가 보냈다는 편지만 내밀 뿐이다. 편지의 내용은 하이드가 어딘가로 영영 떠나버린다는 것이어서 어터슨은 내심 마음을 놓지만 왠지 하이드의 필체가 지킬과 유사하다는 충격적인 사실을 접하게 된다.

이해할 수 없는 지킬의 행동

사건 이후 두 달 동안 지킬은 그간의 은둔생활을 접고 친구들과 정상적인 사교생활을 하는 듯했지만 또다시 잠적하고 만다. 어터슨은 지킬의 절친인 래니언 박사를 찾아가는데 놀랍게도 래니언은 지킬과 절교했다는 이야기를 전하고, 지킬 역시 같은 내용의 편지를 어터슨에게 보낸다. 얼마 후 래니언이 갑작스레 사망하고 그가 죽기 전 썼다는 편지가 어터슨에게 전달되는데, 지킬이 죽거나 실종되기 전에는 절대 열어보지 말라는 글이 봉투에 적혀 있어 어터슨은 고인의 유지에 따라 일단 그 편지를 보관한다.

하이드에 대한 소문

시간이 흘러 어느 날 지킬의 하인 폴이 어터슨을 찾아와 지킬에게 무슨 일이 생긴 것 같다고 불안해하자 어터슨은 그와 함께 지킬의 집으로 향한다. 어터슨은 지킬의 방문 앞에서 대화를 시도하는데 지킬의 목소리가 평소와 사뭇 다르다는 사실을 깨닫는다. 어터슨과 폴은 지킬의 방 안에 있는 이가 하이드라 확신하고 그가 지킬에게 해를 입혔을지 모른다는 불안감에 잠긴 문을 부수고 방 안으로 진입하지만, 하이드는 이미 자결한 뒤였다. 어터슨은 지킬 대신 그가 어터슨에게 남긴 편지만을 받아 돌아오고, 지킬이 남긴 편지와 래니언의 편지를 열어보는데 그 내용은 충격적인 것이었다. 지킬은 인간이 가지고 있는 악한 면을 분리하려는 실험을 했으며 그것에 성공해 특정한 약을 먹으면 자신의 내면에 있는 악이 발현되어 하이드가 되었다는 내용이었다. 처음에 그는 하이드를 통해 자신의 악한 본성을 해방시키는 것에 큰 쾌감을 느꼈지만, 어느 순간부터 하이드가 지킬의 의지를 꺾고 원치 않음에도 불구하고 변신 약을 먹게 된다는 것이었다. 지킬은 하이드에 대한 자신의 패배를 직감하며 모든 사실을 편지에 밝혀둔 것이었다.

지킬이 보여주는
인간의 이중적 정체성

‡

작품 속 지킬 박사는 런던의 저명인사로 남부러울 것 없는 사람임에도 불구하고, 하이드라는 또 다른 인격을 분리해내고자 하는 강렬한 욕망을 품게 된다. 이는 자신의 내면에 존재하는 선한 면과 악한 면을 인식했기 때문이며, 그는 "인간의 절대적이고 근원적인 이중성을 나 자신이 몸소 체험하게 되었다. 의식 속에서 갈등하는 두 개의 본성을 본 것이다"(《지킬 박사와 하이드 씨》, 로버트 루이스 스티븐슨 지음, 조영학 옮김, 열린책들, 2011)라고 말하고 있다. 그는 자신의 내면에 있는 선과 악을 다른 존재라 여기고 악한 면을 자신에게서 완전히 분리하고자 했던 것이다. 사실 절대적으로 선한 사람이나 절대적으로 악한 사람은 존재할 수도 없고 존재하지도 않는다는 사실을 우리는 이미 알고 있다. 이런 측면에서 지킬은 내면에 있는 악한 부분을 자신에게서 분리해낼 수만 있다면 인생의 갈등이 완전히 해소될 수 있으리라 생각한 것이다.

하지만 당초 의도와 달리 지킬은 자신의 내면에 존재하는 악의 집

합체 하이드와 갈등할 수밖에 없는 상황에 놓이게 되고, 결국 하이드
로 인해 죽음을 맞고 만다. 결론적으로 지킬이 자신의 내면에 있는 이
중적인 정체성에 대해 인정했다면 이런 비극을 맞지는 않았을 것이
다. 모든 사람에게는 선한 면과 악한 면이 혼재되어 있으며, 대부분
의 사람은 그로 인해 괴로워하고 갈등하면서도 이를 받아들이며 살아
간다. 결국 작품은 인간에 내재된 이중성은 결코 떨쳐낼 수 없는 것이
며, 그로 인해 인간은 끝없이 괴로워할 수밖에 없는 존재라는 것을 보
여주고 있다.

외모로 스스로의 정체성을 규정한 유령

《오페라의 유령》
The Phantom of the Opera

가스통 르루
Gaston Leroux

가스통 르루,
다채로운 커리어를 가진 통속 작가

‡

프랑스 작가 가스통 르루는 많은 유산을 상속받았지만 이를 지키지 못하고 몽땅 다 날려버릴 정도로 기벽과 기행으로 유명한 작가다. 그는 젊은 시절 대학에서 법학을 전공하고 잠시 변호사로 활동한 적이 있었으나 변호사를 그만둔 후에는 언론인으로 변신, 잡지사와 신문사에서 일을 시작한다. 그는 견문을 넓히는 여행을 무척 좋아했기 때문에 이 시기에 세계 각지를 돌아다니며 취재활동을 한다. 이때의 경험이 훗날 그가 다양하고 참신한 소재로 소설을 집필하는 데 많은 도움이 되었던 것으로 알려져 있다. 그가 본격적인 작가의 길을 걷기 시작한 것은 1907년 이후로 1927년 세상을 떠나기 전까지 많은 작품을 남겼다.

가스통 르루의 작품 중 대중에게 가장 많이 알려진 작품은 아마도 《오페라의 유령》일 것이다. 이 소설을 원작으로 한 뮤지컬이 전 세계에서 인기를 끌며 지금까지도 공연되고 있어 문화예술에 관심 있는 사람이라면 원작에 대해 들어봤을 것이다. 추한 외모 탓에 자신의 신분을 감추고 오페라 극장 지하에 홀로 숨어지내는 '오페라의 유령' 에릭의 모습은 독자들의 상상력을 자극하기에 충분하다. 가스통 르루는 당대 인기 작가였던 코난 도일로부터 많은 영향을 받은 것으로 알려져 있는데, 그래서인지 이 소설은 범죄 스릴러, 탐정 추리물의 요소도 갖추고 있다. 따라서 독자들이 처음부터 끝까지 흥미진진하게 몰입해 읽을 수 있는데, 고전문학은 재미 없다는 편견을 바꿔 줄 작품 중 하나가 아닐까 생각한다.

가스통 르루는 기행으로도 유명했는데, 그는 소설 집필을 마무리할 때마다 허공에 대고 권총을 쏴 주변 사람들을 놀라게 하곤 했다. 굳이 권총을 쏜 이유에 대해서는 명확하게 알려지지 않았지만 작품 완성을 자축하는 일종의 축포 의미가 아니었을까 싶다.

한 손에 쥐고
단숨에 읽는 작품 속으로

‡

등장인물과 그들의 관계

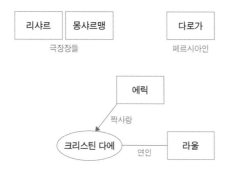

유령에 대한 소문

프랑스 파리의 한 오페라 극장에는 유령이 기거하고 있다는 이상한 소문이 돌고 있었다. 어수선한 상황에서 극장장인 폴리니와 드비엔

느의 퇴임식을 기념한 공연이 준비되는데, 그날의 여주인공 크리스틴 다에는 너무나도 완벽한 노래를 선보여 사람들의 주목을 받는다. 공연을 성공적으로 마친 크리스틴은 갑자기 기절하고, 공연을 보고 있던 라울 자작은 그녀가 걱정이 되어 대기실로 찾아간다. 두 사람은 어린 시절 만나 서로에게 호감을 느낀 적이 있으나 크리스틴은 라울을 알아보지 못한 듯했고 기분이 상한 채 대기실에서 나온 그는 우연히 대기실 안쪽에서 크리스틴이 누군가와 이야기하는 소리를 듣는다. 그 목소리는 크리스틴에게 자기만을 사랑해야 한다고 이야기하고 크리스틴 역시 그러겠다고 다짐하는 대화였는데, 이를 들은 라울은 큰 충격을 받는다.

크리스틴과 음악의 천사

크리스틴은 다음날 파리를 떠나 페로라는 곳으로 향하는데 그녀를 쫓아간 라울은 크리스틴으로부터 자신이 돌아가신 아버지가 보낸 '음악의 천사'와 함께하고 있다는 이상한 이야기를 듣는다. 한편 후임으로 극장장이 된 몽샤르맹과 리샤르는 전임자들로부터 유령에 대한 이야기를 듣지만 말도 안 되는 장난이라며 무시한다. 두 극장장은 오페라 〈파우스트〉 공연 전에 유령으로부터 편지를 받는데, 여주인공 역할을 크리스틴에게 맡기지 않으면 끔찍한 일이 일어날 것이라는 경고를 담고 있었다. 하지만 그들은 이 편지를 무시하는데, 공연 당일 여주인공을 맡은 배우는 노래 도중 두꺼비 소리를 내어 큰 망신을 당하고 천장의 샹들리에까지 떨어져 사람이 사망하는 사고가 발생한다. 사고 다음 날 크리스틴은 아프다는 이유로 극장에 나오지 않고 이를 이상하게 여긴 라울이 그녀를 찾아간다. 라울이 크리스틴의 후원자 발레리우스 부인으로부터 들은 이야기로는 그녀가 '음악의 천사'로부터 정기적으로 교습을 받고 있다는 것이었다.

유령의 정체

며칠 후 크리스틴은 다시 오페라 극장의 대표 디바로 화려하게 복귀한다. 그녀는 라울을 오페라 극장의 지붕 위로 데리고 가 '음악의 천사'에 대한 이야기를 한다. 죽은 아버지의 유언 덕분인지 형체는 보이지 않으나 뛰어난 음악 실력을 갖춘 목소리가 자신을 가르쳐주는데, 그 음악의 천사는 오직 자신만을 사랑해야 한다고 강요한다고 했다. 후에 그녀는 음악의 천사인 줄 알았던 에릭이라는 사람에게 납치되어 극장 지하로 끌려가고, 거기서 그의 끔찍한 외모를 보게 된다. 크리스틴은 흉폭하게 변한 그에게 사랑한다는 거짓말을 한 후에야 겨우 풀려나 이렇게 생활하고 있다는 것이었다. 이야기를 들은 라울은 크리스틴에게 함께 도망가자고 하고, 그녀는 다음날 있을 공연에서 마지막으로 노래해야 한다며 그의 제안을 거절한다. 그런데 마침 이 둘의 이야기를 에릭이 모두 듣고 있었다.

사라져버린 유령

다음날 공연이 시작되고 크리스틴이 노래하는 절정의 순간 전기가 끊기면서 크리스틴은 에릭에게 납치되고 만다. 현장에 있던 라울은 크리스틴을 찾기 위해 여기저기 헤매는데, 극장에서 일하는 미지의 인물 페르시아인 다로가가 나타난다. 그는 과거 중동 지역에서 에릭과 함께 지낸 적이 있으며, 그가 오페라 극장 지하에 거주하고 있다는 사실을 알고 있었다. 다로가의 도움으로 라울은 에릭의 거처에 도착하지만 그들은 함정에 빠지고 만다. 한편 에릭은 크리스틴에게 자신과 결혼할 것을 강요하고 만약 거절한다면 화약이 터져 많은 사람이 죽게 될 것이라고 협박한다. 크리스틴이 어쩔 수 없이 결혼을 승낙하자 사전에 에릭이 설계한 대로 물이 차올라 화약은 못 쓰게 되지만, 갇혀 있던 라울과 다로가는 물에 빠진 채 기절한다. 나중에 정신을 차린 다로가에게 에릭이 찾아와 자신은 이제 살 날이 얼마 남지 않았다며, 자신을 진실로 불쌍히 여기고 사랑해준 크리스틴에게 감동해 그녀와 라울을 놓아주겠다고 이야기하고는 사라져버린다. 그리고 3주 후 사라진 그가 죽었다는 소식이 전해진다.

외모가 정체성에서 차지하는
비중은 얼마나 될까

‡

작품 속 에릭은 상당한 재능을 소유하고 있는 사람임에 틀림없다. 그는 '음악의 천사'가 아닐까 착각할 정도로 엄청난 노래 실력을 가지고 있을 뿐만 아니라, 마술에 능통하고 심지어 복화술을 단련하여 자유자재로 활용하는 모습을 보인다. 사실 극장 사람들이 형상 없는 목소리만 들었던 비결은 바로 복화술에 있었던 것이다. 이런 대단한 재능에도 불구하고 그는 모습을 감추고 사람들 앞에 나서지 못하는데, 이는 바로 추한 외모 때문이었다. 소설에서는 심지어 어머니조차 그의 끔찍한 외모를 혐오하여 그에게 입맞춤도 해주지 않은 것으로 묘사하고 있다. 에릭은 이런 자신의 외모가 극심한 콤플렉스로 작용해 감히 사람들 앞에 나서지 못한 것이다.

외모에 대한 에릭의 열등감이 결국 그를 오페라 극장의 유령으로 살도록 만든 것인데, 크리스틴이 자신의 진짜 모습을 보자마자 돌변하여 포악하게 행동한다. 진짜 모습을 본 크리스틴이 당연히 자신을 혐오할 것이라 생각했기 때문이다. 그는 자신이 가지고 있는 여러 가지 재능보다 가지지 못한 매력적인 외모에 집중했고, 스스로의 정체성을 '유령'으로 만든 것이다. 외모 역시 사람의 정체성을 구성하는 여러 요소 중 빼놓을 수 없는 부분일 것이다. 내면의 요소들은 다른 사람들에게 쉽게 드러나지 않는 반면 직관적인 외모가 개인의 정체성에 미치는 영향력은 크기 때문이다. 이 작품은 자신의 정체성을 규정함에 있어 외모를 절대적인 기준으로 판단했던 한 인간의 이야기를 들려주고 있다.

남에게 내보이지 못하는 정체성

《변신》
Die Verwandlung

프란츠 카프카
Franz Kafka

프란츠 카프카,
실존주의 문학의 선구자

‡

프란츠 카프카는 지금도 많은 사람이 그의 작품을 읽고 있으며, 많은 후배 작가들이 그의 영향을 받았다고 평가할 정도로 현대문학에 큰 이정표를 세운 작가다. 19세기 말 당시 오스트리아-헝가리 제국의 영토였던 프라하에서 태어난 그는 독일어를 쓰는 유대계 가정에서 성장한다. 대학에서 법률을 공부하고 졸업 후에는 법원에서 1년간 시보로 일하다가 이후에는 보험회사에서 일했는데, 그 시기 문학에 대한 열정이 커져 작품활동을 시작했다고 한다. 카프카의 작품들은 대개 짙은 회색 안개를 더듬어 나가는 듯한 느낌을 주는데, 인간의 불안한 실존을 그만큼 잘 표현한 작가는 드물다는 평가를 받는다. 병약하고 내성적이었던 그는 41세의 나이에 세상을 떠나 지금도 많은 사람의 아쉬움을 자아내고 있다.

프란츠 카프카의 작품 중 대중적으로 가장 많이 알려진 작품이 《변신》이다. 길지 않은 중단편소설로 어느 날 아침 일어나보니 끔찍한 벌레의 모습으로 변해 있더라는 설정은 지금도 다양한 해석이 가능하고 많은 사람의 공감을 불러일으키는 내용이다. 이야기 구조가 단순하고 등장인물도 많지 않아 카프카의 작품 중에서는 어렵지 않게 읽을 수 있어 카프카 입문자들에게 추천하는 작품이기도 하다. 독자들은 이 소설을 통해 한 인간의 내면에 있는 정체성이 밖으로 드러났을 때 어떤 파장을 일으키는지, 그리고 벌레로 변한 주인공을 대하는 가족들의 모습에서 진정한 가족에 대해 생각해보게 한다.

　프란츠 카프카의 작품들은 대부분 사후에 출판되었는데, 그는 죽기 전 친구에게 자신이 남긴 모든 원고를 불태워달라고 부탁했다고 한다. 하지만 친구는 카프카의 유언을 따르지 않고 이를 출판했는데, 덕분에 후대 독자들은《소송Der Prozess》,《성Das Schloss》등 카프카의 천재적인 작품들을 접할 수 있게 되었다.

한 손에 쥐고
단숨에 읽는 작품 속으로

‡

등장인물과 그들의 관계

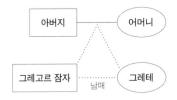

그레고르의 변신

주인공 그레고르 잠자는 어느 날 아침 일어나보니 자신이 거대한 갑각류 곤충으로 변해 있음을 알게 된다. 그레고르는 아버지의 사업 실패 후 사실상 가장 노릇을 하며 자신의 소득으로 네 식구를 먹여 살리고 있었기에 벌레로 변한 상황에서도 출근을 걱정한다. 그레고르가 일어나지 않는 것을 이상히 여긴 가족들은 돌아가며 방문을 두드리고 그레고르를 불러내려 한다. 그때 그레고르가 출근하지 않자 회사 지배인이 집으로 찾아오고 빨리 나오라며 소란을 피운다. 지배인은 그레고르가 문을 열지 않자 직장을 걸고 위협하고, 가족의 유일한 생계수단이 떨어질 위기에 처하자 그레고르는 속사포처럼 변명을 내뱉는다. 그러나 그의 말은 방 밖의 사람들에게 짐승의 소리처럼 들렸고, 놀란 가족들은 의사와 열쇠수리공을 부른다. 그레고르는 힘겹게 문을 열고 나오는데 벌레로 변한 그를 본 가족들은 기절초풍하고 지배인은 혼비백산 도망친다. 아버지는 지팡이로 그를 위협해 방으로 들여보낸 후 문을 닫아버리기까지 한다.

가족들과의 불편한 동거

잠들었다가 깨어난 그레고르는 그날 밤을 거의 뜬눈으로 지새우며 가족들을 위해 최대한 몸을 숨긴 채 지내야겠다고 마음먹는다. 다음날 새벽, 여동생 그레테가 이런저런 음식을 방으로 가져다준 이후 하루에 두 번씩 꾸준히 음식을 가져다주었는가 하면 그의 방을 청소해주기도 한다. 한편 집안의 유일한 소득원이었던 그레고르가 이 지경이되자 남은 세 식구는 생계를 위해 각자 일자리를 찾아 일을 하기 시작한다. 어느 날 어머니와 그레테는 그레고르가 방에서 편안하게 움직이도록 하자며 방의 가구들을 밖으로 내놓으려 한다. 그러자 그레고르는 벽에 걸린 액자만은 내놓기를 거무하며 이를 붙잡고 있었고, 이를 본 어머니와 그레테는 혼비백산 놀라고 만다. 그레고르는 방 밖으로 나왔다가 마침 귀가한 아버지의 눈에 띄게 되고, 아버지는 사과를 던지며 그를 쫓아 다시 방으로 들여보낸다. 이 일로 부상을 입은 그레고르는 한 달 넘게 고생하고, 가족들은 다시 일상의 삶을 살아간다.

그레고르의 죽음

각자의 직장생활과 그레고르를 돌보는 일로 인해 스트레스를 받던 가족들은 사소한 일로 잦은 갈등을 빚는다. 가족들은 생계를 위해 그레고르의 옆방에 하숙을 주는데, 어느 날 그레테가 하숙생들의 청으로 바이올린을 연주하게 된다. 음악에 이끌려 그레고르가 방 밖으로 나오자 그를 목격한 하숙생들은 소스라치게 놀라며 가족들에게 화를 내고는 방으로 들어가버린다. 이 사건으로 가족들의 인내심은 한계에 달하고 그레테는 더 이상 그레고르와 함께 살 수 없다고 선언한다. 그레고르가 자신의 방으로 들어가자마자 가족들은 방문을 닫아버린다. 가족에 대한 애정에 변함이 없던 그는 앞으로 어떻게 할지 고민하다가 이내 죽음을 맞고 만다. 다음날 그가 죽었음을 알게 된 가족들은 안도의 한숨을 내쉬고 오랜만에 세 식구가 소풍을 가면서 새로운 희망에 부푼다.

자기 자신의 모든 모습을
내보일 수 있는가

‡

너무나도 유명한 작가 프란츠 카프카의 너무나도 유명한 작품이기에

이 작품에 대해서는 다양한 해석이 존재한다. 이 길지 않은 소설에서 가장 중심이 되는 사건이라고 할 수 있는 주인공 그레고르의 변신에 대해서 이렇게 생각해보면 어떨까. 그레고르가 갑각류 곤충으로 변하게 된 것은 사람이라면 누구나 가지고 있는 내면의 감추고 싶은 모습이 드러난 상황이라고 말이다. 성실했던 그레고르가 변한 것이 하필이면 흉측한 벌레였기 때문에 사람들에게 극도의 혐오감을 불러일으키게 되는데, 어쩌면 우리 모두에게는 남들에게 보여주기 부끄러운 모습이 있지 않나 하는 생각을 해본다. 겉보기에는 점잖고 흠 없는 사람처럼 보이지만 차마 남에게 내보일 수 없는 부끄러운 모습이 있지 않을까 하는 것이다.

이 소설에서 벌레로 변한 그레고르는 착한 아들이자 오빠, 성실한 직원이라는 겉모습 속에 숨겨진 내면의 모습이 드러난 상황을 은유적으로 표현한 것일 수도 있다. 이렇게 생각하면 벌레로 변신한 것은 그레고르에게만 예외적으로 일어난 특수한 일이 아니라, 누구에게나 벌어질 수 있는 일로 생각해볼 수 있다는 것이다. 이 작품의 그레고르는 모든 인간을 대표하고 있으며 숨기고 싶은 내면의 정체성이 적나라하게 드러났을 때 어떤 일이 벌어지는가를 생각하게 한다. 그리고 남의 눈에 혐오스러운 벌레처럼 보일 만한 자신의 진짜 모습은 어떠한지를 진지하게 고민하게 하는 작품이기도 하다.

4장

인간의 삶과 죽음에 대해
찬찬히 되짚어보다

《이반 일리치의 죽음》 / 레프 톨스토이

《사람은 무엇으로 사는가》 / 레프 톨스토이

《신곡》 / 단테 알리기에리

타인의 죽음으로부터 자신의 삶을 돌아보다

《이반 일리치의 죽음》

Смерть Ивана Ильича

레프 톨스토이

Lev Nikolayevich Tolstoy

심리묘사의 대가 톨스토이가 보여주는
한 인간의 삶과 죽음

‡

《이반 일리치의 죽음》은 길지 않은 작품이지만, 다루고 있는 주제는 다른 어떤 장편소설이나 대하소설 못지않게 심오하다. 톨스토이는 이 소설에서 이반 일리치라는 한 인간의 삶과 죽음을 압축적으로 보여주고 있다. 독자는 이반의 삶을 뒤쫓으며 누구나 도달하게 되는 삶의 종착역인 '죽음'에 대해 생각해보게 된다. 특히 이반이 죽음을 맞기 전 자신의 삶을 돌아보며 느끼게 되는 회한의 감정을 묘사한 부분은 자신도 모르게 경건해지는 기분을 느끼게 한다. 이는 《안나 카레니나》에서 보여준 바 있는 톨스토이 특유의 섬세한 심리묘사가 독자로 하여금 자신의 감정처럼 느끼게 하는 것이 아닐까 생각한다. 소설에서 드러나는 삶과 죽음에 대한 작가의 생각을 보면 왜 톨스토이가 단순한 작가가 아니라 철학자라 평가받는지도 이해할 수 있을 것이다.

톨스토이는 1901년 시작된 노벨문학상 1회 수상자로 예상되었지만 불발되면서 결국 노벨문학상과는 인연을 맺지 못했다. 이 상과 인연을 맺지 못한 세계적인 작가가 톨스토이뿐만은 아니겠지만 지금도 많은 사람들이 의아하게 생각하는 부분이다. 스웨덴 한림원이 그를 끝까지 외면한 이유 중 하나로 톨스토이가 스웨덴과 역사적으로 앙숙 관계인 러시아 작가이기 때문이라는 의견도 있다. 이를 증명이라도 하듯 러시아 국적의 작가가 노벨문학상을 수상한 것은 1933년이 되어서였다.

한 손에 쥐고
단숨에 읽는 작품 속으로

‡

등장인물과 그들의 관계

결혼생활

이반은 집안의 둘째 아들로 태어나 법률학교를 우수한 성적으로 졸업하고 공직생활을 시작하게 된다. 전도유망한 젊은이였던 이반은 공직생활에도 빠르게 적응하며 주변 사람들과 원만한 관계를 유지할 뿐만 아니라 일도 공정하게 처리하는 능력자였다. 첫 부임지에서 5년을 보낸 이반은 예심판사에 올랐고 역시 공평무사하게 일하면서도 부드러운 성품으로 많은 사람에게 존경을 받는다. 이반은 2년 후 프라스코비야를 만나 결혼하는데 그녀를 깊이 사랑했다기보다는 결혼할 때가 되어 결혼했다는 말이 더 잘 어울렸다. 그들 부부 사이는 아이가 생면서 서서히 멀어지게 되고 두 사람은 서로의 감정에 상처를 내면서 갈등을 지속한다.

일에 몰두하는 이반

예심판사로서의 일이 잘 맞기도 했던 그는 삶의 중심을 가정이 아닌 일로 옮기면서 서서히 변하기 시작한다. 자신이 가진 권력에도 불구하고 이를 함부로 휘두르지 않을 정도로 온화했던 그가 출세욕과 일

욕심에 사로잡히게 된 것이다. 아이들이 연달아 태어나도 부부 사이는 원만해지지 않았고, 그렇게 17년의 세월이 흘러 중년이 된 이반은 수석판사가 되고자 페테르부르크로 이동한다. 일이 잘 풀려 페테르부르크에서 판사로 임용되자 그는 가족들을 불러들이고 참으로 오랫만에 화기애애한 분위기가 연출된다.

이반에게 드리운 암운

그러던 어느 날 집을 단장하던 이반은 사다리에서 떨어져 옆구리를 다치게 되고, 이로 인해 그의 앞날에 어두운 그림자가 드리운다. 그 사고 이후 이반은 옆구리에 지속적인 통증을 느끼게 되는데, 의사를 찾아가 진료를 받아보지만 관료적인 태도로 대하는 의사에게 실망만 안고 돌아온다.

　이반은 악화되는 병을 마음으로 받아들이지 못하고 자신에게 이런 일이 일어난 것에 대해 부정하면서 툭하면 화를 내기에 이른다. 여기저기 의사들을 찾아다니기 시작한 그는 세상이 자신의 병과 관계없이 잘 굴러가는 것에 우울함마저 느끼게 된다. 나날이 병이 악화되자 이반은 자신이 죽어가고 있다는 사실에 절망감에 빠져든다. 극심한 통증으로 인해 진통 효과가 있는 아편과 모르핀을 복용하기 시작한 이반은 주변 사람들이 서서히 자신의 죽음을 기정사실화하고 있다는 것을 알게 된다. 심지어 가족들조차 자신을 진심으로 걱정하지 않는 모습에 실망한다.

죽음

어느 날 의사들이 이반의 집에 왕진을 오지만 그들은 말로만 회생 가
능성이 있다고 할 뿐이다. 바로 그날 아내와 딸은 극장에 간다며 외출
하고, 이반은 갈수록 심해지는 통증에 어린아이처럼 서럽게 울면서
자신에게 필요한 것이 무엇인지 자문한다. 그는 건강하고 즐겁게 사
는 것이라고 스스로 답하면서도 자신의 과거를 돌아보며 그랬던 적이
별로 없었음을 깨닫고는 인생을 되돌아보기 시작한다. 이반은 고통
에 익숙해짐과 동시에 이제 자신의 죽음을 돌이킬 수 없는 사실로 자
각하고 받아들인다. 그는 그동안 잘못 살아온 자신의 인생에 대해 깨
닫고 괴로워하다가 아내의 부탁으로 죽기 전 성찬을 받으며 잠시나마
평안을 얻는다. 그의 고통은 절정으로 치닫고 사흘 밤낮을 앓던 이반
은 자신으로 인해 가족들이 고통받고 있음을 깨닫고는 아내에게 용서
를 구한다. 이후 이반은 통증도 죽음에 대한 공포도, 심지어 죽음 그
자체도 잊은 채 숨을 거둔다.

이반의 죽음이
우리에게 미치는 영향

‡

이 소설은 이반 일리치라는 한 인간이 죽음에 이르는 과정을 보여줌
으로써 독자로 하여금 죽음에 대해 생각해보게 한다. 소설은 이반이
죽어가는 과정을 통해 여러 가지 생각을 하게 하는데, 그중에서도 자

신의 삶을 돌아보게 만든다는 점이 가장 중요한 포인트가 아닐까 생각한다. 이반 일리치는 법조계에서 꽤나 잘나가는 판사였기에 평생 자신이 잘살아왔다고만 여겼지 자신의 삶에 잘못된 부분이 있었으리라고는 생각하지 않았다. 그러나 그는 죽음을 맞는 과정에서 자기 인생의 방향이 잘못되었음을 절감한다. '산을 오르고 있다고 생각하며 걸었지만 사실은 산을 내려가고 있었던 거야. 정말 그랬어. 다들 내가 산을 오르고 있다고 생각했지만, 꼭 그만큼 내 발밑에서는 삶이 멀어져 갔던 거야.'(《이반 일리치의 죽음》, 레프 톨스토이 지음, 이순영 옮김, 문예출판사, 2016)

누구나 각자가 설정한 삶의 방향과 목표를 향해 열심히 노력하며 살아간다. 이반 역시 마찬가지였다. 그가 설정한 삶의 방향은 인정받는 법조인이 되는 것이었고, 이를 위해 가정에는 소홀하게 된다. 그 결과 이반은 소기의 성과로 페테르부르크에서 나름 잘나가는 판사가 되고 스스로가 제대로 살고 있다 여겼을 것이다. 하지만 죽음이 다가오는 순간에 이르러서야 그는 정상을 향해 올라가고 있다고 생각한 자신의 인생이 사실은 내리막길을 걷고 있었음을 깨달은 것이다. 우리는 누구나 이반처럼 각자 정상을 향해 열심히 오르고 있다고 믿고 또 그렇게 믿고 싶어 한다. 하지만 이 소설을 통해 우리는 삶이라는 산을 잘 오르고 있는지, 방향은 제대로 설정되었는지, 스스로 속이고 있는 것은 아닌지 자문하게 된다.

삶의 필수요소는 무엇인가

《사람은 무엇으로 사는가》

Чем люди живы

레프 톨스토이

Lev Nikolayevich Tolstoy

사랑이 삶의 필수라고 답한
톨스토이의 대표작

‡

단편소설 《사람은 무엇으로 사는가》는 작가 톨스토이의 종교적 색채가 명확하게 드러나는 작품이라고 할 수 있다. 그는 이 작품에서 하나님의 명령을 받은 천사 미하일라를 등장시켜 세 가지 문제에 대한 답을 구하게 하는데, 그 세 가지 답 모두 '사랑'에 관한 것이었다.

소설의 구조나 소재도 그렇지만 기독교에서 가장 중시하는 교리가 바로 '사랑'이라는 점을 상기하면 톨스토이의 종교적인 신념이 무엇에 바탕을 두고 있는지 알 수 있을 것이다. 하지만 종교와 무관하게 이 소설이 던지고 있는 질문은 인생을 진지하게 대하는 사람이라면 누구나 한번쯤 생각하게 되는 것들이다. 다만 지주로서 부유한 삶을 살아온 톨스토이가 내린 답이라기에는 너무나 이상적이라는 비판도 있다.

톨스토이의 《사람은 무엇으로 사는가》는 러시아 작가 알렉산드르 솔제니친Aleksandr Solzhenitsyn의 대표작 《암 병동Раковый корпус》에서 예프렘이라는 인물에 의해 인용되고 있다. '사람은 사랑으로 산다'라는 결론을 강하게 주장하는 예프렘의 모습은 죽음을 앞둔 사람에게 무엇이 중요한지에 대한 솔제니친의 해답이 아닐까 싶기도 하다.

한 손에 쥐고
단숨에 읽는 작품 속으로

‡

등장인물과 그들의 관계

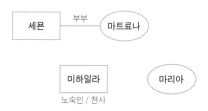

낯선 남자의 등장

가난한 제화공인 세몬은 얼마나 가난했던지 외투 하나를 부부가 함께 입을 정도였고, 하루 벌어 하루 먹고살기 급급한 채 살아가고 있었다. 어느 날 세몬은 근처 농부들의 외상값 5루블과 자신이 모은 3루블로 새 외투를 사려고 계획하지만 농부들에게서 5루블은커녕 푼돈만 받을 뿐이었다. 속이 상한 세몬은 장에서 그 돈으로 술을 잔뜩 퍼마시고는 외투 없이도 살 수 있다고 스스로를 위로하며 집으로 돌아간다. 집으로 가는 길에 한 교회의 외곽에서 어떤 사람이 발가벗은 채 쓰러져 있는 것을 발견한 세몬은 그냥 지나치지 못하고 그에게 자신의 옷을 입힌다. 정신을 차린 그 남자는 어디서 왔는지 누구인지를 밝히지 않지만, 그를 불쌍히 여긴 세몬은 집으로 데리고 온다.

한편 집에서 남편이 외투를 사오기만 기다리던 아내 마트료나는 남편이 술에 취해 외투도 없이 웬 낯선 남자를 데려오자 화가 머리끝까지 치민다. 그녀는 낯선 남자를 쫓아내려 하지만 세묜이 죄를 지어선 안 된다며 만류해 없는 살림에 그에게 빵을 만들어 대접한다.

제화공이 된 미하일라

세묜과 마트료나의 집에 머물게 된 낯선 남자의 이름은 미하일라였고, 그는 세묜의 집에서 숙식하며 그의 일을 돕는데 꽤나 영리해 제화 일을 금세 배우게 된다. 미하일라가 세묜과 함께 생활한 지 1년이 되던 어느 날, 한 신사가 찾아와 고가의 가죽을 내밀며 1년간 낡지 않는 고급 장화를 만들라며 다그치듯 의뢰한다. 미하일라는 그를 보고 싱긋 웃더니 세묜에게 일을 받으라고 한 후 뜬금없이 슬리퍼를 만들기 시작한다. 세묜은 그가 실수한 줄 알고 크게 놀라는데, 더욱 놀라운 일은 신사의 하인이 찾아와 신사가 갑작스레 사망했다며 전에 맡긴 가죽으로 장화 대신 죽은 이에게 신길 신발을 만들어달라고 한다. 마치 예측이라도 한 듯 슬리퍼를 만들어 둔 미하일라는 곧바로 그것을 내어주고 하인은 이내 사라진다.

미하일라의 정체

다시 세월이 지나 6년째가 된 어느 날, 마리아라는 한 여인이 쌍둥이 여자아이들을 데리고 나타나 아이들의 가죽구두를 의뢰한다. 이 아이들은 죽은 이웃의 아이들로 마리아는 그들을 거둬들여 자기 자식처럼 키워온 것이었다. 그 이야기를 들은 미하일라는 미소를 지으며 하나님이 마침내 자신을 용서했으니 이제 떠나겠다고 하고는 감춰온 진실을 털어놓는다. 사실 미하일라는 천사였는데 하나님으로부터 세 가지 물음에 대한 답을 알아오라는 명령을 받았다는 것이다. 하나는 사람에게 무엇이 있는지, 또 다른 하나는 사람에게 없는 것은 무엇인지, 그리고 마지막으로 사람은 무엇으로 사는지가 그 세 가지 물음이었다. 미하일라는 자신을 받아준 세몬과 마트료나로부터 사람에겐 사랑이 있다는 사실을 알았고, 장화를 의뢰한 신사로부터 사람은 진정 자신에게 필요한 것이 무엇인지 알지 못한다는 사실을 알았다는 것이다. 그리고 마지막으로 마리아를 통해 사람은 사랑으로 산다는 것을 깨달아 하나님의 세 가지 질문에 대한 답을 얻었다고 말한다. 그는 떠나면서 사람은 혼자서 살 수 없는 존재이기에 자신에게 무엇이 필요한지 알지 못하는 것이라는 말을 남겨 함께 사는 것의 소중함을 일깨운다.

무조건적 사랑이
우리를 살린다

‡

이 소설은 하나님의 세 가지 물음에 대한 답을 찾아낸 미하일라가 세몬을 떠나는 장면을 마지막으로 끝을 맺는다. 그런데 어딘지 모르게 조금 개운치 못한 결말이다. 미하일라가 세몬에게 아무것도 남기지 않고 떠났기 때문이다. 구렁이를 죽인 선비에게는 은혜 갚은 까치, 흥부에게 은혜 갚은 제비 등 소위 '은혜 갚은' 시리즈에 익숙한 우리로서는 뭔가 아쉬운 결말이 아닐 수 없다. 6년 동안이나 숙식을 제공하고 제화 기술을 전수해주었을 뿐 아니라 무거운 과제까지 완수하게 해준 세문에게 뭔가 은혜를 갚아야만 할 것 같지만 미하일라는 그렇게 하지 않았다.

톨스토이가 이런 결말을 맺은 데에는 상당히 중요한 의미가 있을 것이다. 바로 인간이 살아가는 데 반드시 필요한 사랑의 조건을 알려주기 위함이다. 톨스토이는 이 작품을 통해 사람에게는 사랑이 있고 사랑으로 살아간다고 이야기하면서 사랑을 강조하고 있다. 그런데 그가 말하는 사랑의 가장 중요한 속성은 바로 보답을 바라지 않는 무조건적인 사랑이지 않을까 생각한다. 만약 미하일라가 세문과 마트료나에게 커다란 보상을 주고 떠났다면, 그들이 미하일라에게 보여준 사랑은 빛이 바랬을 것이다. 결국 톨스토이는 보답을 바라지 않는 무조건적 사랑의 중요성을 강조하기 위해 결말을 그렇게 끝맺은 것이 아닐까. 무조건적인 사랑이야말로 인간이 살아감에 있어서 절대적으로 필요한 조건이라는 것을 보여주듯이 말이다.

사후세계를 통해 자신과 현실을 돌아보다

《신곡》
La Divina Commedia

단테 알리기에리
Dante Alighieri

단테 알리기에리, 중세의 관점에서 사후세계를 소개하다

‡

서양문학의 불멸의 대작 《신곡》을 남긴 단테 알리기에리는 13세기 이탈리아의 도시 국가 피렌체에서 태어났다. 사실상 몰락한 귀족 가문 태생인 단테는 일찍이 아버지를 여의고 10대 후반부터 가장 노릇을 해야만 했다. 그가 열 살이 되던 해에 아버지와 함께 폴코라는 사람의 집을 방문했을 때, 단테의 영원한 뮤즈가 될 폴코의 아홉 살 난 딸 베아트리체를 만나 사랑에 빠진다. 하지만 당시의 관습에 따라 그는 집안에서 미리 정해둔 사람과 결혼해야만 했다. 단테는 젊은 시절 로마의 유명 시인 베르길리우스에 심취했는데, 베르길리우스가 《신곡》에서 단테를 안내하는 인도자로 등장하게 된 것은 그 때문이 아닐까 싶다. 한편 그는 극심한 정치적 갈등을 겪던 피렌체의 불안한 정국에 휘말려 고향 피렌체를 떠나야 했고 그 시기 필생의 대작 《신곡》을 집필했다.

단테 알리기에리가 남긴 《신곡》은 무려 700년 가까이 살아남아 지금까지도 탐독되고 있는 고전 중의 고전이라 할 만하다. 《신곡》은 인간의 사후세계에 대한 내용을 그리고 있는데, 당시 유럽의 사상계를 지배했던 로마가톨릭의 세계관이 잘 반영되어 있다. 작품은 지옥 편, 연옥 편, 천국 편 등 총 3부로 구성되어 있으며 각각 33가로 이루어져 있어 서가까지 합하면 모두 100가로 딱 떨어지는 구성이다. 이런 구성은 사후세계 또한 절대자에 의해 완벽하게 설계·운영된다고 바라

본 단테의 세계관과 무관하지 않다. 우리는 이 작품을 읽으며 당시 사람들이 세상을 바라보는 관점이 어떠했는지를 확인할 수 있으며, 특히 인간의 죄와 그에 대한 심판이라는 본질적인 문제에 대해 고민하게 한다.

문학 작품은 작가의 창작물이기 때문에 많은 부분 작가의 개인적 성향에 영향을 받을 수밖에 없다. 피렌체에서의 정치적 갈등, 그리고 그로 인한 타향살이로 단테 역시 《신곡》에 자신의 흔적을 깊이 남기고 있다. 그는 이 작품에서 피렌체의 죄악을 탄식하는가 하면 정적들의 이름을 등장시켜 지옥에서 고통받는 장면 등을 묘사하기도 한다. 그렇게 등장하게 된 인물들은 수백 년 동안 지옥에서 고통받는 모습으로 독자들을 만났으니 단테의 복수가 어느 정도는 성공한 것 아닌가 싶다.

한 손에 쥐고
단숨에 읽는 작품 속으로

‡

등장인물과 그들의 관계

지옥으로 간 단테

주인공 단테는 어두운 숲에서 헤매다 햇빛이 비치는 언덕을 발견하고 오르려 하는데, 사자와 표범, 늑대가 그를 가로막는다. 그때 고대의 유명한 시인 베르길리우스가 나타나 햇빛이 비치는 언덕으로 오르기 위해서는 지옥을 거쳐야 한다며 자신이 안내하겠다고 말한다. 베르길리우스는 단테에게 자신이 천국에 있는 베아트리체라는 여인의 부탁을 받아 왔으며 그녀의 도움으로 비록 살아있는 몸이지만 지옥을 방문할 수 있다고 이야기한다. 아케론 강가에 모인 영혼들을 보고 기절했다 깨어난 단테는 자신이 지옥의 제1원인 림보라는 곳에 와 있음을 깨닫는데, 그곳은 죄는 없으나 그리스도를 모르는 사람들이 있는 곳으로 여기서 단테는 이름난 사상가와 시인들을 목격한다. 단테와 베르길리우스는 제2원으로 내려가는데 그곳은 음란한 죄를 지은 자들이 바람에 휩쓸려 다니는 형벌을 받는 곳이다. 다음으로 그들은 탐식의 죄를 지은 자들이 형벌을 받는 지옥 제3원에 도착하고, 거기서 단테는 고향 피렌체 출신 차코의 영혼을 만나 그로부터 피렌체의 미래에 대한 이야기를 듣게 된다. 이후 그들은 재물과 관련된 죄를 지은 자들이 형벌을 받는 제4원에 도착하는데, 베르길리우스는 단테에게 재물이란 여기저기 떠도는 것이라 말하고는 그를 데리고 제5원으로 내려간다.

하부 지옥에서

그들은 하부 지옥인 '디스의 도시'를 둘러싼 스틱스 늪에 도달하는데 그곳에는 분노에 사로잡힌 영혼들이 고통받고 있었다. 스틱스 늪을 지난 그들은 악마의 방해로 디스 성에 들어가지 못하자 천사가 내려와 두 사람을 안으로 들어가도록 도와준다. 제6원에는 영혼의 영원함을 부정했던 에피쿠로스 학파의 영혼들이 고통받고 있었고, 거기서 단테는 파리나타라는 사람의 영혼을 만나 피렌체의 정치 이야기와 단테의 앞날에 대한 예언을 듣는다. 제7원은 여러 둘레로 구성되어 있었는데, 세 번째 둘레에서 단테는 자신의 스승 브루네토를 만나고 피렌체와 단테 자신에 대한 예언을 듣게 된다. 이곳의 가장자리에서 단테와 베르길리우스는 절벽 아래에서 올라온 괴물의 등을 타고 지옥의 제8원으로 내려간다. 제8원은 총 10개의 '말레볼제'라는 이름의 구렁으로 구성되어 있는데, 각 구렁에서는 제각기 다른 죄를 지은 무리들이 형벌을 받고 있었다. 드디어 제8원을 떠난 두 사람은 지옥의 마지막 원으로 내려가고 거기서 각종 배신자들의 형벌을 보게 된다. 단테는 지옥의 밑바닥에서 악마 대장인 마귀의 모습을 목격하고 가롯 유다 등 배신자들의 끔찍한 고통을 본 후 베르길리우스를 따라 지구의 반대편으로 나오며 지옥에서 떠난다.

연옥으로의 입장

지구 반대편으로 올라온 단테와 베르길리우스는 연옥 입구에 도착해 문지기인 카토를 만나 연옥으로의 출입 허가를 받는다. 길을 재촉하던 중에 그들은 만토바 지역 출신의 소르델로를 만나는데 그는 동향인 베르길리우스를 반기며 조국 이탈리아의 악에 탄식한다. 그는 밤에는 연옥으로 입장할 수 없다며 그들을 제후들의 영혼이 있는 계곡으로 인도하고 단테는 그들을 구경하다 잠이 든다. 잠든 단테는 독수리에 의해 날아가는 꿈을 꾸다 깨고, 베르길리우스는 단테가 잠든 사이 루치아가 나타나 연옥의 문까지 올려주었다고 증언한다.

단테가 본 연옥의 모습

연옥은 총 일곱 둘레로 구성되는데, 첫 번째 둘레에서는 교만의 죄를 지은 영혼들이 등에 바위를 지고 죄를 씻고 있었다. 단테는 그곳에서 움베르토와 오데리시라는 자들을 만나 세상 영광과 명성이 헛된 것임에 대한 대화를 나눈다. 단테와 베르길리우스는 두 번째 둘레로 올라가고 그곳에서 질투의 죄를 지은 영혼들이 철사로 눈꺼풀이 꿰인 채 죄를 씻고 있는 모습을 목격한다. 세 번째 둘레에서는 분노의 죄를 지은 자들이 짙은 연기 속에서 벌을 받고 있는 모습을 목격하게 되고, 그들 중 마르코라는 사람에게서 세상이 타락한 이유에 대한 설명을 듣는다. 네 번째 둘레는 게으름의 죄를 지은 사람들이 빠르게 달리며 벌을 받고 있었고, 다섯 번째 둘레에서는 탐욕의 죄를 지은 자들이 땅바닥에 엎드린 채 속죄하고 있었다. 단테와 베르길리우스는 다섯 번째 둘레를 지나 계속 나아가는데 갑자기 천지의 진동과 함께 하나님의 영광을 찬양하는 소리를 듣는다. 그 진동과 찬양 소리는 연옥에서 천국으로 올라갈 사람들이 생길 때 울리는 소리로, 천국 갈 자격을 얻은 스타티우스라는 로마 시대의 시인을 만난다. 셋은 함께 여섯 번째 둘레로 올라가는데 거기서 그들은 탐식의 죄를 지은 자들이 굶주리며 죄를 씻는 모습을 목격한다. 그들은 천사의 안내를 받아 일곱 번째 둘레로 올라가고 불꽃 속에서 호색의 죄를 속죄하고 있는 영혼들을 만나게 된다.

연옥의 끄트머리에서 만난 베아트리체

해가 질 무렵 천사가 나타나 그들에게 불꽃을 뚫고 앞으로 나아가라 이야기하고, 단테는 겁을 내면서도 베아트리체를 떠올리며 뛰어든다. 셋은 계단을 올라 에덴동산 같은 낙원에 이르고, 시냇가 건너편에서 마텔다라는 아름다운 여성을 만나게 된다. 단테는 마텔다를 따라다니며 낙원의 놀라운 광경들을 소개받는데, 갑자기 천사들의 호위를 받으며 베아트리체가 내려오고 베르길리우스는 사명을 다했기에 사라진다. 베아트리체는 자신이 죽은 후 오랫동안 옳은 길을 떠났던 것을 책망하며 죄를 자백하는 단테에게 레테의 강에서 몸을 씻게 한다. 그녀는 속죄한 단테를 따뜻하게 받아주고, 베아트리체의 안내를 받은 단테는 에우노에강에서 그 물을 마셔 정결해진 후 천국에 갈 준비를 마친다.

천국에 발을 들인 단테

베아트리체는 단테를 인도해 천국 여행을 시작하는데, 천국 여행을 기록하기에 앞서 단테는 독자들에게 이를 읽기가 쉽지 않을 것이라고 경고한다. 그들이 처음으로 당도한 천국의 첫 번째 장소는 달의 하늘, 즉 월천으로 순결한 삶을 살기로 서원했지만 이를 완수하지 못한 영혼들이 있는 곳이었다. 베아트리체는 서원을 완수하지 못한 영혼들의 의지 부족을 지적하며, 절대로 가볍게 서원해서는 안 된다고 경고한다. 그들은 다음 하늘인 수성천으로 이동하는데, 그곳은 세상에서 큰 일을 했던 영혼들이 있는 곳으로 단테는 거기서 로마법 대전을 편찬한 유스티니아누스 황제를 만난다. 그는 단테에게 자신의 업적과 로마사를 개괄적으로 설명한 후 혼란스러운 이탈리아의 정치 상황에 대해 개탄한다. 그들은 세 번째 하늘인 금성천으로 향하고 그곳에서는 사랑으로 이름난 영혼들을, 다음 하늘인 태양천에서는 신학과 철학 분야에서 명성을 떨친 영혼들을 보게 되는데 이곳에서는 스콜라 철학의 거두 토마스 아퀴나스를 만난다. 아퀴나스는 프란체스코회를 칭찬하고 자신이 속했던 도미니쿠스회의 타락을 비판한다. 단테와 베아트리체는 다섯 번째 하늘인 화성천에 도달하는데 그곳은 신앙을 지키다 순교한 영혼들이 있는 곳으로, 단테는 자신의 고조부 카차구이다를 만나 자신의 앞날에 대한 예언을 듣는다. 베아트리체는 옆에서 단테를 위로하고 함께 여섯 번째 하늘인 목성천으로 올라가 그곳에서 정의로운 영혼들을 목격한다. 영혼들은 거대한 독수리 형상으로 뭉쳐 영혼의 구원과 세상의 타락에 대해 단테와 이야기를 나눈다. 단테와 베아트리체는 일곱 번째 하늘 토성천으로 이동해 마음을 비우고 정결한 삶을 사는 영혼들을 만난다. 이후 그들은 여덟 번째 하늘 항성천으로 올라가고 지구를 비롯한 일, 월, 수, 금, 화, 목, 토의 천체 모습을 한눈에 내려다본다. 거기서 단테는 베아트리체의 주선으로 베드로, 야고보, 요한을 만나 각각 믿음, 소망, 사랑에 대한 문답을 나누는데 단테는 이에 훌륭히 대답해낸다.

지극히 높은 곳

단테와 베아트리체는 아홉 번째 하늘 원동천으로 올라가 하나님이 계신 곳을 처음으로 보게 되고 9품계 천사들에 대한 이야기를 듣는다. 베아트리체는 타락한 천사들에 대해서도 설명하면서 천사에 대해 잘못된 설을 만들어내는 사람들을 비판한다. 그들은 마침내 최고 높은 하늘인 엠피레오에 올라 천사들과 구원받은 영혼들이 장미꽃같이 하나님의 영광을 둘러싼 모습을 본다. 거기서 단테는 베르나르두스의 주선으로 마리아를 만나게 되고 여러 축복받은 영혼들 또한 만난다. 베르나르두스는 마리아에게 단테가 하나님을 볼 수 있게 부탁하고, 그는 삼위일체의 하나님을 목격하고는 그의 섭리와 사랑에 큰 감동을 받는다.

내세관을 통해
현세를 진단한 단테

‡

단테의 《신곡》은 지옥 편, 연옥 편, 천국 편으로 구성되어 있으며 순서대로 단테가 여행한 내용을 담고 있다. 상당히 치밀하게 구조화 되어 있는 작품인 동시에 작가의 인문학적 지식과 당시 사회상에 대한 인식이 총망라되어 있는 작품이다. 작가가 이 작품을 쓴 의도를 알기 위해서는 집필 당시 그가 처했던 상황에 대해 이해할 필요가 있을 것이다. 단테는 피렌체의 극심한 정치적 갈등으로 인해 쫓겨나 방랑하는 신세로, 언제 고향으로 돌아갈 수 있을지 기약조차 없는 상황이었다. 작가들의 필생의 역작이 극심한 고난의 순간에 탄생하듯 《신곡》 역시 단테의 인생에서 가장 우울한 시기에 집필된 것이다. 그래서인지 단테는 작품을 통해 당대 피렌체의 모순을 지적하며 고발하고 있다. 거의 모든 시대의 지식인들은 동시대의 아픔과 모순을 직시하고 그것을 안타까워하는 경우가 많은데, 단테 역시 그랬던 것이 아닐까 싶다. 지옥 여행을 하는 단테는 가는 곳마다 대부분 그의 고향 피렌체 사람들을 만나는데, 그들은 갖가지 죄목으로 형벌을 받고 있었기에 지옥에까지 그 명성을 떨치고 있다면서 탄식하는 장면도 나온다.

하지만 이 작품에서 단테는 단순히 자신의 억울함을 토로하거나 피렌체의 치부를 드러내는 것에만 집중하지는 않는다. 자신의 의도와 다르게 흘러가는 현실의 삶을 어떻게 대할 것인가에 대한 작가의 고민이 드러나 있기 때문이다. 단테가 이 작품을 쓴 이유는 지상, 즉 현실에 소망을 두기보다 천국으로 상징되는 내세에 소망을 두고 싶었기 때문이지 않을까 생각한다. 이는 지옥, 연옥을 거쳐 마침내 천국에 이르는 이 작품의 서사 구조를 통해 유추해볼 수 있다. 단테는 모든 우주가 하나님의 섭리 안에 조화롭게 운행되는 것을 보여줌으로써 자신의 삶도 그 섭리 안에 있음을 표현하고자 했던 것이 아닐까.

5장

국가와 사회의 존재와 필요에
질문을 던지다

《레 미제라블》 / 빅토르 위고

《동물농장》 / 조지 오웰

《분노의 포도》 / 존 스타인벡

《멋진 신세계》 / 올더스 허슬리

《그들》 / 조이스 캐롤 오츠

용서와 포용이 필요한 사회를 보여주다

《레 미제라블》
Les Miserables

빅토르 위고
Victor Marie Hugo

빅토르 위고,
냉철한 통찰력이 돋보이는 작품으로 시대를 관통하다

‡

프랑스 브장송에서 태어난 빅토르 위고는 프랑스 문학을 논할 때 절대로 빼놓을 수 없는 저명한 작가이면서 또한 정치가이기도 하다. 한때 국회의원으로 활동하기도 했을 정도로 정치에 관심이 많은 사람이었기에 그의 작품에는 당시 프랑스 정치상이 잘 반영되어 있다. 그가 활동한 1800년대 프랑스는 왕당파와 공화파로 나뉘어 혁명과 왕정복고가 반복되는 혼란의 중심에 있었다. 그의 작품 중 상당수가 이러한 시대상을 반영하고 있으며, 인간에 대한 따뜻한 시선 또한 작품 속에 잘 녹아 있다.

빅토르 위고의 수많은 작품 중에서도 손꼽히는 대작 《레 미제라블》은 1832년 프랑스 파리의 6월 혁명을 주된 역사적 배경으로 하고 있다. 상당한 분량에 걸맞게 많은 인물이 등장하는데, 각각의 등장인물에 대한 작가의 따뜻한 시선이 드러나 있는 동시에 당시 시대상에 대한 냉철한 통찰력도 돋보이는 작품이다. 장광설에 능한 빅토르 위고는 이 소설에서도 자신의 지식을 설파하는 것에 전혀 어색해하지 않았다. 작품의 줄거리와 당시 프랑스 사회에 대한 인문학적인 이야기를 번갈아 늘어놓고 있기 때문이다. 이런 장광설이 다소 부담스럽게 느껴지기도 하지만 입체적이고 개성 있게 창조된 등장인물들이 엮어 가는 줄거리는 이 작품이 150년 넘는 시간 동안 뮤지컬로, 영화로, 다양한 형태로 재해석되는 이유라 할 수 있을 것이다.

빅토르 위고는 이 작품 발표 후 휴가를 보내다 사람들의 반응이 궁금해 출판사에 아무 말 없이 물음표(?)만을 적은 편지를 보냈다. 이 편지에 출판사는 소설의 대성공을 알리기 위해 느낌표(!)만을 쓴 답장을 보냈다고 하는데, 그 작가에 그 출판사라 할 만한 문답이다.

한 손에 쥐고
단숨에 읽는 작품 속으로

‡

등장인물과 그들의 관계

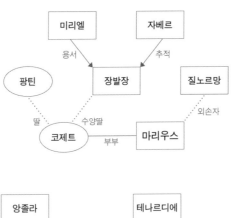

장발장의 회심

리뉴의 주교 미리엘은 어느 날 밤 가석방되어 이곳저곳을 떠돌다 흘러든 장발장에게 음식과 잠자리를 제공한다. 그는 과거 굶주린 가족을 위해 빵을 훔쳤다가 무려 19년이나 감옥살이를 한 사람이다. 가석방된 그를 유일하게 맞아준 사람은 오직 미리엘 주교뿐이지만, 장발장은 그날 밤 주교의 집에서 은식기와 촛대를 훔쳐 달아난다. 멀리 가지 못한 장발장은 곧 헌병들에게 붙잡혀 오고 주교는 자신이 은식기와 촛대를 그에게 주었다며 헌병들을 돌려보내고는 장발장에게 새로운 삶의 길을 인도한다. 장발장은 주교의 집을 나서면서 깊은 회개와 함께 새로운 사람으로 거듭나 살아갈 것을 다짐한다.

장발장과 코제트

몇 년 후 장발장은 마들렌이라는 가명으로 사업에 성공해 큰 부를 쌓고, 동시에 빈민들을 구제하는 선행으로 시민들의 신뢰를 얻어 시장의 자리에까지 오르게 된다. 그러나 과거 장발장의 전과를 알고 있는 경찰 자베르가 시에 부임하면서 그의 앞날에 어둠이 드리운다. 자베르가 왠지 모르게 낯익은 마들렌 시장의 정체를 의심하던 차에 장발장이라는 인물이 붙잡혔다는 소식을 듣고는 시장을 찾아가 자신이 오해했음을 고백한다. 장발장은 누군가 자신으로 인해 죄를 뒤집어쓸지도 모른다는 생각에 양심의 가책을 느껴 법정까지 찾아가 사신이 진짜 장발장임을 자백한다. 장발장은 법정에서 정체를 밝힌 후 과거 자신이 구해준 적 있는 팡틴을 만나게 되지만 그녀는 자신의 딸 코제트를 부탁하고는 죽음을 맞는다. 그 후 테나르디에 부부가 운영하는 식당에서 학대받고 있는 코제트를 찾아낸 장발장은 포슐르방이라는 이름으로 파리의 한 수도원에서 숨어 지내게 된다.

마리우스와 코제트의 사랑, 그리고 뜨거운 파리의 혁명

몇 년이 지나고 파리는 빈민과 부랑아들로 가득했으며 혁명의 분위기마저 감돌고 있었다. 공화파인 청년 마리우스는 어느 날 장발장과 함께 있던 코제트를 보고 한눈에 사랑에 빠지게 된다.

1832년 6월 혁명이 일어나고 마리우스의 친구 앙졸라는 동료들과 함께 거리에 바리케이트를 치고 무장 투쟁에 나선다. 마리우스 또한 혁명에 동참하고, 학생들을 따라다니던 소년 가브로슈를 통해 자신이 곧 죽을 수도 있음을 알리는 편지를 코제트에게 전하게 한다. 그 편지는 장발장의 손에 들어가게 되고 그는 마리우스를 찾아 바리케이트의 혁명군에 동참한다. 장발장은 때마침 밀정으로 왔다가 붙잡혀 죽음의 위기에 처한 자베르를 용서하고 풀어주지만 정부군의 강력한 공세 앞에 바리케이트는 결국 함락되고 만다.

혁명에 참여했던 대부분의 사람들이 죽음을 맞게 되고 장발장은 마리우스를 구출해 도망치지만 기다리고 있던 자베르에게 붙잡히고 만다. 그러나 자베르는 거부할 수 없는 장발장의 요청에 마리우스를 그의 할아버지 질노르망에게 보내주고 장발장 또한 놓아주게 되지만 이후 심각한 공황상태에 빠져 결국 자살하고 만다.

건강을 회복한 마리우스와 코제트는 결혼으로 하나가 된다. 하지만 장발장은 자신이 죄인임을 너무나 잘 알고 있기에 자신의 정체를 마리우스에게 밝히고 코제트를 떠나 홀로 살게 된다. 그 후 장발장의 건강은 급격히 악화되고, 마리우스는 어느 날 테나르디에를 통해 장발장이 어떤 사람인지, 그리고 자신을 어떻게 구했는지를 알게 된다. 이후 마리우스는 코제트와 함께 장발장을 찾아가고 장발장은 그들의 품에서 평안하게 죽음을 맞는다.

용서와 포용,
서로를 향한 구원

‡

이 작품은 우리가 살고 있는 사회가 용서하는 사회가 되어야 함을 강조하고 있다. 작가 빅토르 위고가 살았던 19세기 프랑스는 혁명의 시대라고 할 만큼 정치적으로 불안한 시기였다. 이러한 때에 사람들은 자신의 정치적 견해에 따라 갈라져 상대를 증오하기 쉬운데, 이 시기 역시 마찬가지였다. 왕당파와 공화파가 서로를 원수같이 여기며 죽고 죽이는 참극이 반복되었던 것이다. 이런 시대를 몸소 겪은 빅토르 위고는 이 작품을 통해 결국 용서하고 포용하는 것이 모든 문제를 해결할 수 있는 방법임을 제시한 것이 아닌가 생각된다. 특히 마리우스와 할아버지 질노르망의 화해는 마치 공화파와 왕당파의 화해와 용서를 상징하는 것처럼 보이는데, 작가가 이야기하고자 하는 것을 상징적으로 투영한 장면이지 않을까 싶다.

　그런가 하면 장발장과 코제트의 관계 역시 용서와 포용이라는 이 소설의 주제를 잘 드러내는 장치라 할 수 있다. 죽어가는 팡틴으로부터 코제트를 부탁받은 장발장은 자신의 죄를 보지 않고 딸을 맡겨준 팡틴의 마음을 저버릴 수 없었을 것이다. 게다가 코제트 역시 장발장의 정체를 모르고 있는 상태에서 그를 자애로운 아버지로 믿고 따른다. 장발장에게 있어 코제트는 단순한 양녀가 아니라 인생의 목적이며 의미인 동시에 거듭난 자신의 삶을 상징하는 존재가 된 것이다. 이런 코제트였기에 과거 죄를 저질렀던 자신의 정체가 밝혀진 것은 장발장에게 있어 너무나도 수치스러운 일이었을 것이다. 하지만 결국 코제트와 마리우스가 장발장의 과거를 포용하면서 그는 마음의 짐을 덜고 마침내 구원을 받은 듯한 모습으로 그려진다. 결론적으로 우리가 살고 있는 사회가 서로의 잘못을 들추고 공격하기보다는 화해와 용서하는 사회가 되어야 한다는 것을 소설은 내내 역설하고 있는 것이다. 이 작품의 제목이 '레 미제라블(불쌍한 사람들)'인 이유는 우리 모두는 용서가 필요한 불쌍한 사람들임을 보여주는 것이지 않을까 생각해본다.

집중된 권력에 대한 경계의 메시지

《동물농장》
Animal Farm

조지 오웰
George Orwell

조지 오웰,
권력의 편에 서지 않았던 작가

‡

《1984Nineteen Eighty Four》라는 작품으로 유명한 조지 오웰의 본명은 에릭 아서 블레어Eric Arther Blair로 1903년 당시 영국의 식민지였던 인도에서 태어났다. 태어난 지 얼마 되지 않아 부모를 따라 영국으로 귀국한 조지 오웰은 영국의 명문학교 이튼을 졸업한 후 경찰이 되어 미얀마와 인도 근무를 지원한다. 동양에 대한 막연한 동경으로 미얀마, 인도로 향했지만 도리어 그곳에서 영국의 강압적인 통치를 경험하고 영국으로 돌아와서는 경찰을 그만두었다. 이후 조지 오웰은 작가가 되기로 결심, 본격적인 작품활동을 시작한다. 조지 오웰은 침묵하지 않는 지식인으로 유명한데, 특히 스페인 내전에 참전한 경험을 녹여낸 《카탈로니아 찬가Homage to Catalonia》는 그의 또 다른 대표작으로 유명하다.

《동물농장》이야말로 잘못된 권력에 침묵하지 않는 조지 오웰의 기질을 가장 잘 보여주는 작품이라 할 수 있겠다. 이 작품은 작가로서의 기량이 무르익은 1945년 발표한 소설로, 독재자 스탈린이 통치하던 소련의 정치 상황을 풍자한 작품이다. 소비에트 혁명으로부터 스탈린 집권 이후에 이르기까지 실제 소련의 역사를 그대로 따라가며 이야기를 구성했기 때문에 역사에 조금이라도 관심 있는 독자라면 소설 속에 나오는 사건들이 어떤 역사적 사건을 풍자한 것인지, 각각의 캐릭터가 어떤 인물을 나타내는지 확인할 수 있다. 더불어 독자들은 이 소설을 통해 권력자들에 대한 감시와 견제가 얼마나 중요한지 생각해보게 된다.

조지 오웰은 아일린이라는 여성과 결혼했지만 자녀가 없었고, 나중에서야 아들을 입양해 리처드라는 이름을 주었다. 하지만 리처드를 입양한 지 얼마 되지 않아 아일린이 사망하는 불운을 겪는다. 결국 조지 오웰은 소니아라는 여성과 재혼하는데, 안타깝게도 두 사람이 결혼한 지 3개월 만에 조지 오웰은 사망하고 만다.

한 손에 쥐고
단숨에 읽는 작품 속으로

‡

등장인물과 그들의 관계

메이저의 이상

이 소설의 배경은 존스라는 사람이 경영하고 있는 '매너 농장'으로 다양한 동물들이 사육되고 있는 곳이다. 비교적 똑똑한 동물로 묘사되는 돼지들 중 하나인 메이저는 나이 많은 수퇘지로 인간이 없는 동물들만의 농장을 꿈꾸며 자신의 꿈을 다른 동물들에게 설파한다. 메이저에 의하면 인간은 전혀 생산적인 활동을 하지 않으면서 동물들을 착취해 자신들의 배를 불리고 있으며, 그들을 몰아내면 동물들만의 평등하고 평화로운 세상이 올 것이라 주장한다. 그는 〈영국의 동물들〉이라는 노래를 만들어 부르게 하면서 동물들의 단결과 인간에 대한 적개심을 고취시킨다. 얼마 후 메이저가 죽고 스노볼, 나폴레옹, 스퀼러라는 세 마리의 돼지가 메이저의 사상을 이어받아 '동물주의'라 이름하고 다른 동물들에게 이를 전파한다.

동물들의 혁명

어느 날 농장주 존스는 동물들에게 먹이 주는 것도 잊은 채 술에 취해 잠이 들고, 굶주림에 분노한 동물들은 봉기하여 마침내 존스를 쫓아낸다. 동물들은 인간의 흔적을 모조리 없애고 농장의 이름을 '동물농장'으로 바꾸는 한편 7가지 계명을 만들어 공포한다. 스노볼과 나폴레옹은 지도자가 되고 스퀼러는 일종의 홍보부장 역할을 하면서 이들은 동물들만의 농장을 꾸려나간다.

동물들은 하나도 빠짐없이 자신의 능력대로 노동하고 식량을 배급받으며 살아가는데 돼지들은 각종 결의안을 만들어 농장을 조직화한다. 그런 와중에 돼지들은 서서히 특권계급화 되고 육체노동에서 열외하면서 자신들은 농장을 이끌기 위해 더 어려운 정신노동을 한다고 둘러댄다.

외양간 전투와 돼지들 사이의 반목

한편 동물들에 의해 쫓겨난 존스는 사람들을 모아 농장을 되찾으러 오지만 동물들은 용맹히 싸워 그들을 물리친다. 동물들은 이를 '외양간 전투'라 이름 짓고 공을 세운 동물들에게 훈장을 수여하며 서로 치하한다. 그러다 실세인 두 돼지 스노볼과 나폴레옹이 서로를 견제하며 점차 사이가 멀어지는데, 지혜로운 스노볼과 음험한 책략가 나폴레옹을 따라 동물들도 두 패로 나뉜다. 스노볼은 농장의 자급자족을 위해 큰 풍차를 지을 계획을 입안하여 회의에 상정하지만, 나폴레옹은 이를 반대하고 몰래 길러온 개들을 풀어 스노볼을 공격, 농장에서 영원히 추방한다. 기회주의자 스퀼러는 나폴레옹을 두둔하며 스노볼을 음해하고, 동물들은 석연치 않게 생각하면서도 그들의 말을 믿으며 스노볼이 나쁜 돼지였다고 낙인찍는다. 놀랍게도 정권을 잡은 나폴레옹은 원래 풍차 계획은 자신의 것이었다며 동물들을 속여 풍차 건설에 착수한다. 풍차 건설과 식량 생산으로 동물들의 노동 강도는 갈수록 심해지지만 나폴레옹 등은 이런 동물들을 길들인다.

나폴레옹의 독재

어느 날 나폴레옹은 한때 금지되었던 인간들과의 거래를 통지하는데, 동물들은 염려하면서도 나폴레옹의 방침에 끌려간다. 어느새 나폴레옹 등 돼지들은 역시 금지되었던 인간들의 건물에서 따로 살기 시작하고, 그때마다 7계명을 바꾸는 바람에 동물들은 이의를 제기하지 못한다. 그러던 어느 날 건설 중이던 풍차가 바람에 의해 부서지자 동물들은 좌절하게 되고 나폴레옹은 이것이 스노볼의 소행이라며 그들의 분노를 밖으로 돌린 채 무너진 풍차를 다시 건설하기 시작한다. 급기야 농장의 식량 생산이 감소하면서 굶주리는 동물들이 생겨남에도 불구하고 나폴레옹은 여전히 스노볼을 탓하며 공포정치를 감행한다. 개들을 이용해 자신에게 반대하거나 불만을 품은 동물들을 물어 죽이는 만행을 저지른 것이다. 나폴레옹은 심지어 오랫동안 동물들이 제창해온 〈영국의 동물들〉을 금지시키고 자신을 찬양하는 새 노래를 만들어 유포하기까지 한다.

신격화된 나폴레옹

한편 나폴레옹은 인근 농장의 인간 주인인 프레더릭, 필킹턴과 교류하다가 갈등을 일으킨다. 예상대로 프레더릭이 쳐들어오고 동물들은 힘들게 싸워 그들을 물리치지만 인간들은 동물들이 세운 풍차를 폭파한다. 이 전투의 이름은 '풍차 전투'로 명명되고 나폴레옹은 동물들의 영웅으로 추앙받는다. 몇 년이 지나고 나폴레옹의 동물농장 압제는 계속되는데, 어느 날 돼지들이 두 발로 서서 다니기 시작한다. 이는 '네 다리는 좋고 두 다리는 나쁘다'라는 동물농장의 대원칙에 반하는 것이었지만, 돼지들은 그 원칙마저 자신들의 입맛대로 바꿔버린다. 얼마 후 근처 인간 농장주들이 동물농장에 찾아오고 그들은 돼지들과 파티를 벌이는데, 이를 엿보는 동물들의 눈에는 돼지들과 인간들이 서로 구분되지 않을 정도로 비슷해 보인다.

권력 집중의
폐해

‡

동물들은 자신을 착취하고 억압하는 인간 농장주 존스를 몰아내고 자기들만의 농장을 만들어내는 데 성공했다. 그러나 동물들의 대표 역할을 맡았던 돼지들은 시간이 지나면서 특권계급화 되고 후에는 아예 그들이 그토록 증오했던 인간처럼 행동하고 생활한다. 그런 모습을 가장 극적으로 나타내는 장면은 나폴레옹을 비롯한 돼지들이 두 발로 서서 다니고, 앞발로는 채찍까지 들고 다니는 것이다. 이러한 상황은 소설의 마지막 장면에서 더욱 소름 끼치게 드러나고 있는데, 인간들을 초청해 파티를 즐기는 돼지들은 인간과 구분되지 않을 정도로 비슷하다. 동물들 입장에서는 절망과 좌절감을 느끼게 하는 마무리가 아닐 수 없다. 동물들은 이런 결말을 보기 위해 목숨 걸고 인간들에 대항한 것이 아닐 텐데 이렇게 된 이유는 무엇일까?

여러 이유가 있을 수 있겠지만 그중 가장 중요한 것은 돼지들이 권력을 잡고 시간이 흐르자 이들 또한 서서히 권력에 취해 자신들이 특별한 존재라 착각하고 그것을 영구히 유지하려 한 것이다. 만약 돼지들에게 계속 권력을 맡길 것이 아니라 여러 동물들이 돌아가며 권력을 맡았다면 인간과 별 차이가 없는 지경에까지 이르지는 않았을 것이다. 결국 한 사람이나 한 집단에 지나치게 오래 권력이 집중되지 않도록 권력을 분산하거나 교체하는 것이 더 나은 방향이 아닐까 작품은 보여주고 있는 것이다.

위기를 극복해나간 공동체

《분노의 포도》
The Grapes of Wrath

존 스타인벡
John E. Steinbeck

존 스타인벡,
고난의 극복을 그리다

‡

미국 캘리포니아에서 태어난 존 스타인벡의 초기 삶은 그다지 순탄치 못했다. 스탠퍼드 대학에 다니던 중에는 학비를 마련하지 못해 그만 둘 수밖에 없었고, 신문기자로 일하다가 해고를 당하기도 했다. 이후 그는 막노동을 하면서 생계를 유지했다고 한다. 하지만 대학시절 영문학을 전공하면서 끊임없이 시나 소설을 습작했던 존 스타인벡은 끝내 작가의 꿈을 버리지 않았다. 비록 데뷔작《황금의 잔Cup of Gold》은 큰 주목을 받지 못했지만 이후 발표한 작품들은 평단과 대중의 높은 평가를 받으며 승승장구했다. 특히《분노의 포도》나《에덴의 동쪽East of Eden》 같은 작품들은 당시의 시대상을 잘 반영하면서도 인간의 본질에 대한 작가의 고찰이 잘 담겨 있는 수작이라고 할 수 있다. 그런 존 스타인벡은 1962년 노벨문학상을 수상하면서 세계적 작가의 반열에 올랐다.

존 스타인벡의 대표작《분노의 포도》는 경제 위기가 닥쳐올 때면 지금도 회자되고 있는 1929년 미국의 경제 대공황을 주된 배경으로 한다. 평화로운 삶을 살고 있던 미국 중부의 농민들이 모래 폭풍과 대공황으로부터 촉발된 경제 위기 상황에서 토지에 유리되어 방황하게 된 역사적 사건을 소재로 한다. 작품 속에서 조드 일가가 고향을 떠나 '약속의 땅'으로 알려진 서부로 향하는 장면은 성경에 나오는 이집트를 떠나 가나안 땅으로 향하는 이스라엘의 모습을 연상시키기도 한다. 갖은 고생을 하며 도착한 서부에서 조드 일가가 마주한 현실은 참담함뿐이었다. 풍요로움의 상징인 미국에서조차도 사람들은 힘겹게 삶을 이어가고 있다는 사실에 인간적인 동질감을 느끼게 한다. 아울러 극한의 위기 속에 이를 극복하기 위한 작가의 해법이 돋보이는 작품이기도 하다.

존 스타인벡은 캘리포니아 살리나스 밸리에서 자랐는데《에덴의 동쪽》뿐 아니라 많은 그의 작품들이 미국 서부를 배경으로 한 이유가 거기에 있다. 이 지역은 현재 '스타인벡 카운티'라는 별칭으로 작가의 흔적이 짙게 남아있는 곳이기도 하다.

한 손에 쥐고
단숨에 읽는 작품 속으로

‡

등장인물과 그들의 관계

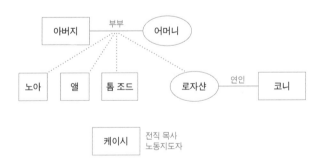

대공황이 덮치다

이 소설의 주인공 톰은 20대 청년이다. 그는 우발적인 살인을 저지르고 7년 형을 선고받아 3년을 복역하던 중에 가석방되어 고향인 오클라호마의 한 농촌으로 돌아간다. 하지만 톰의 가정은 고향을 떠나야 하는 운명을 맞는데, 대공황으로 인해 토지 소유자들이 땅을 동부의 은행에 매각하고 은행들은 농장을 기계화하기로 했기 때문이다. 이렇게 되면서 톰의 가정뿐 아니라 수많은 농민들이 그들의 삶의 터전에서 유리되어 일자리가 많은 곳으로 알려진 서부의 캘리포니아로 떠난다.

서부의 상황

서부로 향하던 험난한 여정 중에 톰 조드의 할아버지와 할머니는 노상에서 죽음을 맞고, 그들을 땅에 묻은 가족들은 당시 캘리포니아 곳곳에 퍼져있던 천막촌(후버빌)에 자리 잡는다. 일자리가 널려 있을 것이라는 기대와 달리 캘리포니아는 이미 노동력이 과잉 공급된 상태라 열악한 일자리마저도 잡기가 쉽지 않았다. 어쩔 수 없이 조드 가족은 이곳저곳을 떠돌아다니게 되고 그런 와중에 캘리포니아 주민들이 동쪽에서 온 이주민들에게 적개심을 품고 있음을 알게 된다. 그들의 입장에서는 동쪽의 이주민들로 인해 일자리 경쟁이 치열해지고 그 결과 임금이 하락하는 등 근로 조건이 악화되고 있었기 때문이다. 첫 번째 후버빌에서 톰은 현지 보안관과 시비가 붙는데 함께 온 전직 목사 케이시가 대신 죄를 뒤집어쓰고 붙잡혀간다. 천막촌이 곧 불타게 될 거라는 소식에 톰의 가족은 그곳을 떠나 비교적 시설이 잘되어 있는 국영천막촌에 입소하지만 여전히 일자리를 얻기는 쉽지가 않다.

끝나지 않는 고난, 그러나...

결국 그들은 국영천막촌을 떠나 오렌지 농장에 자리를 잡고 오렌지 한 상자에 5센트를 받으며 일한다. 당국에 붙잡혀갔던 케이시는 그사이 이주민들의 지도자급으로 성장하게 되고, 농장 밖에서 톰과 우연히 만나서는 농장이 곧 급여를 반으로 깎을 것이라는 충격적인 소식을 전한다. 어느 날 그들은 이주민들을 영 탐탁지 않게 여기던 현지인들의 습격을 받고 그 와중에 톰은 또다시 살인을 저지르게 된다. 케이시의 말대로 급여가 반으로 깎이자 가족들은 또 다른 곳으로 이주해 목화밭에서 일하게 되는데 톰은 자신 때문에 가족들이 피해를 입을까봐 가족을 떠나려 한다. 하지만 더 이상 가족이 흩어지는 것을 볼 수 없었던 어머니의 만류로 주변에 숨어 지내게 되고, 동생으로 인해 톰이 숨어 있다는 소문이 퍼지면서 결국 어머니는 7달러를 톰의 손에 쥐어 주며 떠나게 한다.

위기를 극복하는 원동력, 공동체

‡

광활한 미국 중부에서 농사를 지으며 살던 사람들은 '대공황'이라는 전대미문의 위기 앞에 정든 고향을 떠날 수밖에 없는 처지가 된다. 그들은 서부의 캘리포니아를 약속의 땅으로 여기고 갖은 고초를 겪으며 서쪽으로 향하지만, 안타깝게도 캘리포니아는 젖과 꿀이 흐르는 땅이 아니었다. 기존 서부 사람들과 그 많은 이주민들이 다 같이 풍요롭고 평화롭게 공존할 수 있는 여건은 절대 아니었던 것이다. 그 결과 사람들은 서로 증오하고, 자신을 지키기 위해 무장한 자경단을 구성하면서 곳곳에서 물리적 충돌이 벌어지고 만다. 이는 당시 미국 사회가 자본주의와 시장 실패로 인해 갈등이 극에 달하면서 공동체 의식이 붕괴되고 있다는 점을 직접적으로 보여주는 것이다.

정부조차도 역할을 제대로 하지 못하는 혼란의 소용돌이 속에서 이 소설은 다름 아닌 민중들에게 스스로 치유하는 능력이 있음을 시사한다. 홍수로 인해 대피한 고지대의 헛간에서 굶주려 죽어가는 남자에게 톰의 여동생 로자샨이 수유하는 이 소설의 마지막 장면이 이를 잘 반영하고 있다. 비참한 상황에서도 사람들은 서로를 도우며 삶을 이어가고 그렇게 상처를 치유한다는 것을 상징적으로 보여주는 장면이다. 사실 이런 장면은 작품 곳곳에서 드러나는데, 떠돌이 생활을 하는 이주민들은 서로 일자리 정보를 공유하며 자연스럽게 삶과 소유물을 나누는 모습을 보여준다. 너와 나를 구분하지 않는 이러한 공동체 의식이야말로 위기를 이겨낼 수 있는 원동력이라는 점을 다시 한 번 상기하게 하는 내용이다.

불완전한 사회 속 행복에 관하여

《멋진 신세계》
Brave New World

올더스 헉슬리
Aldous Huxley

올더스 헉슬리,
인간의 본질에 관해 탐구한 작가

‡

학자 집안에서 태어난 올더스 헉슬리의 원래 꿈은 의사였다고 한다. 하지만 어린 시절 어머니가 세상을 떠나고 그 충격으로 인해 심한 눈병을 앓게 되면서 결국 시력이 손상되어 의학도의 길을 포기해야만 했다. 그 후 그는 연극과 예술 비평에 관심을 갖기 시작했고 문학 작품들을 집필하기 시작했는데, 《크롬 옐로Chrome Yellow》라는 소설로 주위의 인정을 받게 되자 본격적으로 소설가의 길로 접어든다. 학자 집안에서 태어난 그답게 올더스 헉슬리는 역사, 철학, 종교 등 분야를 가리지 않고 폭넓은 식견을 갖추고 있었으며, 이러한 인문학적 고찰은 그의 작품 속에도 잘 녹아 있다는 평가를 받는다. 《멋진 신세계》외에 그의 작품들이 국내에 많이 소개되어 있지 않아 우리나라 독자들에게는 단 한 작품으로 기억되고 있지만, 그는 20세기 영국을 대표하는 작가 중 하나로 손꼽히는 중요한 작가임이 분명하다.

《멋진 신세계》는 조지 오웰의 《1984》, 예브게니 자마찐Evgenii Zamiatin의 《우리들We》과 더불어 디스토피아 소설의 원형을 제공한 작품으로 평가받고 있다. 이 작품은 완벽하게 설계되고 완전하게 통제된 가상의 세계에서 갈등하고 방황하는 사람들의 모습을 보여주고 있는데, 이를 통해 독자들은 인간의 본질적인 행복이 어디에 있는지 생각해보게 된다. 특히 부정적인 감정조차 죄악시하고 있는 소설 속 세계의 모습은 어떤 비판이나 의심도 허용하지 않는 절대주의적 권력자들을 연상하게 한다. 소설을 읽다 보면 '멋진 신세계'는 반어적인 표현을 활용한 제목이라는 것을 알 수 있을 것이다.

올더스 헉슬리는 같은 디스토피아 소설 《1984》를 높이 평가해 작가 조지 오웰에게 편지를 보내기도 했는데, 그는 이 편지를 통해 미래에 권력자들이 자신들의 권력을 유지하기 위해 다양한 수단으로 사람들을 통제하려 할 것이라는 예견을 전했다.

한 손에 쥐고
단숨에 읽는 작품 속으로

‡

등장인물과 그들의 관계

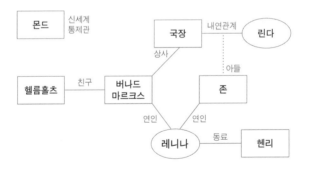

신세계의 탄생

9년간의 파괴적인 전쟁이 끝나고 전 세계는 '세계국'이라는 이름의 하나의 나라로 통합되기에 이른다. '공동체, 동일성, 안정성'이라는 표어를 기치로 내건 이 국가는 헨리 포드를 신처럼 떠받들며 그의 탄생을 기원으로 삼는 신세계다. 이곳에서는 아무도 자연 임신으로 태어나지 않고 인공적인 방법으로 배양되어 출생하는데, 국가의 필요에 따라 알파부터 엡실론까지 다섯 계급으로 길러지며 모든 사람들은 태아 상태부터 각종 약물로 처리되어 정해진 특성을 갖도록 만들어진다. 특히 그들은 사람들의 의식과 생각을 강제로 주입하고자 수면 중 무의식에 빠져 있을 때 수십만 번 이상 세뇌교육을 하기도 한다.

버나드와 헬름홀츠

헨리와 레니나는 런던에 있는 총본부에 소속된 직원들로 이 사회에서는 남부러울 것 없는 상류층 사람들이다. 그들은 '만인은 만인의 소유'라는 기치에 따라 결혼 없이 자유분방한 연애와 성생활을 즐기는 대다수의 사람들 중 하나다. 버나드 마르크스 역시 같은 국에 소속된 직원인데, 그는 일반적인 알파 계급 사람들과는 다른 왜소한 체격에 대해 열등감을 갖고 있는 인물이다. 버나드의 거의 유일한 친구라고 할 수 있는 사람은 헬름홀츠인데, 선전본부에서 일하는 헬름홀츠는 버나드와 달리 인기가 많지만 최근에는 삶에 회의감을 느끼고 있었다. 두 사람은 우정을 나누고 버나드는 헬름홀츠에게 자신의 고민을 털어놓으며 지낸다. 어느 날 버나드는 레니나와 데이트를 하게 되는데 일반적인 사람들과 달리 잘 어울리지 못하는 버나드를 레니나는 이상하게 여긴다.

야만인 보호구역

버나드는 레니나와 함께 '야만인 보호구역'으로 여행을 가는데, 야만인이란 일체의 문명을 거부하고 과거의 방식대로 살아가는 사람들을 지칭한다. 두 사람은 보호구역 여행 중 린다라는 여성과 그의 아들 존을 만나는데, 그들의 생활에 충격과 호기심을 느낀다. 신세계에서는 찾아볼 수 없는 부모 자식의 모습이 버나드와 레니나에게는 너무나 충격적이었던 것이다. 버나드는 린다와의 대화 중 린다가 신세계 출신이고 버나드의 직장 상사인 국장과의 사이에서 존을 낳았으며 보호구역에 버려졌다는 사실을 알게 된다. 보호구역에서 돌아온 버나드는 자신을 좌천시키려는 국장에게 린다와 존을 데려와 보여주며 역공을 가하고 이에 도리어 국장이 해고된다. 이 일로 버나드는 사람들 사이에서 유명 인사가 되고 사람들은 버나드와 야만인들을 만나보기 위해 아부와 아첨을 일삼는다. 이런 일에 도취된 버나드는 점차 교만해지고 마침내 전 세계에 10명뿐인 신세계 통제관 몬드에게 찍히고 만다. 한편 레니나는 존의 매력에 호감을 느껴 그에게 접근하는데 존은 아무렇지도 않게 육체관계를 원하는 그녀에게 혐오감을 느껴 그녀를 거부하기에 이른다.

견고한 '멋진 신세계'

그러던 어느 날 린다의 건강이 악화되어 결국 병원에서 죽음을 맞게 되고, 존은 사람들이 죽음을 슬퍼하는 자신을 조롱하는 것에 분노한다. 분노한 존은 소마라는 일종의 신경안정제를 배급하는 곳에서 신세계의 허상을 폭로하다가 폭력사태로 비화되고, 그 자리에 있던 버나드, 헬름홀츠와 함께 체포된다. 이후 버나드와 헬름홀츠는 몬드에 의해 좌천되어 각각 외딴섬으로 가게 되고 존은 스스로 신세계의 문명을 거부하고 인적이 드문 곳으로 향한다. 그곳에서 존은 참회하는 마음으로 스스로를 채찍질하며 살아가는데 그 사실을 안 신세계 사람들이 그를 찾아와 구경하며 조롱한다. 지속적인 괴롭힘과 조롱을 받으며 살던 존은 어느 날 등대 꼭대기에서 사망한 채 발견된다.

완벽히
통제된 사회는 행복할까

‡

이 소설의 배경이 되는 세계는 발전된 과학기술에 힘입어 모든 것이 완벽하게 통제되고 조정되는 세계다. 이 신세계에 살고 있는 사람들은 각자의 특성에 맞게 구분되어 모든 선호와 사상까지도 완벽히 조정되고 그 특성에 맞는 일을 하며 살아간다. 또한 그들은 과학적으로 분석된 최적의 노동시간에 맞춰 일하고 모든 불쾌한 감정들은 '소마'라는 이름의 약을 이용해 제어할 수 있다. 이토록 완벽하게 통제되고 조정되는 세상이기에 태어나서 처음 신세계를 맛본 존은 '멋진 신세계'라 표현한다. 그런데 이 멋진 신세계 생활을 하기 시작한 존은 이곳에 없는 것을 발견하게 되는데, 바로 인간적인 모든 것들이다.

존은 신세계에서는 금지된 셰익스피어의 여러 작품들을 보호구역에서 꾸준히 탐독해 빠져드는데, 특이한 점은 대부분의 작품들이 《오셀로》, 《맥베스》, 《로미오와 줄리엣》 같은 비극이라는 것이다. 이 소설의 말미에 통제관 몬드는 존과 대화를 하며 이 신세계에서는 원하는 모든 것을 얻을 수 있기에 《오셀로》 같은 비극이 나올 수도 나올 필요도 없다고 한다. 그러나 존은 신세계의 문명을 거부한다. 존은 모든 것이 완벽히 통제되지만 인간성이 결여된 사회보다는 불완전하더라도 각자 고유의 개성을 가지고 사는 사회가 더 행복하다고 본 것이다. 우리는 흔히 세상의 모든 결핍이 제거된다면 모든 사람이 행복할 수 있지 않을까 생각한다. 그러나 이 작품은 이런 생각에 의문을 제기하며 불완전할지라도 각자 저마다의 자유와 고유한 특성을 가지고 살아가는 것이 더 낫지 않을까 하는 질문을 던지고 있다.

폭력적인 행위에 대한 사회의 책임

《그들》
Them

조이스 캐롤 오츠
Joyce Carol Oates

조이스 캐롤 오츠,
다양한 세상 이야기를 그린 작가

‡

미국 현대문학을 대표하는 작가로 꼽히는 조이스 캐롤 오츠는 1963년 첫 번째 소설을 발표한 이후 지금까지도 왕성하게 작품활동을 이어오고 있다. 전미도서상, 오 헨리상, 예루살렘 문학상 등 웬만한 문학상을 석권한 그녀는 명실상부한 현대 영미권 최고의 작가라할 수 있다. 조이스 캐롤 오츠는 젊은 시절 프란츠 카프카, 토마스 만, 플래너리 오코너 등의 작품을 많이 읽었다고 전해지는데, 스스로도 이들 작가로부터 많은 영향을 받았다고 말한다. 작가로서 그녀는 다양한 주제를 다루고 있는데, 주로 미국 중부의 대도시 디트로이트를 배경으로 한 범죄, 계층 간 갈등을 보여줌으로써 사회 문제에 대한 경각심을 일깨우곤 했다.

《그들》은 1969년 발표한 작품으로 조이스 캐롤 오츠를 대표하는 작품이라고 할 수 있다. 1970년에는 이 소설로 전미도서상을 수상할 정도로 미국 내에서도 높은 평가를 받았으며, 그녀의 작품 중 가장 독창성과 작품성이 뛰어나다고 평가받고 있다. 디트로이트 하층민들의 참혹한 삶을 그리고 있는 《그들》은 오츠가 대학에서 가르친 학생의 실제 삶에서 영감을 얻어 집필한 작품이라고 알려져 있다. 이 소설을 읽다 보면 등장인물들의 삶이 너무나 괴롭게 느껴지는데, 이를 통해 작가가 전하고자 하는 메시지가 분명 있을 것이다. 특히 로레타의 아들 줄스가 TV 토론회에 등장해 외치는 메시지는 작가의 생각을 그대로 대변하는 것이라고 봐도 무방해 보인다.

조이스 캐롤 오츠는 다작의 작가로 매일 정해둔 시간에 꾸준히 작업하는 것으로도 유명하다. 작가가 많은 작품을 남기는 것은 독자들에게 좋은 일이지만 평론가 중에는 그녀의 '대량생산'과 이로 인한 질적 하락 문제를 비판하는 사람도 있다. 하지만 정작 작가는 일각의 비판에 크게 신경 쓰지 않는 듯한 인터뷰를 하기도 했다.

한 손에 쥐고
단숨에 읽는 작품 속으로

‡

등장인물과 그들의 관계

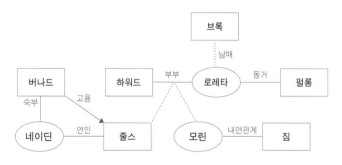

로레타의 결혼

10대 소녀 로레타는 친오빠인 브록, 실직 상태인 아버지와 함께 살고 있는데, 실직한 아버지는 가정을 제대로 돌보지 않고 밤마다 술에 취해 있는가 하면 집에도 잘 들어오지 않는다. 한편 이제 막 경찰이 된

하워드는 로레타에게 호감을 느끼고 두 사람은 결혼하게 되는데, 둘 사이에서 아들 줄스, 딸 모린과 베티가 태어난다. 그러던 어느 날 하워드는 매춘부로부터 뒷돈을 받는 바람에 일자리를 잃게 되고 시골로 내려가 거기서 광부 일을 하며 살아간다. 시골에서 하워드의 가족들과 함께 살게 된 로레타는 하워드의 어머니와 고부 갈등을 겪게 되고, 결국 시골을 떠나 다시 디트로이트 빈민가로 돌아오고 생계를 위해 몸을 파는 행위도 서슴없이 하며 아이들을 키운다.

가정폭력

한편 로레타의 맏아들 줄스는 성당에서 운영하는 학교에 다니지만 불량한 생활을 하고, 특히 아버지 하워드에 대해 깊은 불만을 갖고 있다. 그래서인지 줄스는 학업보다는 아르바이트를 하면서 돈을 버는 일에 관심이 많았고 수입의 일부를 어머니 로레타에게 주면서 가계를 돕는다. 그러던 어느 날 작업 중 사고로 하워드가 사망하게 되면서 로레타 가족의 삶에는 큰 변화가 일어난다. 로레타는 펄롱이라는 남자를 집안에 들여 동거를 시작하는데, 건달 같은 펄롱은 툭하면 로레타와 딸에게 폭력을 행사하기 일쑤다. 어느 날 모린은 길을 걷다 낯선 남자의 눈에 들어 그의 차에 올라타게 되고 그 일을 계기로 매춘을 하며 용돈을 번다. 하지만 펄롱은 모린이 어떤 남자의 차에 올라타는 모습을 목격하고는 모린에게 심한 폭력을 휘두른다. 그 일로 인해 모린은 몸과 마음에 큰 상처를 입고 무려 1년이 넘는 시간 동안 침대에 누워 지내게 되고 펄롱은 폭력죄로 감옥에 가게 된다.

줄스와 네이딘

한편 줄스는 우연히 버나드라는 남자를 만나게 되어 그의 운전기사 자리를 얻게 된다. 도대체 무슨 일을 하는지 알 수 없는 버나드는 엄청난 부를 지닌 사람이었고, 줄스에게도 아낌없이 돈을 뿌려댄다. 그러던 어느 날 줄스는 버나드의 조카 네이딘을 알게 되고 곧 그녀에게 빠져든다. 일 때문에 여기저기 전전하며 지내던 버나드가 어느 날 자신의 집에서 잔인하게 살해된 채 발견되지만 다행히 줄스에게는 별다른 일이 벌어지지 않는다. 버나드의 사망으로 일자리를 잃은 줄스는 꽃 배달 트럭 운전을 하고 네이딘과는 연인 사이로 발전한다. 줄스는 네이딘의 요구로 그녀의 가출을 돕고 두 사람은 남부 텍사스로 향하지만 도피 자금이 떨어지자 생활고를 겪게 된다. 어느 날 밤 지친 네이딘은 줄스를 버린 채 도망치고, 텍사스에 홀로 남겨진 줄스는 거기서 온갖 일을 하며 돈을 벌어 가족들에게 보낸다.

계속되는 '그들'의 삶

한편 모린은 1년 만에 병상에서 일어나고, 줄스는 디트로이트로 돌아와 큰아버지인 샘슨의 일을 도우며 지낸다. 그러다 우연히 네이딘과 재회하게 되는데, 그녀는 이미 변호사인 다른 남자와 결혼한 상황이었지만 둘은 불륜관계를 이어나간다. 하지만 두 사람의 관계가 예전만큼 순수할 수는 없었다. 계속된 갈등 끝에 네이딘이 줄스에게 총격을 가하지만 그는 겨우 목숨을 건진다.

한편 당시 미국은 베트남 전쟁에 대한 반전 운동이 격화되고 있었으며 디트로이트에서는 사회적 불만이 팽배해 있었다. 줄스는 이 지역에서 청년들과 연대해 폭동을 일으키는데, 이 일로 TV 토론 프로그램에까지 출연하게 된다. 그런가 하면 모린은 자신이 다니는 야간 대학의 강사로 일하고 있는 짐에게 관심을 갖는데 그는 이미 결혼해 세 아이가 있는 유부남이었다. 하지만 짐 또한 모린에게 호감을 갖게 되고 그녀에게 적극적으로 접근하면서 둘은 불륜관계로 발전하고, 이후 짐은 자신의 가정을 버리고 모린과 결혼해 살게 된다.

폭력적인 삶에 대한 책임은
누구에게 물을 것인가

‡

소설의 배경은 미국의 대표적인 공업도시 디트로이트로, 그곳에 거주하는 하층민 로레타 가정의 모습을 보여주고 있다. 로레타와 그의 자녀인 줄스, 모린의 삶을 중심으로 하층민들이 어떤 삶을 살고 있는지 적나라하게 보여주고 있는 것이다. 사실 그들의 삶은 아무리 생각해도 정상적이라고 보기 어렵다. 로레타의 경우 10대 시절 만난 남자친구 멀린이 오빠 브록에 의해 살해되고 휩쓸리듯 하워드와 결혼하게 되지만, 시골에서 디트로이트로 돌아온 후에는 성매매도 서슴지 않는다. 한편 줄스는 자신의 고용주 버나드가 참혹하게 살해되고, 사랑하는 네이딘으로부터 총격을 받기도 한다. 모린도 마찬가지로 어린 나이에 나이 많은 남성들과 관계를 갖는가 하면, 유부남과의 불륜으로 그의 가정을 파탄에 이르게 한다. 이처럼 작품 속 주요 등장인물들의 삶은 폭력적이며 충격적인 양상을 끊임없이 보여주고 있다. 이런 모습이 절정에 이르는 부분은 디트로이트 청년들이 주도하여 방화와 약탈을 자행하는 폭동이라고 할 수 있다. 디트로이트 외부 사람들은 텔레비전 뉴스를 통해 중계되는 폭동을 보면서 그 폭력성에 경악을 금치 못한다.

하지만 이 책을 읽는 독자들은 하층민들의 일상이 늘상 폭력으로 얼룩져 있으며, 폭동은 단지 그것의 연장선상에 있을 뿐임을 알게 된다. 이는 토론 프로그램에 출연한 줄스가 평범한 일상과 폭력을 구분할 수 없다고 한 외침을 통해서도 알 수 있다. 줄스의 이 외침은 자신을 포함한 하층민들의 삶은 폭동과 구분할 수 없을 정도로 폭력적이라는 점을 고발하고 있다. 뿐만 아니라 그들의 삶이 폭력적인 이유는 하층민들의 성향이 폭력적이기 때문이 아니라, 그들이 폭력적인 삶을 살 수밖에 없는 상황에 놓여있기 때문이라는 것을 인지해야 한다고 말하는 듯하다. 어린 시절부터 사회에서 소외된 삶을 살아오면서 폭력에 노출되고 폭력에 길들여졌음을 보여주는 것이다. '그들'의 삶이 비정상적이고 폭력적인 이유가 어디에 있는지를 다시 한 번 생각해봐야 한다는 작가의 메시지가 담겨 있는 작품이라 할 수 있다.

6장

삶과 전쟁의 메시지에
귀기울이다

《서부전선 이상없다》 / 에리히 레마르크

《무기여 잘 있거라》 / 어니스트 헤밍웨이

《전쟁과 평화》 / 레프 톨스토이

《누구를 위하여 종은 울리나》 / 어니스트 헤밍웨이

《일리아스》 / 호메로스

전쟁의 한복판에 선 한 인간의 이야기

《서부전선 이상없다》

Im Westen nichts Neues

에리히 레마르크

Erich Maria Remarque

에리히 레마르크,
양차 대전 사이에서 반전을 외치다

‡

독일 작가 에리히 레마르크는 20세기형 전쟁소설의 전형을 보여주는
작가로 손꼽힌다. 18세의 나이에 제1차 세계대전에 참전했던 그가 보
여주는 전장의 모습은 현실감이 대단하다 할 수 있겠다. 그는 전쟁이
끝나고 제대한 후 초등학교 교사로도 재직했지만 얼마 지나지 않아
그만두고 다양한 직업을 전전하다 본격적인 작가의 길에 접어들게 된
다. 에리히 레마르크의 작품들은 전쟁에 반대하는 그의 생각이 너무
나 세련되게 잘 녹아 있어 독자들로 하여금 자연스럽게 전쟁은 일어
나서는 안 된다는 생각을 하게 한다. 이 때문인지 1930년대 독일에 나
치 정권이 들어서자 그들은 레마르크를 탄압했고, 그의 책을 공개적
으로 불태우는 만행을 저지르기도 했다. 레마르크의 작품들은 동시대
를 살았던 서구인들에게 깊은 공감을 불러일으켰기에 후세의 독자들
은 그의 작품을 통해 당대 분위기를 체험할 수 있다.

《서부전선 이상없다》는 에리히 레마르크를 본격적인 작가의 삶으
로 이끈 작품이다. 제1차 세계대전을 배경으로 한 이 작품은 출간과
동시에 같은 경험을 한 사람들 사이에서 큰 인기를 끌었다. 이 소설의
전투 묘사는 너무나도 훌륭한데 소설이라기보다는 오히려 르포처럼
느껴질 정도다. 그러면서도 전장의 한복판에 군인이라는 신분으로 서
있는 한 인간의 고뇌와 두려움 같은 심리적인 묘사가 탁월하다. 작가
자신의 참전 경험이 없었다면 불가능했을 정도의 사실성을 보여주고

있는 것이다. 아울러 '서부전선 이상없다'라는 짧은 한 문장으로 표현되는 역사적 사건 속 개인의 무력감을 그리는 작품이기도 하다.

에리히 레마르크의 풀 네임은 에리히 마리아 레마르크인데, 미들네임은 원래 폴이었으나 돌아가신 어머니를 기리기 위해 어머니의 이름을 따 마리아로 바꾼 것이라고 한다. 아울러 레마르크의 철자도 독일식인 Remark에서 프랑스식인 Remarque로 되돌렸는데, 이 또한 그의 조상이 프랑스계였기 때문이다.

한 손에 쥐고
단숨에 읽는 작품 속으로

‡

등장인물과 그들의 관계

서부전선의 보이머

주인공 파울 보이머의 독일군 중대는 프랑스군과 맞붙은 서부전선 전방에서 9km 정도 떨어져 있는 곳에 배치되어 있다. 얼마 전까지 최전선에 있다가 교대되어 휴식 중이었는데, 150명이었던 중대는 사상자로 인해 80명으로 급감해 150명분의 식량을 80명이 배부르게 먹을 정도였다. 보이머는 학창시절 같은 반이었던 크로프, 뮐러와 함께 부상으로 다리를 절단한 케머리히를 문병하러 갔다. 사실 그들은 학교 담임인 칸토레크의 부추김으로 함께 동반 입대하여 이곳까지 온 것이었는데, 케머리히는 부상에서 회복하지 못하고 결국 죽음을 맞고 만다. 이후 중대에는 보충병들이 들어오게 되고, 그들은 총탄이 빗발치는 전선의 철조망 설치 작업을 위해 전방에 투입되지만 돌아오는 길에 적의 기습을 받아 또다시 사상자가 발생하고 만다.

휴식기가 끝나고 보이머의 중대는 다시 전선으로 투입되는데, 전선의 상황은 아주 급박하게 돌아가 프랑스군과 백병전을 치르게 된다. 그 과정에서 보이머의 친구 하이에가 전사하는 등 중대의 손실이 커지자 결국 후방 보충대로 가서 부대 재편성을 하기로 한다. 이때 보이머는 17일의 휴가를 받고 4주간 훈련소 교육을 받게 된다.

회의감과 괴로움

오랜만에 고향에 온 보이머는 가족들을 만나지만 어머니가 암투병 중이라는 사실을 알게 된다. 17일의 휴가는 금방 지나가고, 복귀하기 전날 밤 자신의 방에 조용히 들어와 괴로워하는 어머니를 보면서 보이머 역시 힘들어한다.

가족들을 떠난 보이머는 4주간 훈련소 교육에 돌입하는데, 훈련 중 훈련소 바로 옆에 있는 포로수용소를 목격하게 된다. 기기에는 러시아군 포로들이 잡혀있었고 보이머는 그들의 모습을 보며 저들 역시 자신과 같은 평범한 인간이라는 것을 느끼며 괴로워한다. 훈련이 끝난 보이머는 부대로 복귀하고 때마침 부대에는 황제가 다녀간다. 황제가 다녀간 후 보이머와 전우들은 도대체 왜 전쟁이 일어나는지에 대해 이야기하다 결론적으로 전쟁을 통해 득을 보는 자들이 전쟁을 일으키는 게 분명하다는 생각에 이르게 된다.

보이머는 자원하여 정찰을 나가지만 불운하게도 갑자기 프랑스군의 공습이 시작된다. 구덩이에 몸을 숨기고 있던 보이머는 프랑스 병사 하나가 구덩이로 들어오자 앞뒤 잴 것 없이 찌르게 되고 프랑스 병사가 즉사하지 않자 그와 하루 종일 함께 있게 된다. 그러면서 보이머는 자신이 살인을 저질렀다는 죄책감과 전쟁의 참혹함을 온몸으로 느끼며 괴로워한다.

서부전선 이상없다

무사히 귀환한 보이머는 중대원들과 함께 한 마을에 투입되었는데 프랑스군의 포격으로 부상을 입게 된다. 함께 부상을 입은 크로프와 병원으로 후송된 보이머는 그곳에서 많은 부상자들을 목격한다. 부상에서 회복한 보이머는 또다시 전선에 투입되고, 그곳에서 적군의 대규모 전차부대를 본 보이머는 충격을 받는다. 전쟁이 더욱 치열하게 전개되면서 결국엔 많은 중대원들이 전사하고, 이후 주인공 보이머마저도 전사하게 된다. 수많은 대원들이 전장에서 전사하지만 이를 보고하는 사령부의 보고서에는 '서부전선 이상없다'라는 단 한 줄만 간략하게 적혀 있을 뿐이다.

전쟁이라는
큰 흐름 속에서 개인은?

‡

레마르크는 18세에 제1차 세계대전에 참전한 당사자로서 자신이 체험한 전쟁의 참혹함을 생생하게, 그러면서도 담담하게 작품 속에 그려내고 있다. 덕분에 독자들은 객관적이고 냉철하게 전선에서 어떤 일들이 벌어지고 있는지를 알 수 있는데, 이 작품은 일부 사람들이 생각하는 것처럼 전쟁이 결코 낭만적이지 않음을 보여준다. 전쟁의 실상을 낱낱이 고발함으로써 독자로 하여금 전쟁은 절대 일어나서는 안 된다는 생각을 하게 하는 것이다. 특히 보이머 등 전쟁에 참전한 청년들이 나누는 대화는 전쟁에 대해 다른 방향으로 생각해보게 된다. 그럴듯한 명분 아래 수많은 군인과 민간인들이 영문도 모른 채 죽음을 맞는 것이 바로 전쟁이다. 또 제1차 세계대전에서 처음 등장한 탱크에 대한 레마르크의 묘사에서도 그렇다. 철갑을 두른 탱크에서는 사람의 온기가 전혀 느껴지지 않는데, 그것은 그저 살인 기계로 전선에서 맹위를 떨치는 모습을 보여준다. 무기 기술이 발전함에 따라 전쟁에 참전한 사람들은 자신이 공격하는 대상이 자기와 같은 사람이라는 것을 점차 잊어버리게 되는 것이다. 그렇기 때문에 전쟁의 양상은 더욱 참혹해질 수밖에 없다.

　단연 이 소설의 압권은 마지막 장면으로, 주인공을 비롯한 수많은 시림이 선사했음에도 불구하고 사령부의 보고서에는 '서부전선 이상 없다'라는 짤막한 한 줄로 보고된다. 당대를 살아가던 많은 사람이 목숨을 잃은 역사적 사건에 대해 후대를 살아가는 우리는 짧은 몇 줄로 기억할 뿐이다. '공격, 역습, 돌격, 반격. 말은 이처럼 간단하지만 그 속에는 얼마나 많은 사연이 담겨 있던가'(《서부전선 이상없다》, 에리히 레마르크 지음, 홍성광 옮김, 열린책들, 2009)라는 문장이 이를 잘 반영한다. 우리가 짧은 몇 문장으로 기억하는 그 속에는 수많은 개인의 사연이 담겨 있다. 역사의 흐름 속에서 개인의 인생은 너무나도 하찮게 여겨지기도 한다. 우리가 과거에 대해 학습함으로써 그 속에 수많은 개인의 사연들이 있음을 인지한다면 역사를 바라보는 시야가 좀 달라지지 않을까 생각해본다.

삶의 전쟁은 피하지 못한 한 인간의 이야기

《무기여 잘 있거라》

A Farewell to Arms

어니스트 헤밍웨이

Ernest Miller Hemingway

어니스트 헤밍웨이,
삶과 끝없이 투쟁한 작가

‡

20세기 미국을 대표하는 작가 헤밍웨이는 17세부터 기자생활을 시작할 정도로 글쓰기에 탁월한 재능이 있었다. 모험심이 남달랐던 그는 제1차 세계대전이 발발하자 적십자 소속의 운전요원으로 참전했고, 포격을 받아 부상을 입은 와중에 다른 부상자를 구출해 훈장까지 받는다. 전쟁이 끝난 후 귀국한 그는 작가의 길을 걷기 시작하는데, 이 시기 《위대한 개츠비The Great Gatsby》로 유명한 F. 스콧 피츠제럴드와 친분을 맺으면서 이른바 '로스트 제너레이션'의 대표 작가로 분류되기에 이른다. 그는 스페인 내전, 제2차 세계대전 등 20세기의 굵직한 역사적 사건의 현장에 빠지지 않고 참여하며 이런 사건들을 배경으로 한 다양한 작품을 남겼다. 1940년대 들어서 헤밍웨이의 작품들은 혹평 일색이었지만 1952년 이를 완전히 만회할 명작 《노인과 바다The Old Man and the Sea》를 내놓고 1954년에 노벨문학상을 수상하면서 세계적 작가의 반열에 올랐다.

《무기여 잘 있거라》는 제1차 세계대전에 참전했던 작가 자신의 경험이 그대로 녹아 있는 작품이다. 주인공 프레데릭 헨리는 의무대 장교로 설정되어 있으며 의용 간호사 캐서린과 사랑에 빠지는 내용인데, 이는 헤밍웨이가 당시 겪었던 사건과 유사하다. 헤밍웨이 역시 제1차 세계대전 참전 당시 아그네스라는 이름의 간호사를 짝사랑했지만 거절당하는 아픔을 겪었다고 한다. 제목인 '무기여 잘 있거라'는 무기로 상징되는 전쟁에서 벗어나 행복을 찾으려는 주인공들의 의지를 담은 것이다. 공동체적 행동인 전쟁으로부터 벗어나 개인의 삶을 살겠다는 뜻으로 동시대 독자들의 공감을 불러일으켰지만, 정작 그들의 결말은 행복하지 못했다는 점에서 비극적인 아이러니를 보여준다.

어니스트 헤밍웨이와 F. 스콧 피츠제럴드의 관계는 미국 문학사에서도 유명한 일화로 남아 있다. 파리에서 만난 두 사람은 금방 서로에게 빠져들어 깊은 교분을 쌓았고, 특히 헤밍웨이는 피츠제럴드의 《위대한 개츠비》를 읽고 극찬했다고 한다. 하지만 두 사람의 우정은 그리 오래가지 못했고 후에 헤밍웨이는 피츠제럴드를 격하게 비판하기도 했다.

한 손에 쥐고
단숨에 읽는 작품 속으로

‡

등장인물과 그들의 관계

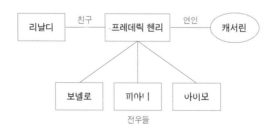

헨리와 캐서린의 만남

미국인 프레데릭 헨리는 제1차 세계대전이 발발했을 때 마침 이탈리아에서 건축을 공부하고 있었기에 이탈리아군 의무대 장교로 참전한다. 그는 이탈리아 북부, 오스트리아와의 전쟁이 치열한 전선에 배치된 상황이었다. 헨리와 친하게 지내는 이탈리아인 중위 리날디는 최근 전선의 병원으로 배치된 영국인 간호사 캐서린에게 호감을 갖고 있었다. 캐서린은 정식 간호사가 아니라 전장에 투입하기 위해 속성교육을 받은 일종의 자원봉사자였다. 리날디는 얼마 전 휴가에서 복귀한 헨리와 함께 병원을 찾게 되는데, 오히려 헨리와 캐서린 사이에 사랑이 싹트고 둘은 연인 사이로 발전하게 된다.

후방 병원에서 꽃피운 사랑

한편 이탈리아와 오스트리아의 전쟁은 격화되고 헨리가 있는 전선에서도 전투가 벌어지는데, 헨리는 전선에 투입되었다가 그만 다리에 큰 부상을 입고 만다. 후방의 밀라노까지 후송된 헨리는 심각한 부상이었지만 다행히 수술이 잘되어 회복기에 접어들게 된다. 그즈음 헨리가 입원한 병원에 전방에 있던 캐서린이 배치되면서 두 사람은 병원에서 행복한 나날을 보낼 수 있었다. 헨리의 부상이 거의 완치될 무렵, 그는 3주간의 요양 휴가 후 전선으로 복귀하라는 공문을 받는데 때마침 캐서린의 임신 소식을 듣게 된다. 하지만 헨리가 입원 중 수시로 음주를 했다는 사실이 밝혀지면서 휴가는 박탈당하고 헨리는 곧바로 전선으로 향하게 된다.

격화되는 전쟁, 그리고 퇴각

소속 부대에 합류한 헨리는 바인시차라는 곳에서 구급차량들을 지휘하게 되는데, 전방에서의 전쟁은 다시금 불이 붙고 독일군이 가세한 적군에 의해 북쪽 전선이 무너지면서 이탈리아군은 퇴각하게 된다. 헨리와 운전병인 보넬로, 피아니, 아이모도 퇴각하는데, 구급차를 이끌고 여러 부대, 민간인들과 뒤엉켜 후방으로 퇴각하는 길은 여간 고역이 아니었다. 하필이면 비가 많이 오는 계절이었던 탓에 차들이 진흙탕에 빠져 걸어서 이동할 수밖에 없었던 것이다. 한참을 남하하던 어느 날, 강둑을 지나던 헨리 일행은 같은 이탈리아군으로부터 총격을 받게 되고 아이모가 총에 맞아 사망하고 마는데, 때마침 독일군이 이탈리아군으로 위장해 공격한다는 소문이 돌고 있었던 것이다. 두려움에 빠진 보넬로는 일행을 버린 채 달아나고, 헨리와 피아니 둘만 남아 계속 남하한다.

전장에서 떠나는 헨리

얼마 후 헨리는 이탈리아군 헌병대에 붙잡히게 되는데, 그들은 소속 부대를 이탈한 장교들을 붙잡아 즉결 처분으로 총살하는 중이었다. 헨리는 가까스로 도망쳐 근처 강에 뛰어들고 급류에 휩쓸려 한참을 떠내려가다 겨우 육지에 올라와 근처를 지나던 수송 기차에 숨어들어 밀라노까지 이동하게 된다. 그 과정에서 전쟁에 염증을 느낀 헨리는 밀라노에서 군복을 벗어버리고는 민간인으로 위장한다.

캐서린의 죽음

밀라노에서 캐서린과 재회한 헨리는 잠시 행복한 시간을 보내지만, 호텔 종업원으로부터 헌병대가 그를 잡으러 올 것이라는 첩보를 입수하게 된다. 그 이야기를 듣자마자 헨리와 캐서린은 밤새 호수를 건너 스위스로 밀입국한다. 헨리와 캐서린은 다행히 스위스의 몽트뢰 근처에 별 탈 없이 정착하게 되고 그곳에서 전쟁과는 상관없는 평화로운 일상을 보낸다. 캐서린의 출산이 임박하면서 그들은 대도시 로잔으로 이주하고, 난산 끝에 아이를 낳았지만 안타깝게도 아이는 이미 사망한 상태였으며 이로 인해 캐서린 역시 끝내 숨을 거두고 만다.

삶은 결국
끝없는 전쟁

‡

이 작품의 제목을 '무기여 잘 있거라'로 정한 이유는 바로 주인공 프레데릭 헨리가 제1차 세계대전 도중 전선을 이탈해 스위스로 망명했기 때문일 것이다. 아군인 이탈리아군이 자신의 운전병 아이모를 사살한 일과 부대에서 불가피하게 이탈한 장교들을 총살하는 과정에서 죽을 고비를 넘긴 헨리는 전쟁에 대한 환멸을 느꼈다. 게다가 헨리는 전쟁 중 캐서린이라는 여성과 만나 아이까지 갖게 되면서 더 이상 목숨을 건 전쟁에 참전할 의지가 없었고 장교를 상징하는 군복의 별을 떼면서 그들과의 거래가 끝났다고 생각한다. 한마디로 그는 이탈리아군과의 거래가, 더 확대해서 생각하자면 전쟁과의 관계가 끝났다고 생각했기 때문에 전선을 이탈한 것이었는데, 이를 그는 '자기만의 평화조약'이라 일컫는다.

헨리는 전쟁과 결별하면 캐서린과 행복한 삶을 이어갈 수 있을 것이라 기대했을지도 모른다. 실제로 이 작품의 후반부에 스위스로 망명한 헨리와 캐서린은 부족할 것 없는 행복을 누린다. 하지만 하루아침에 사랑하는 캐서린과 그녀와의 사이에서 태어난 아이까지 잃게 되면서 봄날의 꿈은 산산조각나고 만다. 무기, 즉 전쟁과의 결별을 고하고 행복한 인생을 찾아 떠난 헨리와 캐서린이었지만 결국 그들의 행복은 이루어지지 못하고 만 것이다. 그들은 전쟁은 피했지만 전쟁 같은 삶의 고통과는 결별하지 못한 것인데, 헤밍웨이는 전쟁을 불타는 장작에, 스위스로의 망명은 장작에 끼얹는 물에 비유하며 이렇게 표현한다. '불타는 장작에 끼얹은 물은 개미를 삶아 죽이는 역할만 했을 뿐이다.'(《무기여 잘 있거라》, 어니스트 헤밍웨이 지음, 이종인 옮김, 열린책들, 2012) 우리는 끊임없이 '무기여 잘 있거라'를 외치며 삶의 고통을 피하려 하지만 인생의 괴로움은 끝내 피할 수 없다. 그러한 우리의 인생을 잘 알고 있기에 이 작품의 제목이 더욱더 아련하면서도 공허하게 느껴진다.

평범한 사람들이 모여 역사를 만든다

《전쟁과 평화》

Война и мир

레프 톨스토이

Lev Nikolayevich Tolstoy

역사의 흐름에 관해 이야기한
대문호 톨스토이

‡

톨스토이의 작품 중에서도 가장 스케일이 큰 작품이라고 할 수 있는 《전쟁과 평화》는 1864년부터 1869년까지 수년 동안 집필한 소설이다. 나폴레옹이 유럽 대륙을 휩쓸고 있던 19세기 초반을 시대적 배경으로 하고 있으며, 나폴레옹의 프랑스와 러시아 제국이 맞붙은 두 차례에 걸친 전쟁(아우스터리츠 전투, 나폴레옹의 러시아 원정)을 주된 소재로 다루고 있다. 전쟁을 다룬 소설이기에 전투 장면이 대부분일 것이라 예상하기 쉽지만 사실 이 소설은 전투 장면보다는 전쟁 전후 사람들의 삶과 생각을 그리는 데 초점을 맞추고 있다. 워낙에 다양한 인물이 등장하기 때문에 독자 입장에서 혼란스러울 수도 있지만, 톨스토이는 이러한 다양한 사람의 이야기가 모여 역사의 한 흐름이 완성된다는 자신만의 역사관을 선보이고 있으며, 마치 씨줄과 날줄을 이용해 직물을 짜는 것과 같은 느낌을 준다.

《전쟁과 평화》에 등장하는 상류 사회 귀족들은 프랑스어를 능수능란하게 사용하는 모습을 보여주는데, 당시 러시아 상류층은 프랑스어를 일종의 공용어로 사용하면서 자신들의 교육 수준을 과시했던 것이다. 하지만 작품 후반부로 갈수록 프랑스어 사용이 줄어드는 경향을 보이는데, 이는 프랑스가 러시아의 적국이 되어가는 작품 속 서사 과정에 부합하는 설정이라 할 수 있다.

한 손에 쥐고
단숨에 읽는 작품 속으로

‡

등장인물과 그들의 관계

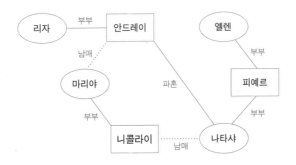

전쟁을 앞두고

러시아 상류사회의 관심사는 온통 유럽 대륙을 휩쓸고 있는 나폴레옹과 프랑스군이었고, 이에 대항하기 위해 러시아와 오스트리아 동맹군이 곧 마주하게 될 전쟁이었다. 러시아 상류층은 나폴레옹을 비난하며 유럽 대륙의 수호자로 나선 황제 알렉산드르에 대한 칭송과 지지를 보내고 있었다. 볼콘스키 가문의 안드레이와 로스토프 가문의 니콜라이 역시 장교로 전쟁에 참여할 예정이었는데, 안드레이는 아내리자가 아이를 임신하고 있는 상황임에도 불구하고 그녀를 시골의 시아버지에게 맡기면서까지 참전을 결정한다. 안드레이의 아버지 볼콘스키 공작은 전 세대에 황제의 총애를 받던 충신이었지만 이제는 물러나 시골에서 딸 마리야와 함께 칩거하고 있었는데, 괴팍한 성격 때문에 하인들뿐 아니라 딸과 며느리 리자마저 두려워하는 사람이었다.

한편 베주호프 백작의 사생아인 피에르는 파리에서 몇 년 살다 최근 러시아로 돌아온 사람으로 러시아 상류사회는 그를 주목하지 않았지만, 베주호프 백작이 죽으며 상속자로 그를 지명하는 바람에 한순간에 엄청난 재산과 명망을 얻게 된다. 기회주의자 바실리 공작은 피에르가 상속자가 되자 자신의 아름다운 딸 엘렌과 피에르의 결혼을 성사시킨다.

아우스터리츠 전투

1805년 안드레이와 니콜라이는 프랑스군과의 전쟁을 위해 각각 부대로 향하고, 러시아군은 동맹군인 오스트리아군과 더불어 프랑스군과 한바탕 전투를 벌이게 되는데, 이 전투가 바로 아우스터리츠 전투다. 이 전투에서 러시아군은 프랑스군에 패하고 니콜라이는 무사히 귀환하지만, 안드레이는 적진을 향해 돌격하다 부상을 입은 채 포로가 되고 만다. 그사이 참전하지 않은 피에르는 불행한 결혼생활을 이어가고 있었는데, 바람둥이 아내 엘렌과 염문을 뿌린 돌로호프라는 남자와 결투까지 치르게 되면서 이들 부부 사이는 완전히 틀어지고 만다. 이후 그는 페테르부르크로 향하던 도중 우연히 프리메이슨을 만나게 되고 마음이 공허했던 찰나 프리메이슨에 깊이 빠져버린다.

전투에서 무사히 귀환한 니콜라이는 휴가를 받아 집으로 돌아온다. 그사이 아버지 로스토프 백작이 집안 경영에 소홀한 닷에 가세는 점점 기울어갔지만, 니콜라이는 그러한 상황에서도 친구 돌로호프와 카드놀이를 하다 막대한 돈을 잃고 다시 부대로 향한다. 한편 부상을 입은 채 프랑스군의 포로가 되었던 안드레이는 건강을 회복하고 풀려나 귀환하지만, 아내 리자가 아들을 낳다 죽게 되는 비극을 맞는다.

변화

프리메이슨에 빠진 피에르와 큰 상실감에 빠진 안드레이는 각각 자신의 영지를 이전의 봉건적 시대와는 다른 방식으로 운영하며 일종의 개혁 조치들을 단행한다. 그러는 사이 러시아 황제 알렉산드르와 프랑스 황제 나폴레옹이 강화를 맺게 되면서 유럽 세계에는 잠시 평화가 찾아오게 된다. 그즈음 러시아에서는 젊은 황제의 명으로 일련의 개혁 조치들이 이루어지고 안드레이 역시 여기에 참여한다. 안드레이는 로스토프 가문과의 친교 끝에 니콜라이의 여동생 나타샤와 사랑에 빠져 약혼하지만, 괴팍한 안드레이의 아버지 볼콘스키 공작의 반대로 두 사람의 결혼은 1년 늦어지게 된다. 안드레이는 약혼녀 나타샤에게 1년의 기간 동안 자유롭게 사교계 생활을 하도록 했는데, 그녀는 아나톨이라는 남자와 사랑에 빠져 야반도주하려다 발각되고 두 사람은 결국 파혼하고 만다.

나폴레옹의 러시아 원정

1812년 러시아와 프랑스 사이에 다시 전쟁이 발발하게 되는데, 이는 러시아가 영국과의 모든 교류를 단절하라는 나폴레옹의 대륙봉쇄령을 어기고 영국과의 국교를 이어가다 발각되었기 때문이다. 격분한 나폴레옹은 60만 명의 다국적군을 조직하여 러시아 원정을 떠나고,

러시아는 쿠투조프 장군을 사령관으로 세워 맞서게 된다. 안드레이와 니콜라이는 다시 장교로 전투에 참여하고 이번에는 피예르 역시 전장을 둘러보는 등의 관심을 보이게 된다. 프랑스군과 싸운 러시아군은 스몰렌스크에서 패전하고 보로디노에서 다시 대치하게 되는데, 안드레이는 프랑스군의 진격로에서 가까이 있는 가족들에게 피난을 권한다. 그즈음 안드레이의 아버지 볼콘스키 공작은 노환으로 죽음을 맞고, 혼자가 된 안드레이의 여동생 마리야는 영지를 버리고 피난을 가는데 마침 근처를 지나던 니콜라이가 마리야를 도와주면서 두 사람 사이에 사랑이 싹트게 된다. 프랑스와 러시아는 보로디노에서 크게 부딪치고 이 전투에서 안드레이는 또다시 부상을 입고 후송되는 처지가 된다. 결국 러시아는 모스크바까지 버리고 후방으로 퇴각했으며 나폴레옹의 프랑스군이 모스크바를 점령하기에 이른다.

프랑스군의 퇴각과 다시 찾아온 평화

모스크바에 있던 로스토프 가문은 프랑스군이 오기 전 부상병들의 후송을 도우면서 피난을 가는데, 나타샤는 부상병 중 옛 약혼자 안드레이가 있다는 사실을 알게 되고 안드레이를 극진히 간호한다. 안드레이 역시 나타샤의 간호에 감동하여 두 사람의 사랑은 회복되지만, 안타깝게도 안드레이는 끝내 회복하지 못하고 죽음을 맞는 한편, 피예르의 아내 엘렌도 방탕한 생활을 이어가다 사망에 이르고 만다. 모스크바를 점령한 프랑스군은 약탈을 자행하고, 나폴레옹을 암살하겠다는 일념으로 모스크바에 남아있던 피예르는 프랑스군에게 겁탈당하던 여인을 구하려다 방화죄를 뒤집어쓰고는 포로가 된다. 겨울이 다가오자 프랑스군은 모스크바에서 퇴각하고 피에르도 포로들과 함께 끌려간다. 이때 피에르는 포로 중 플라톤이라는 농부를 만나게 되면서 그에게서 인생의 진리를 배우게 되고 러시아 게릴라 부대에 의해 구출된다. 얼마 후 러시아에는 다시 평화가 찾아오고 피에르는 남몰래 흠모하던 나타샤와 결혼한다. 이후 나타샤의 오빠 니콜라이 역시 안드레이의 여동생인 마리야와 결혼해 행복한 생활을 이어간다.

전쟁도 역사도
평범한 개인이 만든다

‡

이 작품에 등장하는 인물들은 평화로운 시기에는 사교계 생활을 즐기고 연애를 하는 등 일상의 삶을 살아가지만, 전쟁이 터지면 참전해 싸우는 모습을 보여주고 있다. 이는 전쟁에 참여하는 사람들이 어떤 특별한 사람들이 아니라 평화로운 시기를 함께 살아가는 우리들이라는 것을 보여주는 게 아닌가 싶다. 작품의 내용은 톨스토이가 역사를 바라보는 관점을 서술하기 위한 예라고 봐도 지나치지 않을 정도로 작품 속에서 자신의 역사관을 끊임없이 제시하고 있다. 심지어 스토리가 종료되는 마지막 장에서는 역사에 대한 자신의 생각을 서술하는 것에 지면을 할애하고 있다. 톨스토이는 흔히들 생각하는 것처럼 역사는 나폴레옹 같은 어떤 특정한 영웅에 의해 움직이는 것이 아니라고 이야기한다. 역사는 모든 사람들의 의지가 모여 움직이는 것이며 우리가 영웅이라 믿는 이들은 모든 사람의 의지를 구현할 뿐이라는 것이다. '역사적 사건의 원인은 무엇인가? 권력이다. 권력이란 무엇인가? 권력은 어느 인물에게 옮겨진 대중 의지의 총화다. 대중의 의지는 어떤 조건에서 한 인물에게로 옮겨지는가? 그 인물에 의해 모두의 의지가 표현된다는 조건 아래서다'(《전쟁과 평화》, 레프 톨스토이 지음, 박형규 옮김, 문학동네, 2017)라는 문장이 이러한 작가의 생각을 잘 드러낸다.

그런데 막상 우리 개개인은 어떤 방향으로 역사를 움직이려 하는지 자각하고 있는가 하는 의문이 드는데, 작가는 이에 대해서도 답하고 있다. 우리 모두는 역사의 큰 흐름을 의식하지 않은 채 각자의 생각과 의지에 따라 행동할 뿐이지만 그것이 모여 거대한 역사의 흐름을 만들어낸다는 것이다. 이 부분이 '전쟁과 평화'의 정수라 생각되는데, 한 사람 한 사람이 역사의 일부분임과 동시에 역사를 만들어가는 주체라는 점을 강조하는 것이다. 나폴레옹과 같은 거인조차 결국 평범한 우리 중 하나인 것처럼 역사의 일부에 불과하다는 것을 톨스토이는 말하고 있다.

나와 너를 구분하지 않는 인류애

《누구를 위하여 종은 울리나》
For Whom the Bell Tolls

어니스트 헤밍웨이
Ernest Miller Hemingway

스페인 내전 속에서
보편적 인간성을 포착한 헤밍웨이

‡

《누구를 위하여 종은 울리나》는 1936년에서 1939년 사이에 벌어진 스페인 내전을 배경으로 한 소설이다. 스페인 내전은 1936년 스페인에 인민 전선의 좌익 정부가 수립되자 이에 반발한 프랑코가 반란을 일으키면서 시작된 끔찍한 내전이다. 스페인 내전의 잔혹함은 이미 너무나 잘 알려져 있는데, 헤밍웨이가 쓴 이 작품에서도 역시 그러한 모습이 잘 드러나 있다. 특히 성당에서 부르주아 반동 세력으로 분류된 사람들을 무참히 살해하는 장면은 등골을 서늘하게 만들기 충분하다. 이런 장면들을 여과 없이 묘사하고 있다는 점에서 한편으로는 작가 어니스트 헤밍웨이의 마초적인 기질이 잘 드러나는 작품이라 생각한다. 그런가 하면 삶과 죽음의 경계에서 보여주는 로버트와 마리아의 사랑은 전쟁의 와중에서도 빛이 바라지 않는 인간성을 상징적으로 보여주고 있다. 이런 부분은 너무나도 시적인 이 소설의 제목에서 좀 더 명확하게 드러난다.

이 작품 《누구를 위하여 종은 울리나》는 1941년 퓰리처상 소설 부문 수상작으로 결정되었으나, 일부 인사들이 이를 강력히 반대함으로써 수상이 무산되었다고 한다. 이로 인해 그해 소설 부문의 퓰리처상은 어떤 작품에도 수여되지 않았다.

한 손에 쥐고
단숨에 읽는 작품 속으로

‡

등장인물과 그들의 관계

파블로 부대와의 제휴

주인공 로버트 조던은 원래 대학에서 스페인어를 가르치던 미국인 강사로 스페인 내전에 참전했고, 공화국 편에서 파시스트 반군에 대항하고 있었다. 그는 상관 골스 장군으로부터 다리를 폭파하라는 특수 임무를 부여받는데, 이는 대규모 공습을 앞둔 매우 중요한 작전이었다. 골스는 로버트에게 공습이 시작될 시각에 맞춰 다리를 폭파하라 명령했고, 폭파 전문가인 로버트는 인근 게릴라 민병대의 협조를 받고자 했다. 그는 동료 안셀모를 통해 파블로라는 소규모 민병대 대장을 소개받는다. 로버트는 파블로 부대가 머무는 동굴에서 파블로의 아내이자 실질적 리더 역할을 하는 필라르라는 여성을 만나게 되고, 얼마 전 기차 폭파 작전 때 구출된 마리아도 알게 된다. 로버트는 파블로에게 다리 폭파 작전에 대한 협조를 구하는데, 파블로는 잘 납득이 되지 않았지만 파시스트 반군에 대한 반감이 강한 필라르를 비롯한 부대원들이 작전에 참가하기를 원해 결국 일은 그렇게 흘러간다.

마리아와의 사랑

한편 로버트와 마리아는 첫눈에 서로에게 호감을 갖게 되고 필라르의
비호 아래 두 사람은 연인으로 발전한다. 다음날 로버트는 필라르, 마
리아와 함께 근처 또 다른 소규모 민병대 대장인 소르도를 찾아가 작
전에 참여해줄 것을 요청하고 승낙을 받는다. 로버트는 돌아오는 길
에 필라르를 먼저 보내고 마리아와 시간을 보내다 동굴로 돌아오는데
봄임에도 불구하고 갑자기 내리기 시작한 눈으로 인해 작전에 차질이
빚어질까 우려한다. 그때까지도 내심 작전에 참여하기를 꺼리던 파블
로는 작전이 어려울 것이라며 로버트와 필라르 등을 조롱하지만 결국
작전의 성공을 위해 극적인 합의를 이룬다.

전투는 시작되고

다음날 새벽, 로버트는 반군의 기마병 척후대 하나를 발견해 살해하
고 파블로 부대는 후속 병력이 올 것에 대비해 방어태세를 갖춘다. 하
지만 불똥은 근처 산에 있던 소르도 부대에 떨어졌다. 반군의 대부대
는 소르도 부대를 공격해 몰살하고, 사격과 포격 소리를 듣는 로버트
등은 긴장과 분노를 느낀다. 이 일을 통해 반군이 이 지역에 병력을
집중시키고 있음을 확인한 로비드는 골스 상군에게 공습을 중지해야
한다는 내용의 보고서를 작성해 보낸다. 그러면서도 그는 맡겨진 임
무 수행을 위해 다리 폭파 작전 준비를 계속하는데, 그날 밤 로버트는

마리아와 이야기를 나누며 작전이 잘 끝나면 마드리드로 가 함께 살자고 약속한다. 그런데 작전 개시일 새벽 필라르가 로버트를 깨워 파블로가 폭파에 쓰일 장치들을 가지고 사라졌다는 소식을 전해 분노케한다. 그렇게 다들 침통한 상태에 빠져 있을 때 놀랍게도 파블로가 돌아온다. 그는 이 작전에서 빠질 생각으로 폭파 장치를 버렸지만 마음을 돌려 주변 게릴라 부대에서 사람을 모아왔다는 것이다.

로버트의 죽음

속으로는 분노가 끓어올랐지만 한 사람이 아쉬웠던 로버트는 다리 폭파 작전 수행을 위해 대원들과 함께 다리로 향한다. 한편 로버트의 보고서를 지닌 대원은 우여곡절 끝에 골스에게 보고서를 전하지만 이미 공습은 시작되고, 로버트 등은 다리 폭파 작전에 성공하지만 동료 안셀모는 그만 전사하고 만다. 이후 살아남은 로버트와 마리아, 파블로, 필라르 등은 미리 준비한 말을 타고 이동하다 탱크의 공격을 받게 되고 로버트는 다리에 큰 부상을 입는다. 그는 마리아를 불러 눈물의 이별을 고하며 억지로 떠나보내고는 혼자 남아 적군을 기다린다.

피아를 구분하지 않는
인류애

‡

이 작품의 제목은 '누구를 위하여 종은 울리나'인데 정작 소설 속에는 종이나 종소리가 등장하지 않는다. 따라서 제목이 던지는 질문에 대한 답을 찾기 위해서는 종이 의미하는 것이 무엇인지 먼저 생각해봐야 할 것이다. 일반적으로 종이 울린다는 것은 종말, 죽음을 의미하는 것으로 참혹한 내전의 한가운데서 목숨을 잃거나 때로는 건강, 가족, 혹은 정상적인 생활을 잃는다는 것을 상징적으로 표현하는 것이다. 그렇다면 작가는 이 종말의 종소리를 누구에게 울리는 것인가? 질문에 대한 답은 이 작품의 제목에 영향을 준 존 던John Donne의 시에서 찾을 수 있다. '나 자신이 이 인류의 한 부분이니, 친구의 죽음은 곧 나의 한 부분이 떨어져 나가는 것이라. 그러니 누구를 위하여 종이 울리는지 알아보려 하지 마라. 그것은 곧 너 자신을 위하여 울리는 것이므로.'(《누구를 위하여 종은 울리나》, 어니스트 헤밍웨이 지음, 이종인 옮김, 열린책들, 2012)

이 작품에서는 공화주의자나 파시스트 모두 상대편을 살해한 후 그들의 명복을 빌거나 자신의 행동에 죄책감을 느끼는 모습을 볼 수 있다. 결국 정치적 성향은 다르더라도 그 이전에 그들 모두는 같은 인간이라는 점을 보여주고 있다. 모두가 같은 인간임에도 불구하고 전쟁은 서로를 죽고 죽이게 하는데, 결국 이 종소리는 전쟁에 참전한 모든 이에게 울리는 것이라고 볼 수 있다. 또한 곳곳에서 벌어진 참혹한 일이 결코 남의 일이 아니라 우리 모두의 일이라는 점을 지적하는 것이기도 하다. 존 던의 시 마지막 부분에서 이 종소리는 바로 너 자신을 위해 울리는 것이라고 이야기하기 때문이다. 결국 헤밍웨이는 이 시를 인용함으로써 보편적인 인류애를 강조하고 있다.

전쟁 같은 삶을 그린 이야기의 원형

《일리아스》
Ilias

호메로스
Homeros

호메로스,
서양문학의 기초를 놓다

‡

서양문학의 원류는 그리스 문학이고 그중에서도 《일리아스》와 《오디세이아Odysseia》는 그리스 문학의 뿌리로 평가받는다. 따라서 이 두 작품을 지은 것으로 알려진 호메로스는 우리가 지금까지 접하고 있는 서양문학의 기초를 닦아놓은 작가라고 봐도 무방할 것이다. 하지만 호메로스에 대한 역사적 기록이 거의 남아 있지 않아서 그의 삶에 대해서도 잘 알려져 있지 않다. 다만 기원전 8세기 말 정도에 활동했을 것으로 추측할 따름이다. 작가의 삶은 알려져 있지 않을지언정 그가 남긴 작품들은 2500년이 넘는 시간을 뛰어넘어 살아있으니 '인생은 짧고 예술은 길다'는 말을 증명하는 사례가 아닐까 싶다.

《일리아스》는 총 15,693행으로 구성된 장편 서사시로 모두 24권으로 구성되어 있는데, 각 권 제목의 첫 글자가 그리스 알파벳 순서대로 구성되어 있다. 이 작품은 고대의 트로이 전쟁을 소재로 하고 있는데, 이는 그리스 연합군과 트로이군이 맞붙은 전쟁으로 당시 에게해 주변 지역의 역사에 큰 영향을 미쳤다. 작가는 이러한 역사적 사건에 그리스 신화 속 신들을 등장시켜 트로이 전쟁을 단순히 인간들의 싸움이 아닌 신들의 싸움으로 격상시켰다. 《일리아스》가 다루고 있는 사건은 전황이 급격히 변한 단 며칠 동안의 사건을 다루고 있는데, 매 순간 신들이 개입하는 모습을 보여줌으로써 그리스 문학이 오랫동안 다뤄왔던 인간 의지와 운명의 관계에 대해 생각하게 한다.

호메로스에 관해서는 워낙 알려진 정보가 많지 않기 때문에 그가 과연 실존한 인물인지, 아니면 당대에 활동했던 음유 시인들을 총칭해 '호메로스'라고 한 것인지 많은 논란이 있었다. 하지만 최근에는 《일리아스》와 《오디세이아》가 보여주는 완결성을 근거로 호메로스라는 인물이 실존했다는 설이 정설로 굳어지고 있다.

한 손에 쥐고
단숨에 읽는 작품 속으로

‡

등장인물과 그들의 관계

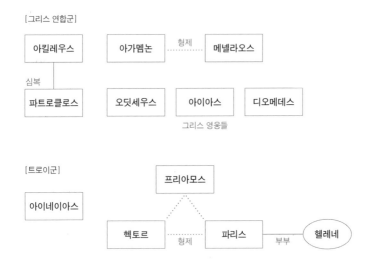

216

아킬레우스의 분노

트로이의 왕자 파리스가 그리스 왕족 메넬라오스의 아내 헬레네를 데려가는 바람에 시작된 트로이 전쟁은 무려 9년이나 지지부진 끌게 된다. 그러던 어느 날 아폴론이 그리스군에 분노하여 역병을 보내는데 그 이유는 아가멤논이 전쟁 중에 자신의 여사제를 납치했기 때문이었다. 예언자는 그 여사제를 돌려줘야 한다고 하고, 심술이 난 아가멤논은 아킬레우스가 탈취한 여자도 같이 내놓으라고 한다. 이 일로 아킬레우스와 아가멤논의 사이는 틀어지고 아킬레우스는 전쟁에 참전하지 않기로 결심하는데, 화가 난 그는 자신의 어머니인 바다의 여신 테티스에게 탄원한다. 아킬레우스는 테티스에게 제우스에게 탄원하여 트로이군을 도와 그리스군을 짓밟게 해달라고 청하고 테티스는 그대로 행한다.

제우스의 개입

제우스는 테티스의 탄원을 받아들여 그때를 기점으로 트로이군을 돕기로 결심하고, 아가멤논 왕이 전쟁에서 승리할 것이라는 거짓 꿈을 꾸게 한다. 아가멤논은 그리스군을 몰아 트로이 성으로 진군시키는데, 소식을 들은 트로이군도 헥토르를 중심으로 응전에 나서고 양 군이 맞붙으려는 찰나 파리스와 메넬라오스가 마주친다. 두 사람은 군대를 희생시킬 깃도 없이 헬레네를 자지하기 위해 목숨을 건 결투를 하기로 하고 양 군이 지켜보는 가운데 치열한 싸움을 벌인다. 메넬라오스가 우위를 점하는 가운데 파리스는 목숨이 위태로워지자 갑자기 아프로디테가 개입해 파리스를 전장에서 트로이 성으로 옮겨버린다. 한편 그리스와 트로이의 전쟁을 유심히 지켜보던 신들은 회의를 열고, 제우스는 아테나에게 전쟁에 개입해 트로이군을 돕도록 한다. 그 와중에 메넬라오스는 부상을 당하지만 형인 아가멤논을 격려해 전쟁에 임하게 하고, 아가멤논은 그리스 영웅들을 분기시켜 싸움에 나서게 한다.

헥토르와 아이아스의 결투

전투가 격해지는 와중에 그리스군의 영웅 디오메데스가 맹활약을 펼치고, 트로이의 아이네이아스에게 부상을 입힌다. 그는 거기서 그치지 않고 더욱 트로이군을 몰아붙이는데 아폴론이 트로이를 돕는 한편, 헥토르가 나타나 그리스군을 막는다. 혼전 중에 신들도 제각기 원하는 대로 전쟁에 개입하는데, 아폴론과 아테나도 각각 트로이와 그리스를 돕기 위해 나선다. 아폴론과 아테나는 트로이의 헥토르와 그리스의 한 영웅이 결투를 벌여 승패를 정하기로 합의하고 헥토르를 꼬드겨 결투를 청하게 한다. 그리스 측에서는 제비뽑기 끝에 아이아스가 나서고 헥토르와 아이아스는 치열한 결투를 벌이지만 승부를 가리지 못하고 그날 전투는 종료된다.

밀리는 그리스군

그날 밤 그리스군은 트로이군이 쳐들어오는 것을 막기 위해 함선들이 정박해 있는 앞쪽에 방벽을 쌓는다. 날이 밝자 제우스가 다른 신들의 개입을 막고 트로이의 손을 들어주는 가운데 트로이군이 그리스군에 파상 공세를 펼친다. 그리스 편인 헤라와 아테나가 제우스의 엄명에도 불구하고 전쟁에 개입해 그리스군을 도우며 일진일퇴의 공방이 계속되지만 트로이군이 우세했다. 그리스군이 세운 방벽까지 밀리면서 날이 저물고, 헥토르는 다음 날 반드시 그리스군에게 최후의 일격을 가하겠다고 다짐한다. 한편 두려움에 빠진 그리스군 진영에서는 아킬레우스를 참전시키기 위해 오딧세우스 등을 사자로 보내 간청하지만 아킬레우스는 끝내 거절한다.

그리스군의 반격

다음 날 전투가 재개되고 아가멤논이 몸소 나서서 맹렬하게 싸우지만 끝내 부상을 당하고 헥토르가 이끄는 트로이군은 맹활약한다. 그리스군은 사기충천한 트로이군 앞에 속절없이 밀리고, 오딧세우스와 디오메데스 등이 분전하지만 부상을 입고 밀려난다. 제우스가 대놓고 트로이군의 편을 드는 가운데 헥토르는 엄청난 무공을 세우며 그리스군이 세워둔 방벽을 돌파해내는 데 성공한다. 트로이군이 바닷가의 그리스군 함선에까지 육박해 들어오는데, 이를 본 포세이돈이 화를 내며 제우스가 마음 놓고 한눈을 파는 사이 전쟁에 개입한다. 포세이돈의 개입으로 인해 트로이군은 헥토르와 아이네이아스 등이 활약하지만 최후의 일격을 가하지 못한 채 공방전을 이어간다. 한편 그리스군을 돕고 싶어 하던 헤라는 남편 제우스를 유혹해 자신과 동침하게 하고 그사이 포세이돈은 마음 놓고 그리스군을 돕는다. 이 때문에 전세는 역전되고 트로이군은 도리어 아가멤논과 오딧세우스, 아이아스 등에게 밀리기 시작한다.

파트로클로스의 죽음

그때 정신을 차린 제우스는 전황을 보고는 화를 내지만 헤라와 상의하며, 헥토르가 아킬레우스의 심복인 파트로클로스를 죽게 해 아킬레우스가 참전하도록 하면 그리스가 승리한다는 시나리오를 그린다. 아킬레우스의 오랜 심복 파트로클로스는 그리스군이 불리하게 되자 의분을 참지 못하고, 아킬레우스는 그에게 자신의 무기를 주어 내보낸다. 이후 파트로클로스의 활약이 시작되고 덕분에 그리스군은 트로이군을 함선에서 몰아내는 데 성공한다. 그는 트로이의 영웅 사르페돈을 죽이는 등 눈부신 활약을 하지만, 제우스의 도움을 받은 헥토르에 의해 죽음을 맞게 된다. 결국 그리스군은 도망치며 몰리기 시작하고 저녁이 되어 헥토르는 군대를 쉬게 한다.

돌아온 아킬레우스와 헥토르의 죽음

파트로클로스의 죽음을 알게 된 아킬레우스는 울분을 참지 못해 참전을 결심하고 어머니 테티스 여신을 통해 새로운 병기를 얻는다. 다음 날이 되자 아킬레우스가 전쟁에 나서고 제우스도 신들에게 각자 원하는 대로 전쟁에 개입해도 좋다고 허락한다. 하지만 신들은 굳이 인간들의 전쟁에 더 이상 개입하지 않기로 한다. 사자 같은 용맹을 가진 아킬레우스를 막을 수 있는 트로이군은 없었고, 그는 수많은 장수들을 죽이며 트로이 성까지 육박해 들어간다. 마침내 헥토르가 나서서 아킬레우스와 맞서고 그는 결국 아킬레우스의 손에 죽음을 맞고 만다. 복수심에 불탄 아킬레우스는 헥토르의 시신을 전차에 묶어 끌고 다니지만 아프로디테가 시신이 훼손되지 않도록 막는다. 한편 트로이의 왕 프리아모스는 아들 헥토르의 시신을 되찾고자 신들의 도움을 받아 단신으로 아킬레우스를 찾아간다. 아킬레우스도 고집을 부리지 않고 헥토르의 시신을 내어주고, 프리아모스는 헥토르의 시신을 찾아와 트로이에서 장례를 치른다.

인간과
운명의 싸움

‡

역사상 수많은 작품으로 각색되어 온 호메로스의 《일리아스》는 고대에 있었던 그리스와 트로이의 전쟁을 소재로 한 웅대한 서사시다. 이 작품에 등장하는 그리스와 트로이의 영웅들은 각자의 목표에 따라 목숨 걸고 싸움을 벌이는데, 그들의 의지와 의지가 부딪히는 매 장면들이 압권이다. 사실 이 작품은 9년 동안이나 지지부진했던 전쟁이 아가멤논과 아킬레우스의 반목을 계기로 격화된 단 며칠 동안의 치열한 결전을 그리고 있다. 내가 이 작품을 읽으면서 감탄을 금치 못했던 것은 마치 두 눈으로 생생하게 보듯이 급변하는 전황을 그려내고 있다는 것이다. 그리스군에 유리했다가도 갑자기 트로이군에게 승기가 넘어가곤 하는 계기들은 다름 아닌 양 군 영웅들의 활약이다. 최강의 무인인 아킬레우스뿐 아니라 헥토르, 아이아스, 아이네이아스, 디오메데스나 오딧세우스의 활약은 할 말을 잃게 만들기 충분하다.

그런데 흥미로운 점은 그들이 아무리 맹활약하더라도 전쟁에 관여하는 신들이 그어놓은 한계선을 넘어서지는 못한다는 것이다.《일리아스》에 그려진 트로이 전쟁은 인간들의 전쟁이 아니라 신들의 전쟁이라고 해도 과언이 아닐 정도로 신들이 적극적으로 개입하고 있다. 심지어 전우 파트로클로스의 사망 이후 아킬레우스가 분기하여 헥토르를 죽이고 끝내 트로이를 점령한다는 구체적인 계획도 제우스 등 신들에 의해 세워진다. 이렇게 보면 그리스와 트로이의 인간들이 그렇게 피 흘리며 싸우는 것이 무엇을 위한 것이었나 하는 허망한 생각까지 하게 된다. 신들의 뜻을 운명으로 본다면 인간의 의지는 결국 운명에 가로막히게 된다는 것으로, 고대 그리스의 수많은 비극의 주제의식과 일맥 상통하기 때문이다. 하지만 그렇다고 해서《일리아스》가 인간의 의지를 과소평가하지는 않는데, 사실 작품 속에는 신들이 직접 전쟁에 나섰다가 영웅들에게 밀리거나 부상당하는 모습도 등장한다. 이런 장면들은 정해진 운명을 극복하기 위해 노력하는 인간의 모습을 보여주는 것이기도 하다.

7장

평범한, 그러나 치열한 일상을
담담히 그려내다

《노인과 바다》 / 어니스트 헤밍웨이

《야간 비행》 / 앙투안 드 생텍쥐페리

《세일즈맨의 죽음》 / 아서 밀러

《스토너》 / 존 윌리엄스

매일 매일 생존을 위해 배를 띄우는 우리

《노인과 바다》
The Old Man and the Sea

어니스트 헤밍웨이
Ernest Miller Hemingway

패배하지 않는
인간의 모습을 그려낸 헤밍웨이

‡

어니스트 헤밍웨이 하면 가장 먼저 떠오르는 그의 대표작 《노인과 바다》는 1952년 발표되어 이듬해인 1953년에 퓰리처상을, 1954년에는 노벨문학상을 안겨주는 데 결정적인 역할을 한 소설이다. 비록 짧은 내용의 소설이지만 카리브해의 연륜 깊은 노인 산티아고가 거대한 물고기와 밤새 사투를 벌이는 모습은 독자들을 몰입하게 만든다. 이 소설의 등장인물은 사실상 산티아고가 유일한데 그가 물고기와 사투를 벌이면서 내뱉는 말 하나하나가 대단한 감동과 울림을 주고 있다. 이 작품이 발표되기 전 헤밍웨이는 작가로서 약 10년간 슬럼프를 겪고 있었는데, 이는 발표하는 작품마다 혹평 일색이었기 때문이다. 하지만 《노인과 바다》를 통해 완벽하게 재기에 성공했고 지금까지도 많은 독자들이 사랑하는 작가가 되었으니, 인간은 패배하기 위해 태어난 것이 아니라는 산티아고의 말이 새삼 뜻깊게 다가온다.

어니스트 헤밍웨이는 1954년 노벨문학상 수상자 연설에서 "글을 쓰는 것은 외로운 삶"이라고 말한 바 있다. 왕성한 에너지를 보여준 그였지만 내면의 외로움과 우울함은 항상 그를 괴롭혔고 끝내 삶을 비극적으로 마무리하게 된 원인이 되기도 했다. '인간은 패배하기 위해 태어난 것이 아니다'라는 《노인과 바다》 속 문장을 그기 기억했다면 어땠을까.

한 손에 쥐고
단숨에 읽는 작품 속으로

‡

등장인물과 그들의 관계

산티아고의 불운

쿠바의 아바나에 살고 있는 어부 산티아고는 벌써 84일째 고기를 단한 마리도 잡지 못하고 있다. 고기를 잡지 못하던 첫 40일은 마놀린이라는 소년과 함께했지만, 40일이 넘어서도 고기를 잡지 못하자 마놀린의 부모는 아들에게 산티아고와 함께하지 말라고 한다. 거듭된 불운 속에서도 불굴의 의지를 잃지 않는 산티아고에게 마놀린은 믿음을 갖고 있었으며, 그에게 미끼로 쓸 정어리까지 구해다 준다. 정어리와 식사를 챙겨온 마놀린에게 산티아고는 그가 사랑하는 야구 이야기를 하고, 마놀린은 산티아고의 출항을 도와주며 그의 행운을 빈다.

물고기와의 조우

먼바다에 자리 잡은 산티아고는 각기 다른 깊이로 미끼를 드리우고 물고기가 물기만을 기다린다. 그러던 순간 깊게 드리운 미끼에 물고기가 걸렸음을 느낀 산티아고는 상당히 큰 물고기임을 직감한다. 그는 오랜 경험을 통해 적당히 낚싯줄을 쥐었다 풀었다 하면서 물고기가 미끼를 깊숙이 물도록 한다. 미끼를 문 물고기는 강한 힘으로 바다 깊은 곳에서 헤엄치기 시작하고 산티아고가 탄 배는 속절없이 물고기에게 끌려간다. 산티아고는 마놀린이 없는 것을 아쉬워하며 물고기의 힘이 빠질 때까지 기다리기로 하는데, 어느새 해가 지면서 날씨는 쌀쌀해진다. 그는 끝까지 물고기를 놓치지 않겠다고 결심하는데, 낚싯줄을 부여잡은 왼손에 쥐가 나 뻣뻣하게 오그라들어 고통스럽지만 장기전에 대비해 아까 잡아둔 다랑어로 끼니를 떼운다. 산티아고는 망망대해에 혼자 있는 외로움을 느끼지만, 다행히 날씨가 좋아 희망을 생각하며 물고기에 끌려가는 채로 밤을 새운다.

사투

다음 날 이른 아침 오랫동안 깊은 물 속에 있던 물고기가 수면 가까이 모습을 드러내기 시작한다. 자신의 배보다 훨씬 큰 물고기를 확인한 산티아고는 마치 물고기가 자기 덩치를 보여주며 포기하라고 말하는 것처럼 느낀다. 정오를 지나 드디어 쥐가 난 왼손이 풀리는데, 오후가 되어가도록 물고기는 지친 기색이 없어 보인다. 산티아고는 거대한 물고기가 참 대단하다는 생각을 함과 동시에 형제 같은 동질감을 느끼면서도 결국엔 물고기를 죽여야만 하기에 결의를 다진다. 저녁이 되자 물고기의 속도가 눈에 띄게 느려졌음을 느낀 산티아고는 낚싯줄을 몸으로 누른 채 잠시 눈을 붙인다. 얼마 후 물고기가 수면 위로 뛰어오르는 것을 반복하며 승부를 걸어오기 시작하고 산티아고는 그로 인해 잠에서 깨어난다. 다시 아침이 되어 해가 떠오르고 물고기는 이

제 배 주위를 빙빙 돌기 시작하는데, 이때 산티아고는 물고기를 점차 가까이 끌어당겨 작살로 숨통을 끊는다.

끝나지 않는 싸움

산티아고는 거대한 물고기를 배에 묶어 돌아가려 하지만 물고기의 피 냄새를 맡은 상어가 꼬이기 시작한다. 첫 번째 상어와 그다음에 들이닥친 두 마리의 상어는 어찌어찌 퇴치했지만, 그때마다 물고기의 살점을 한 뭉터기씩 잃어버렸다. 날이 저물어 항구에 다다랐을 무렵에는 마침내 상어떼의 공격을 받아 물고기의 살점은 거의 없어지고 뼈대만 남은 채로 항구에 도착한다. 지친 산티아고는 자기 집에 들어가 기절하듯 잠들어버리고, 다음 날 아침 사람들은 노인의 배에 매달린 물고기의 큰 뼈에 놀라지만 마놀린은 산티아고를 찾아가 다친 두 손을 보며 마음 아파한다. 깨어난 산티아고에게 마놀린은 푹 쉬고 얼른 회복해서 자신에게 낚시에 대해 더 알려달라고 말한다. 그렇게 산티아고는 다시 잠에 빠지고 마놀린은 옆에서 잠든 그를 돌본다.

삶에 대한 투쟁을 함께하는 이들을
우리는 어떻게 대하고 있는가

‡

이 작품을 차분히 읽다 보면 노인은 바다와 거기 살고 있는 모든 것들에 동질감을 느끼고, 심지어 그들을 형제라 여기기까지 한다. 힘에 부치는 큰 물고기를 만나 죽음을 불사한 사투를 벌이면서도 노인은 절대로 물고기에 적의를 드러내지 않는다. 그는 물고기를 형제라고 부르며 그것을 죽일 수밖에 없는 현실에 안타까움을 느낀다. 사실 목숨 걸고 매일같이 고기잡이배를 띄우는 노인의 입장을 생각해볼 때 이런 동질감은 신기할 정도다.

노인이 바다와 그 속의 생명체들에게 동질감을 느끼는 이유는 바로 모두가 삶을 위해 치열하게 투쟁하고 있기 때문일 것이다. 이 소설에서 그려지는 노인과 물고기의 생명을 건 사투, 심지어 물고기를 뜯어 먹기 위해 아귀처럼 달려드는 상어들의 행동 역시 삶을 위한 치열한 투쟁의 단면이다. 노인은 그것을 절절하게 느끼고 있었기에 차마 그들을 미워하지 못하고 삶을 위해 함께 투쟁하는 '형제'라 생각한 것이 아닐까 싶다. 우리 모두는 매일 노인처럼 생존을 위한 배를 띄우며 살아가고 있는데, 나와 똑같이 삶을 위해 투쟁하고 있는 다른 존재들에 대해 우리는 과연 어떤 시선을 보내고 있는가. 그들을 견제나 정복의 대상으로 대하고 있는지, 아니면 삶을 위해 함께 투쟁해나가는 형제로 대하고 있는지 이 소설을 통해 생각해보게 된다.

야간 비행 속 나의 행복은 어디에 있는가

《야간 비행》

Vol de nuit

앙투안 드 생텍쥐페리

Antoine De Saint Exupery

앙투안 생텍쥐페리,
《어린 왕자》로 전 세계인의 가슴에 남은 작가

‡

불후의 명작 《어린 왕자》로 유명한 앙투안 드 생텍쥐페리는 1900년 프랑스 리옹에서 태어났다. 군대에서 전투기 정비를 하다가 조종사 자격까지 획득한 그는 제대 후 민간 항공사에 취업해 우편물 수송업무를 했으며, 많은 그의 작품들은 이 시기의 경험을 토대로 집필되었다. 생텍쥐페리는 일을 하면서도 틈틈이 소설을 집필했는데 당대에 이미 높은 평가를 받고 있었다. 제2차 세계대전이 시작되고 나치 독일의 전격전에 의해 순식간에 프랑스가 점령당하자 생텍쥐페리는 미국 망명길에 오른다. 이 시기 1943년에 발표한 《어린 왕자》는 역대 가장 많이 번역되어 소개된 작품으로 알려져 있다. 하지만 공군 조종사로 제2차 세계대전에 참전했던 생텍쥐페리는 항공 정찰업무를 수행하다가 행방불명되어 영원히 돌아오지 못하고 있다.

《야간 비행》은 앙투안 드 생텍쥐페리의 다른 작품들과 마찬가지로 작가 자신의 경험에 바탕을 둔 소설이다. 그는 1929년 아르헨티나 지역에서 우편 수송기를 운항하면서 야간 비행을 최초로 시도했다고 하는데, 소설 속에 그 내용이 고스란히 녹아 있다. 작품 안에서 야간 비행길에 오른 파비앵의 시각을 통해 보여주는 비행기에서 본 하늘과 지상의 모습은 이를 직접 보지 않았다면 나올 수 없는 묘사다. 작가는 조종사 파비앵과 지상의 지부장 리비에르를 의도적으로 교차해 보여주고 있는데, 독자들은 이 작품을 통해 때로는 파비앵에, 때로는 리비에르에게 자신을 이입하며 스스로의 삶과 비교하게 된다. 1931년 발표된 이 작품은 페미나 문학상을 수상할 정도로 높은 평가를 받았다.

유로화를 사용하기 전 프랑스 50프랑 지폐에 모델로 등장했을 정도로 많은 사랑을 받은 작가인 만큼, 그의 죽음을 둘러싼 수많은 추측과 가설이 난무했다. 정찰 중 총격으로 추락했다는 설, 독일 전투기에 의해 납치되었다는 설 등이 분분했지만 여전히 생텍쥐페리의 죽음에 대해서는 명확하게 밝혀지지 않고 있다.

한 손에 쥐고
단숨에 읽는 작품 속으로

‡

등장인물과 그들의 관계

파비앵의 야간 비행

아르헨티나의 수도 부에노스아이레스에서 우편 비행기를 운항하는 회사의 남미 항로를 총괄하고 있는 리비에르 소장은 정부 인사들을 설득하여 야간에도 비행기를 띄울 수 있도록 허가 받는다. 여러 우편 회사들이 경쟁하고 있는 상황이었기 때문에 다른 회사보다 더 빠르게 우편물을 전달하기 위한 조치였던 것이다. 이 회사에서 비행기를 조종하는 조종사 파비앵은 무전기사와 함께 남미 항로 중 하나인 파타고니아 선을 따라 운항 중이었는데 기상 여건이 좋아 순항하고 있었다. 그는 야간 비행을 하면서 짙은 어둠 속 저 멀리 보이는 육지의 불빛들을 바라보며 이런저런 생각에 잠기고 때로는 감동받기도 한다.

냉혈한 리비에르

한편 총괄 책임자인 리비에르 소장은 매일 매일 비행기의 운항과 정비 여부, 각종 행정 업무 등을 지휘하느라 눈코 뜰 새 없이 바쁜 나날을 보내고 있었다. 최대한 일을 효율적으로 추진하기 위해 직원들을 혹독하게 대하는 그는 기상조건에 관계 없이 어떻게든 비행기를 띄우도록 하는 사람이었다. 리비에르는 칠레 선을 따라 무사히 비행을 마치고 돌아온 비행사 펠르랭을 칭찬하는 한편, 감독관 로비노를 다그쳐 조종사들을 감독하게 한다. 로비노는 소장인 리비에르와 조종사들 사이에서 관료적인 태도로 상부의 지시를 딱딱하게 이행하는 사람이었다. 그는 펠르랭과 친해지고 싶은 마음에 저녁 약속을 잡는데, 리비에르는 야간 비행이 있는 날 갑자기 로비노를 회사로 소환한다. 그러면서 조종사들과 너무 친해지게 되면 그들이 감독 업무 수행에 지장이 있을 수 있다며 주의를 주고, 무슨 꼬투리를 잡아서든 펠르랭을 징계하라고 지시한다.

파비앵의 위기

그때까지도 파비앵의 비행기는 계속 파타고니아 선을 따라 비행 중이었는데, 갑자기 기상조건이 악화되면서 돌풍이 불고 주변이 어두워지기 시작한다. 그 시각 지상에 있던 리비에르는 자신의 일이 정말 고독한 일이라고 생각하면서 야간 비행을 하는 조종사들조차도 자신들이 얼마나 대단한 일을 하고 있는지 모른다고 느낀다. 그는 야간 당직자와 함께 사무실에서 이런저런 업무를 처리하고 남미의 우편물을 모아 유럽에 보낼 비행기를 준비한다. 한편 파비앵의 비행기는 폭풍에 더욱 가까워지면서 비행에 큰 어려움을 겪게 되는데 극심한 어둠으로 자신의 위치조차 제대로 파악하지 못한다. 그는 무전기사를 통해 이곳저곳에 착륙이 가능한지 타진해보지만 돌아온 대답은 기상악화로 착륙할 수 없다는 것이었다. 리비에르는 파비앵의 비행기 도착이 늦어지자 유럽행 비행기를 잠시 대기시키고 파비앵 비행기의 행방에 주목하기 시작하는데, 어떤 도시에서도 새롭게 받은 무전이 없다는 사실을 알게 된다.

흔들림 없는 리비에르

파비앵의 아내는 남편의 도착이 늦어지자 걱정되어 회사에 전화를 하고, 남편의 비행기가 위급한 상황에 처해 있음을 알고는 회사로 달려온다. 리비에르는 파비앵의 귀환 가능성이 점점 희박해지자 야간 비행 사업을 강행한 것에 대한 확신이 점점 흔들린다. 공중에 있는 파비앵은 연료가 점점 바닥나고 있음을 인지함과 동시에 어디에도 착륙하기 어려운 상황이라는 것을 깨달으며 비행을 계속한다. 사실상 파비앵의 귀환 가능성이 희박해진 상황에서 리비에르는 상념에 잠기고 감독관인 로비노가 그를 위로하기 위해 사무실을 찾는다. 하지만 로비노는 리비에르를 위로하기는커녕 유럽행 비행기를 준비하라는 업무 지시만 받고 나오는데, 그는 이런 상황에서도 냉정한 리비에르에 두려움마저 느낀다. 마침내 유럽행 비행기가 출발하고, 리비에르는 파비앵의 참사를 애써 잊으며 일상의 업무로 복귀한다.

야간 비행의
삶 속에서 찾는 행복

‡

리비에르가 위험을 무릅쓰고 정부를 설득해 야간 비행을 시작한 이유는 경쟁사들보다 더 빠르게 우편물을 전달하기 위해서였다. 조종사들은 회사의 방침에 따라 좋든 싫든 야간 비행을 할 수밖에 없는 처지인데, 어떻게 보면 현재를 살아가는 우리 모두도 야간 비행을 하고 있는 것이 아닌가 하는 생각이 든다. 그것이 야근이든 업무분장 외에 추가로 부여된 과업이든, 투잡이든 무엇이든 간에, 또는 자의에 의해서건 타의에 의해서건 우리 대부분은 야간 비행을 하며 살아가고 있는 것이다. 따라서 야간 비행을 위해 장도에 오르는 조종사들의 모습은 우리에게 결코 낯설지 않다. 소설 속에 등장하는 조종사들의 야간 비행처럼 우리가 하는 야간 비행도 위험천만하며 때로는 자신의 소중한 것들을 내려놓아야만 하는 일이기 때문이다. 우리 모두는 그 야간 비행에 대한 두려움을 감수하면서 살아가고 있으며, 심지어 파비앵이 그런 것처럼 그것에서 즐거움과 감동을 찾아내기도 한다. 매일 매일 두려움을 안고 야간 비행에 오르면서도 어느 순간에는 그것에 젖어드는 것이다.

한편 소설 속에 등장하는 리비에르와 정비공 르루의 대화 내용은 일상에서 오는 행복의 의미에 대해 생각하게 한다. 두 사람은 사랑에 빠질 시간이 없었다고 이야기하는데, 르루나 리비에르처럼 우리도 시간이 없다는 핑계로 오늘의 행복을 내일로 미루는 일이 얼마나 많은가? 막상 내일이 되면 행복을 찾을 시간조차 없다는 것을 알게 될지도 모른다. 작가는 아이러니하게도 일 중독자인 리비에르의 생각을 빌려 "모든 우편 길에 최종적인 도착이란 없다"라고 이야기한다. 그 말처럼 행복을 찾을 만큼 여유 있는 때란 아마도 없을 것이라는 점을 지적하는 것이다. 매일의 행복은 따로 있고 그때를 놓치면 다시는 찾을 수 없는 것이기에 그날의 행복은 그날 누려야만 하는 것이다.

치열한 삶에 매몰된 한 가장의 이야기

《세일즈맨의 죽음》

Death of The Salesman

아서 밀러

Arthur Miller

아서 밀러,
미국을 대표하는 극작가

‡

미국을 대표하는 세 명의 극작가 중 한 명으로 꼽히는 아서 밀러는 1915년 뉴욕에서 태어났다. 아버지가 의류 제조업자로 어린 시절에는 나름 유복한 가정환경에서 자랐지만, 1929년 미국을 강타한 경제 대공황으로 가세는 급격히 기울게 된다. 아서 밀러는 고등학교 졸업 후 생계를 위해 여러 일을 가리지 않고 해야만 했는데, 그러면서도 미시간 대학 연극과를 졸업했다. 그는 대학 재학 중에도 희곡을 집필했고 좋은 평가를 받으면서 전업 작가의 길로 접어들게 된다. 아서 밀러가 극작가로 명성을 떨치게 된 것은 1947년 《모두가 나의 아들All My Sons》을 발표하면서부터였고, 《세일즈맨의 죽음》으로 퓰리처상을 수상하면서 미국의 대표적인 극작가로 군건하게 자리매김한다.

1949년 발표한 《세일즈맨의 죽음》은 당대 미국인들의 가슴을 울린 희곡으로, 발표 후 수년간 끊이지 않고 공연되었던 작품이다. 로먼 일가 네 식구의 24시간을 담고 있는데, 60대에 접어든 세일즈맨 주인공 윌리 로먼의 모습은 당시 미국인들뿐 아니라 현재를 살아가는 평범한 우리 모두의 모습이기도 하다. 가족을 부양하기 위해 평생을 바쳐온 윌리가 인생의 황혼기에 마주한 현실은 너무나 냉혹한 것이었고 그가 맞이한 최후 또한 비참했기 때문에 독자들은 이 작품을 통해 스스로의 인생을 돌아보게 된다.

아서 밀러는 당대 최고의 배우 마릴린 먼로와의 인연으로도 유명하다. 이미 두 번의 이혼을 겪은 마릴린 먼로는 열한 살의 나이 차와 유부남임에도 불구하고 아서 밀러에게 빠져들었고, 결국 아서 밀러는 아내와 이혼 후 마릴린 먼로와 결혼한다. 그러나 두 사람의 결혼생활은 그리 오래가지 못했고 5년 만에 또다시 이혼의 아픔을 겪고 말았다.

한 손에 쥐고
단숨에 읽는 작품 속으로

‡

등장인물과 그들의 관계

로먼 가족

윌리 로먼은 예순이 넘은 노인이지만 현역 세일즈맨이었고 매일 장거리를 차로 오가며 힘겨운 생활을 이어가고 있었다. 고령의 윌리는 운전 중 자주 깜빡깜빡해 위험을 느끼고 있었는데, 이 사실을 아내 린다에게 털어놓자 아내는 사장에게 사무실 근무로 변경해줄 것을 요청하라고 한다.

윌리와 린다 부부에게는 비프와 해피라는 삼십대 아들이 있었는데, 둘 다 번듯한 직장이 없어 부모의 근심을 사고 있었다. 특히 윌리는 맏아들 비프에게 불만이 많았지만 그러면서도 그가 언젠가는 성공할 것이라는 막연한 희망도 품고 있었다. 하지만 비프와 해피는 서른이 훌쩍 넘은 나이에도 이곳저곳을 떠돌며 짧게 일하다 그만두기를 반복하고 여자들 만날 생각만 하며 지냈다. 비프는 비프대로 농장 일 같은 육체노동을 하고 싶어 했지만 이를 우습게 여기는 아버지에게 불만을 품고 있다.

윌리의 환상

어느 날 밤 윌리는 어두운 집안에서 혼자 과거로 돌아가 비프가 자신에게 기쁨을 주었던 시절에 대한 환상에 빠진다. 그는 비프가 활기찬 기백을 갖고 있다 여겼으며, 비프가 수학 시험에서 낙제를 받아 유급 위기에 처했을 때도 이를 심각하게 받아들이지 않았다. 한참 환상에 빠져 있던 와중에 위층에서 해피가 내려와 혼자 중얼거리고 있는 윌리를 깨우고 올라가지만, 그는 계속해서 자신의 형인 벤을 만나는 환상에 빠진다. 잠에서 깬 남편이 없음을 안 린다와 윌리의 소리를 들은 아들들이 내려오고 그제야 윌리는 환상에서 깨어난다. 비프는 아버지에게 과거 자신이 일했던 회사 사장에게 찾아가 자금을 빌려 사업을 해보겠다는 포부를 밝히고 이에 윌리는 크게 기뻐한다. 아들들이 위층으로 올라가자 윌리는 린다에게 비프가 얼마나 훌륭한 아들이냐며 내심 기대하는 모습을 보인다.

갈등 폭발

다음 날 아침 윌리가 일어나보니 비프와 해피는 먼저 외출하고 저녁에 고급 식당에서 식사를 하자며 그를 초대했다. 윌리는 출근해 젊은 사장 하워드를 만나서는 자신이 더 이상 장거리 운전을 하며 세일즈를 하기 어려우니 사무실에서 근무하게 해달라고 요청한다. 그러나 하워드는 그의 간곡한 부탁을 거절하고 윌리는 흥분해 언성을 높이다 결국 해고되고 만다. 상심한 그는 친구 찰리의 회사를 찾아가 돈을 빌리는데 거기서 그의 성공한 아들 버나드를 만나 또다시 마음이 상한다. 그날 저녁 윌리는 아들들과 약속한 고급 식당으로 향하는데, 그 시각 비프는 전에 일했던 회사 사장에게 사업 자금을 빌리는 일에 실패해 상심해 있었다. 해피는 형에게 거짓말로라도 아버지에게 희망을 주라고 조언하지만 비프는 이를 거절하고 이 모든 일을 아버지에게 사실대로 고백한다.

세일즈맨 윌리의 죽음

그러나 윌리는 현실을 받아들이지 못한 채 아들을 몰아붙이고 비프는 반항심에 윌리에게 대든다. 화가 난 윌리와 비프는 크게 다투고 비프와 해피는 식당 밖으로 나가버리는데, 이때 윌리는 또다시 정신을 잃고 과거의 환상에 빠져들게 된다. 홧김에 뛰쳐나온 비프와 해피는 밖에서 떠돌다 뒤늦게 집으로 돌아가지만, 어머니 린다에게 아버지를 홀로 두고 왔다며 혼이 난다. 그 사이 윌리는 집으로 돌아와 죽은 형의 환상을 보며 정원에 농작물 씨앗을 심고 있었다. 비프는 부모의 성화에 못 이겨 대들다가 결국 집을 뛰쳐나가버리고, 윌리는 차를 타고 나갔다가 그만 자살로 추정되는 사고로 세상을 떠나고 만다.

치열한 삶을 살다가
스스로를 잃어버린 윌리

‡

이 작품의 제목은 '세일즈맨의 죽음'으로 평생 세일즈맨으로 살아온 윌리의 비극적인 최후를 전면에 부각시키고 있다. 환갑이 넘은 그는 인생의 황혼기를 맞아 극단적인 선택을 하고 마는데, 그가 그렇게 될 수밖에 없었던 이유를 생각해볼 필요가 있다. 기본적으로 그가 이런 최후를 맞게 된 직접적인 원인은 연이어 닥친 불행한 사태 때문이다. 그는 나이 든 몸을 이끌고 더 이상 장거리 외근을 다니기 어려워 젊은 사장에게 사무실 근무를 요청했지만 결과는 해고로 이어지고 만다. 그런가 하면 그가 많은 기대를 품었던 장남 비프에게서는 어떤 희망도 발견하지 못했고, 게다가 비프는 가출을 공언하고 나선 차였다. 엎친 데 덮친 격으로 안 좋은 일이 연이어 일어났으니 윌리가 크게 낙심한 것도 무리는 아닐 것이다. 좀 더 심층적으로 들여다보면 윌리가 낙심하게 된 이유는 그가 소중하게 생각했던 존재들에게 자신이 더 이상 필요한 사람이 아니라는 것을 자각했기 때문이다.

그가 두려워했던 대로 회사로부터 해고 통보를 받게 되자, 그는 자신이 소중히 여겼던 두 집단으로부터 버림받았다고 느꼈을 것이다.

하나는 그가 평생을 바친 회사이고 다른 하나는 장남 비프로 상징되는 가족인데, 비프는 아버지와의 갈등을 해소하지 못한 채 가출을 공언했기 때문이다. 자신이 더 이상 그들에게 필요한 존재가 아님을 통보받자 윌리는 결국 극단적인 선택을 하고 만다. 우리는 윌리의 모습을 통해 자기 자신의 필요성을 스스로에게서 찾지 못하고 외부에서 찾았을 때의 한계를 보게 되는 것이다. 설령 회사나 아들에게서 불필요 통보를 받았을지라도 자기 자신이 스스로 필요한 존재라는 점을 인식했다면 이렇게 극단적인 선택으로 막을 내리지는 않았을 것이다. 평범한 우리들의 대표 격인 윌리를 통해 누가 자신을 필요로 하는지 제대로 정의하는 것이 얼마나 중요한지를 생각해보게 한다.

삶을 대하는 태도에 대한 생각

《스토너》
Stoner

존 윌리엄스
John Edward Williams

존 윌리엄스,
담백한 어조로 평범한 사람들의 삶을 이야기하다

‡

미국 텍사스주에서 태어난 존 윌리엄스는 생전에 단 네 편의 소설만을 남긴 과작의 작가다. 젊은 시절 제2차 세계대전에 공군으로 참전하기도 했던 그는 중국, 인도 등 주로 아시아 전선에서 활동했던 것으로 알려져 있다. 그는 참전 기간 동안 그의 첫 소설이 될《오직 밤뿐인 Nothing but the Night》의 초고를 집필했으며, 후에는 자신의 모교인 덴버대학교에서 30년 동안이나 문학과 문예창작을 가르치는 교수로 재직했다. 그는 많은 작품을 남기지는 않았지만 그것만으로도 이미 작가로서 충분한 역량을 증명했다.

존 윌리엄스의 작품《스토너》는 1965년 발표한 작품으로 당시에는 큰 호응을 얻지 못했다고 한다. 그러다가 무려 50년 가까운 시간이 흐른 뒤 재평가받고 평단과 독자들의 뜨거운 반응을 불러일으킨 소설이다. 사실 이 책의 내용, 즉 주인공 윌리엄 스토너의 삶은 너무나 평범해 보인다. 스토너가 교수가 된 이후 캐서린이라는 학생과의 짧은 외도를 제외하면 크게 자극적인 내용이 없기 때문이다. 하지만 스토너의 삶은 대다수 우리의 삶과 닮아 있다. 그렇기 때문에 스토너가 인생을 대하는 태도는 독자들에게 깊은 울림을 주는데, 심지어 죽음마저도 극적이지 않고 평범하게 구성되어 있다는 점에서 보통의 우리 삶을 담고 있는 것만 같다.

존 윌리엄스는 자신의 네 번째 작품인《아우구스투스Augustus》로

1973년 전미도서상을 수상했는데, 그 해 전미도서상은 역대 최초로 두 작품이 공동 수상했다. 《아우구스투스》와 함께 전미도서상을 공동으로 수상한 작품은 포스트모더니즘 작가인 존 바스John Barth의 《키메라Chimera》였다.

한 손에 쥐고
단숨에 읽는 작품 속으로

‡

등장인물과 그들의 관계

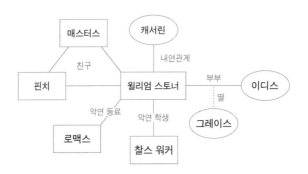

문학박사 스토너

주인공 윌리엄 스토너는 시골에서 농사를 짓는 부모 밑에서 태어났다. 넉넉하지 않은 가정형편 탓에 스토너는 어릴 때부터 농사일을 도와야 했고, 부모는 아들이 현대화된 농업기술을 배워오길 바라며 대학에 진학시킨다. 하지만 스토너는 당초 계획과 달리 문학학사 학위를 받게 되고 졸업식 때가 되어서야 부모에게 자신의 선택을 알린다. 충격은 컸지만 부모는 아들의 선택을 존중하게 되고, 스토너는 대학원에 다니며 매스터스와 핀치라는 친구를 만나게 된다. 얼마 후 제1차 세계대전이 발발하고 미국이 참전하게 되면서 미국 청년들에게는 자원 입대 열풍이 분다. 매스터스와 핀치 또한 입대를 선택하고 스토너에게도 이를 권하지만, 그는 은사의 조언에 따라 학교에 남을 결심을 한다. 얼마 후 전쟁에 자원한 매스터스가 전사했다는 소식이 들려오고 스토너는 박사 학위를 취득해 강사생활을 시작한다.

불행한 가정생활

얼마 후 스토너는 이디스라는 여성과 운명적인 만남을 갖게 되고 어디서 나왔는지 모를 끓어오르는 열정으로 이디스에게 구애해 결혼까지 이르게 된다. 그러나 이디스는 평범하지 않은 여성이었기에 스토너는 자신의 결혼생활이 행복하지 못할 것이라는 예감에 사로잡힌다. 두 사람 사이에는 그레이스라는 딸이 태어나지만 육아는 오로지 스토너의 몫이었을 뿐 이디스는 엄마로서의 역할을 제대로 하지 않았다. 얼마 후 스토너의 은사 슬론 교수가 사망하고, 부학장이 된 핀치는 로맥스라는 사람을 후임으로 초빙한다. 로맥스는 등이 굽은 장애가 있는 사람이었고 스토너는 그와 친해지고자 하지만 왠지 모를 거리감을 느낀다. 스토니 역시 일마 후 소교수에 임용되면서 가족은 이디스의 소망대로 학교 근처로 이사하지만 그녀는 더욱 제멋대로였고 심지어 부녀 사이를 갈라놓으려고까지 한다.

험난한 직장생활

어느 날 로맥스의 소개로 찰스 워커라는 학생이 스토너의 세미나 수업을 듣고 싶다며 찾아온다. 하지만 찰스 워커는 노력도 하지 않는 데다 불성실하고 수업 분위기마저 흐리는 학생이었기에 스토너는 그에게 F학점을 부여하고 찰스는 이 일로 그에 대한 앙심을 품는다. 얼마 후 찰스의 구술시험이 열리고 지도교수 로맥스와 스토너 등이 심사 교수가 되는데, 찰스는 스토너의 기초적인 질문에 하나도 답변하지 못한다. 때문에 스토너는 그에게 불합격을 주지만, 로맥스는 자신과 비슷한 장애를 가진 찰스에게 과몰입해 스토너가 그를 무시한다며 앙심을 품는다. 학과장이 된 로맥스는 스토너에게 초임 교수가 맡는 강의를 맡기고 시간표를 엉망으로 짜는 등 행정적인 보복을 해오고 두 사람 사이는 갈수록 악화된다.

스토너의 죽음

한편 40대 초반이 된 스토너는 세미나 수업 수강생이었던 캐서린이라는 제자와 사랑에 빠진다. 그들은 매일 같이 만났고 함께 여행을 가는 등 밀회를 즐겼는데, 두 사람의 관계가 학내에 서서히 알려지면서 스토너는 곤경에 처하고 앙숙인 로맥스가 이를 악용하려 한다. 결국 캐서린은 스토너와 헤어져 학교를 떠나고 이후 스토너는 급속히 늙어간다. 그런가 하면 스토너의 가정생활은 여전히 행복하지 못했다. 이디스의 농간으로 그레이스는 아버지와 친밀한 관계를 형성하지 못했으며 10대 시절 자신을 끔찍이도 억눌렀던 어머니를 떠나고자 일부러

임신해 결혼한다. 그러나 그녀의 남편은 태평양 전쟁에 참전했다 전사하고, 홀로된 그레이스는 아이를 낳아 키우게 되면서 알코올 의존 증세를 보인다. 세월이 흘러 정년이 다가온 스토너는 퇴임 대신 더 교단에 서고 싶어 학장이 된 친구 핀치에게 도움을 청한다. 하지만 얼마 후 그의 몸에 암덩어리가 발견되면서 스토너는 결국 퇴임해 집에서 치료를 받다가 끝내 사망한다.

삶은
참고 견디는 것

‡

대부분의 사람이 느끼는 바와 같이, 그리고 많은 문학 작품 속 주인공들처럼 스토너 역시 굴곡진 인생을 살아가게 된다. 굉장히 극적인 인생을 살아가는 여타의 주인공들과 달리 현실에서 실제로 있을 법한 사건들을 겪어온 스토너이기에 그가 인생을 대하는 태도에서 많은 공감을 끌어내고 있다. 아마도 이러한 부분이 해당 작품이 발표되고 수십 년이 지난 지금까지도 사람들 사이에서 회자되는 이유일 것이다. 결론부터 말하자면 윌리엄 스토너는 인내로 자신에게 주어진 인생을 살아내는 모습을 보여주고 있다. 살면서 닥치는 여러 가지 어려움을 참고 견디는 것이 인생이라고 말하는 것처럼 보인다.

특히 이디스와의 결혼생활에서 보여주는 스토너의 모습이 이를 잘 드러내는데, 그는 신혼 초 이미 자신의 결혼생활이 순탄치 않을 것임

을 직감한다. 그의 예감을 증명이라도 하듯 스토너와 이디스의 부부
생활은 평생 개선되지 않았으며 남보다도 못한 냉랭한 사이로 남아
있게 된다. 게다가 이디스는 스토너와 딸 그레이스의 부녀관계를 훼
방 놓고, 육아에도 소홀히 해 스토너를 더욱 힘들게 만든다. 그럼에도
불구하고 그는 결혼생활을 포기하거나 회피하지 않았으며 평생 이를
묵묵히 참고 견딘다. 지금의 관점에서 보면 다소 답답하게 보이는 그
의 인생관이지만, 독자에게 시사하는 바는 분명 있을 것이다. 사실 우
리 인생에서 마주하는 수많은 어려움 중에 피할 수 있는 것은 그리 많
지 않으며 대부분은 견뎌내야만 하는 것들이다. 그렇기 때문에 삶을
인내하며 견뎌내는 스토너의 모습이 우리 자신의 모습과 그다지 동떨
어져 있다고 느껴지지 않는 것이다.

8장

방황하는 인간의 마음을
들여다보다

《데미안》 / 헤르만 헤세

《마음》 / 나쓰메 소세키

《마담 보바리》 / 귀스타브 플로베르

《이방인》 / 알베르 카뮈

《죄와 벌》 / 표도르 도스토예프스키

성장소설의 바이블

《데미안》
Demian

헤르만 헤세
Herman Hesse

헤르만 헤세,
한 인간의 성장에 대해 고민했던 작가

‡

우리나라에도 잘 알려진 작가 헤르만 헤세는 목사 아버지와 신학자 집안에서 자란 어머니 사이에서 태어났다. 이로 인해 그 역시 자연스럽게 어려서부터 신학을 접하게 되었고 어려운 시험을 통과해 신학교에 입학한다. 하지만 그는 신학교 생활에 적응하지 못하고 극심한 내적 갈등 끝에 자살을 시도하기도 했으며 결국 학교를 그만두기에 이른다. 이런 경험 때문인지 헤르만 헤세의 작품에는 등장인물들의 깊은 고민이 너무나 잘 드러나 있다. 섬세한 감수성을 가진 그에게 20세기 초반 유럽 대륙을 휩쓴 두 차례의 세계대전은 가혹하게 다가왔고, 나중에는 스위스 시민권을 얻어 줄곧 그곳에서 살았다.

헤르만 헤세가 남긴 수많은 작품 중에서도 국내 독자들에게 가장 잘 알려진 소설은 아마도 《데미안》일 것이다. 이 소설은 주인공 싱클레어가 데미안의 도움을 받아 독립된 한 인간으로 성장하는 모습을 그린 작품이다. 그러한 이유로 우리나라에서도 청소년 권장도서로 많이 소개되고 있는데, 사실 이 작품은 성인들도 충분히 읽을 만한 가치가 있으며 실제로 많은 이들에게 영감을 주고 있다. 재미있는 사실은 헤르만 헤세가 이 작품을 발표할 때는 소설의 주인공 이름인 '싱클레어'라는 필명으로 발표했다는 것이다. 자신의 명성을 배제하고 오로지 작품성만으로 평가받고 싶었기 때문이라고 하는데, 이 소설의 문체가 명백한 헤르만 헤세의 것이었기에 그의 작품임이 쉽게 밝혀졌다고 한다.

유럽에서 헤세는 진작부터 인기 있는 작가였지만 미국에서 그의 작품이 인기를 끌기 시작한 것은 1960년대 이후라고 한다. 당시 미국에 히피 문화가 유행하기 시작하면서 헤르만 헤세의 작품 속 주인공들의 방황과 깨달음을 향한 고뇌가 공감을 얻었기 때문이라고 한다.

한 손에 쥐고
단숨에 읽는 작품 속으로

‡

등장인물과 그들의 관계

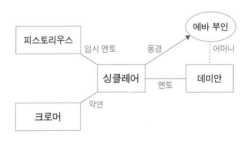

데미안과의 만남

싱클레어는 작은 소도시의 비교적 여유 있는 가정에서 태어나 유복한 가정의 자제들이 다닐 수 있는 라틴어 학교에 다니고 있다. 그는 자신보다 몇 살이나 많은 크로머라는 다소 불량한 아이와 어울려 다녔는데, 세 보이고 싶은 마음에 자신이 사과를 훔쳤다는 거짓말을 하기도

했다. 하지만 크로머는 이를 악용해 싱클레어를 괴롭히고, 싱클레어
는 자신이 가정의 밝은 세계를 떠나 크로머라는 어두운 세계에 발을
들인 것을 후회하며 괴로워한다. 그러던 어느 날 싱클레어가 다니는
학교에 데미안이라는 소년이 전학을 오는데, 그는 싱클레어보다 나이
가 몇 살 더 많은 상급생이었다. 나이에 비해 성숙해 보이는 데미안은
어느 날 갑자기 싱클레어에게 접근하고 그의 은밀한 도움으로 크로머
는 더 이상 싱클레어를 괴롭히지 못하게 된다.

데미안을 통한 성장

싱클레어는 데미안과 점점 더 가까워지는데 데미안은 싱클레어가 알
던 것들에 의문을 던지며 다른 관점에서 생각하는 모습을 보여준다.
이를테면 성경에 나오는 '카인의 표식' 같은 것인데, 일반적으로 알려
진 대로 아벨을 죽인 죗값으로 새겨진 것이 아니라, 해당 표식은 원래
부터 카인에게 있었고 자신들과 다른 표식을 가진 그를 사람들이 두
려워해 만들어낸 이야기일 것이라는 주장들이다. 둘이 가까이 지내던
어느 날 싱클레어는 데미안이 멍한 상태로 자기 자신 안에 침잠해 있
는 모습을 보고 큰 충격을 받고는 그를 따라 하기 위해 노력하면서 과
거의 자신과는 완전히 달라짐을 느낀다.

위기의 싱클레어

방학을 맞아 다른 도시의 기숙학교로 전학을 가게 된 싱클레어는 데
미안과 떨어져 지내게 되자 그에 대한 그리움이 커지게 된다. 그러던

중 싱클레어는 상급생 알폰스 베크를 만나고 그의 꼬드김으로 술집에 다니는 등 방탕한 생활을 하게 되는데, 그것이 고향의 아버지에게까지 전해지면서 크게 꾸지람을 듣는다. 그렇게 방탕한 생활을 하던 어느 날 그는 공원에서 한 소녀를 만나 사랑에 빠지게 되고 그녀를 베아트리체라 부르며 동경하면서 다시 과거의 모범적인 삶으로 돌아온다. 싱클레어는 소녀의 얼굴을 그리곤 했는데, 그리고 나서 보니 소녀보다는 데미안을 더 닮았다는 것을 알게 되고 그에 대한 그리움에 빠져든다. 사실 싱클레어는 방탕한 삶을 살던 어느 날 데미안을 만난 적이 있는데 데미안은 그런 싱클레어를 책망했던 기억이 있다.

성장한 싱클레어

싱클레어는 계속해서 데미안의 꿈을 꾸게 되고 알에서 깨어나는 새의 그림을 그려 데미안에게 보낸다. 데미안은 그 그림을 받고 답장으로 싱클레어에게 쪽지를 보내는데, 그 쪽지에는 '새는 알을 깨고 나오기 위해 힘겹게 싸우고 알에서 나와 신에게 날아가는데 그 신의 이름은 아브락사스'라는 내용이 담겨 있었다. 쪽지에서 말하는 아브락사스는 선과 악이 공존하는 신의 이름이었다. 어느 날 싱클레어는 교외의 한 교회에서 오르간을 연주하던 피스토리우스를 만나게 되고, 그와 꿈에 대한 이야기를 나누면서 또다시 내면의 성장을 이루게 된다. 하지만 어느 순간 성장한 싱클레어에게 피스토리우스의 이야기는 고리타분해지고, 어느 날 벌어진 말다툼을 끝으로 두 사람의 교분은 끊어지고 만다.

방학 동안 싱클레어는 예전에 데미안이 살던 집으로 가 그의 가족사
진을 보게 되고, 사진 속 그의 어머니 모습이 싱클레어가 꿈속에서 동
경하던 그 모습임을 발견하게 된다. 그는 그녀를 찾아 헤매지만 찾지
못한 채 대학에 다니던 중 데미안과 재회하면서 마침내 데미안의 어
머니 에바 부인을 만나게 된다. 싱클레어는 데미안의 집에서 에바 부
인과의 교분을 이어가며 이른바 '카인의 표식'을 지닌 사람들과도 만
나게 된다. 싱클레어에게 행복했던 그 시절은 제1차 세계대전의 발발
로 끝나게 되고 데미안과 싱클레어는 전선에 투입된다. 전장에서 부
상당한 싱클레어는 후송된 곳에서 데미안을 마지막으로 만나게 된다.

성장의 고통과
외로움

‡

어린 싱클레어는 가정으로 대변되는 밝은 세계가 아닌 크로머로 대표
되는 또 다른 세계가 존재한다는 것을 처음으로 알게 되고, 그 다른 세
계에 끌리는 자신의 모습에 괴로워한다. 하지만 데미안은 모든 인간
에게 두 가지 세계가 존재하는 것은 당연하다고 말한다. 어린 싱클레
어는 처음에 그 다른 세계를 외면하고 자신이 알고 있던 신한 세계로
노피하려 하지만 그런 시도는 결국 실패할 수밖에 없음을 깨닫는다.
자기 자신에게도 두 가시 세계가 공존한다는 사실을 인정하면서부터

싱클레어는 성장하기 시작했던 것이다. 작품에서 데미안이 싱클레어에게 소개한 '아브락사스'는 선한 속성과 악마적 속성을 한 몸에 지니고 있는 존재다. 그는 아브락사스를 싱클레어에게 소개하면서 인간과 그 인간들이 모여 있는 세상은 어쩔 수 없이 선한 면과 악한 면이 공존하게 된다는 다는 것을 인정하도록 이끈다. 데미안은 그것을 통해 자기 자신에 직면하려 노력하고 실제로 그는 내면에 침잠하는 모습을 보여주면서 스스로 그것의 필요성을 증명하고 있다. 인간은 양면성이 있는 복잡한 존재라는 사실을 인정하고 자기 자신을 직면하는 것은 분명 어려운 일이지만, 이를 이뤄내야만 비로소 성장할 수 있다고 작가는 말하고 있다.

한편 싱클레어는 데미안, 피스토리우스, 에바 부인 등을 만나면서 내면의 성장을 거듭하지만, 소설의 마지막에 이르러 결국 혼자가 된다는 점도 주목할 필요가 있다. 누구나 혼자 힘으로 성장하기에는 한계가 있기 때문에 성장을 도와주거나 자극하는 조력자가 필요하다. 하지만 어느 정도의 성장을 이루면 그 조력자는 더 이상 필요 없어지기에 다시금 홀로서기를 할 수밖에 없는 상황으로 돌아오는 것을 반복하게 된다. 이 작품에서 그러한 모습이 적나라하게 그려지는 부분은 싱클레어가 피스토리우스와 절교하게 되는 장면인데, 싱클레어는 피스토리우스를 만나 많은 것을 배우고 또 나누며 성장한다. 하지만 어느 정도 성장하게 되자 피스토리우스의 이야기는 고리타분하게 느껴지고 결국 그를 떠나게 된다. 피스토리우스를 떠나는 싱클레어의 심정은 가슴 아픈 것이었지만 동시에 불가피한 것이기도 했다. 사실

인도자를 자처하는 피스토리우스나 데미안마저도 결국 자기 자신의 성장이 필요한 사람인 것이다. 따라서 싱클레어, 피스토리우스, 데미안을 포함한 우리 모두는 성장해야만 하고 성장하기 위해 스스로 알을 깨는 외로운 싸움을 할 수밖에 없다는 것을 작품은 보여주고 있다.

과거에서 방황하고 있는 한 인간의 이야기

《마음》
こころ

나쓰메 소세키
Natsume Soseki

나쓰메 소세키,
일본 근대문학의 막을 열다

‡

일본 근대문학의 막을 연 작가로 평가받는 나쓰메 소세키의 본명은 나쓰메 긴노스케夏目金之助로 필명인 '소세키'는 그의 친구이자 문학적으로 영향을 준 시키로부터 받은 것이라고 한다. 나쓰메 소세키는 당시 동경제국대학 영문학과를 졸업하고 잠시 영어를 가르치는 교사생활을 하기도 했지만, 일본인이 영어를 가르친다는 사실에 회의감을 느껴 그만두고 1900년 약 3년간 영국 유학길에 오른다. 1903년 귀국한 나쓰메 소세키는 본격적인 작품활동을 시작하는데, 그의 대표작 《나는 고양이로소이다吾輩は猫である》가 당시 큰 호평을 받자 일약 유명 작가가 된다. 이후 48세의 나이로 세상을 떠나기 전까지 활발한 작품활동을 벌여 일본을 대표하는 작가로 자리매김했다.

나쓰메 소세키의 대표작 《마음》은 한 인간의 내적 방황을 너무나도 생생하게 그려낸 소설이다. 소설은 크게 두 갈래로 전개되는데 하나는 화자인 '나'라는 존재가 도쿄와 고향을 오가며 겪는 이야기이고, 다른 하나는 그가 가마쿠라에서 우연히 알게 된 선생님의 행동과 그의 과거 이야기가 그것이다. 과거 지향성이 이 작품을 전반적으로 지배하고 있다고도 볼 수 있는데, 19세기 말 20세기 초 급격한 근대화를 겪고 있던 당시 일본인들의 심리를 보여주는 작품이라 할 수 있다. 《마음》은 최근 우리나라 독자들에게도 많은 관심을 받고 있는데, 아마도 작품 속 선생님이 보여주는 내적 갈등과 방황은 시대를 뛰어넘어 누구나 한번쯤 겪게 되는 것이기 때문이 아닐까 생각한다.

　나쓰메 소세키는 1984년부터 2004년까지 약 20년 동안 일본 지폐의 모델이기도 했다. 원래 1,000엔짜리 지폐의 모델은 제국주의자 이토 히로부미였으나 주변국들의 반발과 항의로 나쓰메 소세키로 바꾼 것이라고 한다.

한 손에 쥐고
단숨에 읽는 작품 속으로

‡

등장인물과 그들의 관계

선생님과의 만남

이 작품의 주인공 '나'는 도쿄에서 대학생활을 하던 어느 날 가마쿠라 해변에서 백인인 외국인과 함께 있는 한 남자를 발견하게 된다. 왠지 모르게 그 남자에게 끌린 나는 그와 친해지고 싶은 마음에 일부러 그의 근처에서 수영을 하며 안면을 튼다. 이후 나는 그를 '선생님'이라 칭하며 교분을 이어가는데, 선생님은 명문 동경대를 나왔음에도 직업을 갖거나 사회활동을 전혀 하지 않은 채 은둔생활을 이어가고 있었다. 나는 선생님 댁에도 종종 방문해 사모님과도 인연을 맺게 되는데, 선생님이 자주 누군가의 묘소에 참배한다는 사실을 알게 되지만 묘소의 주인이 누구인지는 알려주지 않았다. 그렇게 교분을 이어가던 어느 날 선생님은 자신은 물론 그 누구도 믿지 않는다는 것, 사랑은 죄악이라는 식의 아리송한 이야기를 한다. 나는 선생님이 왜 사회활동을 하지 않는지, 왜 사람을 믿지 않는지 궁금해 사모님에게 물어보지만 그녀는 그가 그저 천천히 그렇게 변해온 것 같다고만 이야기할 뿐이다.

베일에 싸인 선생님의 과거

한편 고향에 계신 아버지의 병세가 심상치 않다는 소식에 나는 도쿄를 떠나 고향으로 향하고, 그곳에서 부모님과 시간을 보낸 후 도쿄로 돌아온다. 다시 선생님과 만난 나는 직업 없이도 생계를 꾸려가는 것이 신기해 선생님에게 재산이 많은지를 물어보지만 선생님은 즉답을 피한 채 사람은 돈 때문에 언제든 악해질 수 있는 것이라며, 집안에 재산이 있다면 아버지가 돌아가시기 전에 미리 유산에 대한 것을 명확히 하라는 조언을 한다. 나는 선생님이 평소 언급하지 않은 과거 이야기를 알고 싶다고 물어보지만 그는 여전히 대답을 회피할 뿐이다.

병간호 중 듣게 된 소식

졸업 논문 작업을 마친 나는 여름 방학을 맞아 도쿄를 떠나 고향으로 돌아간다. 고향의 부모님은 나의 귀향을 맞아 동네 잔치를 열려 하지만, 때마침 메이지 왕의 죽음으로 인해 무기한 연기된다. 아버지는 메이지 왕의 병이 자신과 같다며 씁쓸해하고, 이후 병은 급속히 악화되어 간다. 임종이 얼마 남지 않은 것으로 보이는 아버지 때문에 나는 가족들을 불러들여 병간호를 시작하는데, 어느 날 도쿄의 선생님으로부터 장문의 편지가 배달되어 온다. 병간호 때문에 편지를 읽지 못하던 나는 우연히 편지의 한 부분인 '이 편지를 읽을 때쯤이면 나는 이 세상에 없을 것'이라는 구절을 발견하고는 소스라치게 놀라 급히 도쿄행 기차에 몸을 싣게 되고, 그제야 편지를 읽기 시작한다.

밝혀진 선생님의 과거

편지는 선생님이 나에게 남긴 자신의 과거 이야기를 담고 있었다. 그는 시골에서 비교적 재산이 많은 부모 밑에서 자랐는데 안타깝게도 장티푸스로 인해 연이어 부모를 여의고 작은아버지의 보호를 받게 되었다. 그런데 작은아버지는 부모가 남겨준 그의 재산을 조금씩 빼앗고, 결국 그는 작은아버지와 의절한 후 남은 재산을 모조리 처분해 도쿄의 하숙집에서 대학생활을 하게 된다. 당시 하숙집은 아주머니와 그녀의 딸이 운영하고 있었는데, 선생님은 하숙집 딸에게 호감을 갖게 된다. 그러던 어느 날 그는 어릴 때부터 친한 친구 K를 하숙집에 들이게 되는데, K는 양자로 보내진 가정의 뜻에 따르지 않고 다른 전공을 택해 결국 파양당한 불우한 상태였다. 어느 날 K와 하숙집 딸이 다정하게 시간을 보내는 장면을 목격한 그는 질투심을 느껴 K에게 자신의 마음을 알리고자 하지만 진지한 K와 그런 이야기를 나누기가 어려워 계속 미루고만 있었다. 얼마 후 K는 선생님과 함께 산책을 하다가 하숙집 딸을 마음에 두고 있다는 말을 꺼내는데, 그때 그는 K를 강하게 비난하며 마음에 상처를 준다. 그러고 나서 선생님은 하숙집 아주머니를 통해 청혼하고 허락까지 받지만 K에게는 아무 이야기도 하지 않았다. 결국 K는 하숙집 아주머니로부터 약혼 소식을 듣게 되고, 어느 날 새벽 스스로 목숨을 끊는다. 바로 그 하숙집 딸이 지금 선생님의 아내이며, 선생님이 자주 참배하러 가던 묘소가 친구 K의 묘였던 것이다. 선생님은 작은아버지의 사례와 자신의 경험을 통해 사람을 믿지 못하게 되었고 세상과 단절된 삶을 살았던 것이다. 선생님은 편지에서 이 이야기는 아내조차 모르는 이야기이니 끝까지 비밀을 지켜달라 부탁하면서 아내 몰래 자결할 것이라는 결심을 알린다.

과거에서
벗어나지 못한 사람들

‡

이 소설에 등장하는 선생님은 과거에서 벗어나지 못한 채 방황하다 끝내 비극적인 선택을 하게 된 한 인간의 모습을 그리고 있다. 그는 스스로 목숨을 끊으려는 극단적 선택의 순간에 이르러서야 자신에게 있었던 일들을 누군가에게 알려야겠다고 결심한다. 그런데 그 결심의 대상은 평생 같이 살아온 아내가 아니라 남이라고도 할 수 있는 주인공이었다. 이는 자신의 아내가 자신의 과거로 인해 상처받는 것을 원하지 않았기 때문이다. 하지만 이러한 선생님의 태도에는 모순이 있다. 아내를 상처로부터 보호하기 위해 과거의 일은 함구하면서도 정작 자살로 야기되는 더 큰 충격에 대해서는 고려하지 않았다는 것이다. 어쩌면 아내에게 자신의 과거를 털어놓음으로써 스스로 마음의 짐을 내려놓고 새로운 삶의 출발점이 될 수 있는 기회마저 놓아버리고 만 것이라 할 수 있다.

그런가 하면 주인공의 아버지 역시 과거에 속박된 삶을 살아가는 모습을 보여준다고 하겠다. 선생님과 아버지의 가장 큰 공통점은 바로 스스로를 과거 세대의 사람이라 여기고 있다는 점이다. 그들은 지금 시대는 자신들이 살아온 시대와는 다르다고 생각하는데, 이러한 생각은 단순히 과거를 그리워하는 감상과는 또 다른 것이며, 스스로가 이전 시대의 사람이라는 생각에서 비롯된 것이다. 이들의 이런 생각이 명확히 드러난 부분은 메이지 왕이 사망한 시점인데, 두 사람 모두에게 메이지 왕의 죽음은 한 세대의 종말을 의미하는 것이며 종말을 맞은 그 세대에 자신들이 포함된 것이었다. 아버지에게는 자신과 같은 병을 앓고 있던 메이지 왕의 죽음이 곧 자신의 죽음을 암시하는 것으로 느껴졌고, 선생님에게 있어 메이지 왕을 따라 순사한 노기 대장의 죽음은 자결을 미화하는 과거의 사상을 되새기게 하여 스스로 자살을 결심하게 한 것이다. 결국 스스로를 과거의 사람이라 여기며 살아온 두 사람의 생각은 그들을 지금 시대에서 퇴장하게 만들었다. 단순히 과거를 그리워하는 것을 넘어 스스로를 과거 시대 사람이라 생각한 것이 그들의 육체와 정신을 피폐하게 만든 것은 아니었을까.

원초적 욕망으로 방황하고 갈등하는 인간의 모습

《마담 보바리》

Madame Bovary

귀스타브 플로베르

Gustave Flaubert

귀스타브 플로베르,
프랑스 문학에 19세기를 연 작가

‡

19세기 프랑스를 대표하는 작가 귀스타브 플로베르는 프랑스 루앙에서 태어났다. 10대 초반의 어린 나이부터 이미 소설을 습작할 정도로 뛰어난 재능을 보였던 그는 법대에 진학하기도 했지만 신경질환으로 인해 그만두고 문학에 전념하기 시작했다. 작가로서 그는 같은 문장을 다듬고 다듬는 완벽주의자의 모습을 보였으며, 그런 성향 때문에 문체의 거장이라는 평가를 받았다. 귀스타브 플로베르는 실질적인 인간의 내면을 보여주는 작품들을 많이 발표했는데, 인간의 욕망을 노골적으로 드러낸 때문인지 당대에는 많은 논란을 낳은 작가이기도 하다. 하지만 그의 시도는 후배 작가들에게 큰 영향을 끼쳐 우리가 잘 아는 19세기 프랑스 문학 작품들의 모태가 되었다.

1857년 발표된 《마담 보바리》는 귀스타브 플로베르를 대표하는 작품으로 널리 알려진 소설이다. 기혼자인 주인공 엠마의 불륜이라는 파격적인 소재에 플로베르다운 대담하고 세밀한 묘사가 더해져 당시 엄청난 반향을 불러일으켰다고 한다. 작가는 이 소설로 인해 풍기문란 혐의로 기소되기까지 했지만 다행히 무죄를 선고받았다. 이런 에피소드 때문에 이 작품에 어떤 노골적인 내용이 포함되어 있을 것이라는 오해가 있지만, 지금의 관점에서 보면 크게 자극적이지 않다. 독자들은 주인공 엠마의 모습을 통해 욕망 앞에서 무기력할 수밖에 없는, 이로 인해 끝없이 방황하게 되는 보편적인 인간의 모습을 발견하게 된다.

　욕망으로 인해 방황하는 엠마의 모습을 그렸던 플로베르는 실제로 문란한 성생활을 한 것으로도 유명한데, 이로 인한 병으로 많은 고생을 했던 것으로도 알려져 있다.

한 손에 쥐고
단숨에 읽는 작품 속으로

‡

등장인물과 그들의 관계

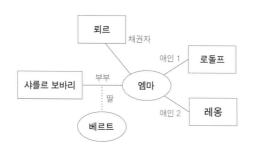

샤를르와 엠마의 결혼

샤를르 보바리는 상당히 내성적이고 순진한 인물로 어렵게 공부해 의사가 된 후 토트라는 작은 시골 마을에 자리 잡는다. 그는 부모의 뜻에 따라 자신보다 나이가 많은 부유한 과부와 결혼해 살아간다. 어느 날 루오라는 사람의 다리를 치료해주던 샤를르는 그의 딸 엠마를 알게 되고, 치료를 핑계로 루오의 집에 하루가 멀다 하고 드나든다. 얼마 후 샤를르의 아내가 가지고 있던 재산을 사기로 모조리 날려버리고 그 충격으로 병을 얻어 세상을 떠나고 만다. 샤를르는 아내의 장례를 치른 후 얼마 지나지 않아 엠마에게 청혼하고 두 사람은 결혼에 이르게 된다.

엠마의 권태감

샤를르는 사랑하는 엠마와 결혼해 마냥 행복한 반면, 그의 사랑을 받고 있다 믿었던 엠마는 도리어 결혼 후 권태에 빠지기 시작한다. 그녀는 새로운 자극을 원했고, 자신은 샤를르가 아니라 다른 남자와 운명적인 사랑을 해야 하는 것이 아닐까 하는 공상에 빠져 지낸다. 게다가 샤를르의 어머니와 엠마는 그다지 사이가 좋지 않았고, 그로 인해 엠마의 우울과 권태는 갈수록 심해졌다. 그러던 어느 날 샤를르와 엠마는 당데르빌리에 후작의 저녁 파티에 초대받는다. 그 파티에서 엠마는 상류층의 화려하고 방탕한 생활에 끌리기 시작하고, 더욱 유능한 의사가 되지 못하는 남편을 속으로 경멸한다.

아슬아슬한 엠마의 삶

집안일은 돌보지 않은 채 점점 몸이 약해져 가는 아내를 위해 샤를르는 용빌이라는 큰 마을로 이주한다. 얼마 후 임신 중이었던 엠마는 딸을 낳게 되고 이름을 베르트라고 짓는다. 엠마는 그 마을에서 서기로 일하는 레옹이라는 젊은 남성을 알게 되는데, 그는 유부녀인 엠마에게 호감을 느끼고 그녀에게 접근하면서 두 사람은 가까워진다. 레옹은 엠마에게 사랑을 느끼면서도 차마 그러한 감정을 드러내지 못하고, 엠마는 엠마대로 부부라는 이름으로 자신을 속박하는 샤를르에게 반감을 드러낸다. 마음에 병을 얻은 엠마는 신부를 찾아가 자신의 속을 털어놓으려 하지만 이내 단념하고, 레옹은 법을 공부하기 위해 파리로 떠나버린다. 시간이 흘러 이번에는 용빌 근처의 농장주이자 바람둥이 로돌프가 엠마에게 음욕을 품는다. 그는 엠마에게 접근해 갖은 말로 그녀를 유혹하고, 레옹이 떠난 후 허했던 그녀는 로돌프에게 넘어가 둘은 애인 사이가 된다. 다른 남성과 외도를 즐기면서도 엠마는 남편 샤를르가 유명해지길 바라는 마음에 그를 충동질해 이폴리트라는 남자의 안짱다리 교정 수술을 맡게 한다. 수술은 실패로 끝나고 이폴리트는 결국 다리를 절단하여 의족을 하게 되는데, 이 일을 계기로 엠마는 남편을 더욱 경멸하기에 이른다. 마침내 엠마는 애인 로돌프에게 자신과 함께 도망가자고 제안하지만, 그녀가 부담스러워진 로돌프는 한 통의 편지를 남긴 채 떠나버린다. 버려진 엠마는 다시 병이 나고 종교에 귀의하고자 성당을 열심히 다닌다.

방황하던 삶의 끝

샤를르는 엠마의 기분전환을 위해 루앙이라는 대도시에서 공연을 보는데, 거기서 우연히 레옹과 재회하게 된다. 파리 생활을 통해 세련됨을 갖춘 레옹은 엠마를 보자 다시 욕망이 불타 올라 그녀에게 접근하고 두 사람은 이후 정기적으로 만남을 이어간다. 엠마는 루앙에서 매주 피아노 강습을 받는다며 남편을 속이고 그때마다 레옹을 만나 밀회를 즐긴 것이다. 한편 엠마의 이중생활을 눈치 챈 상인 뢰르는 이를 악용해 엠마의 사치에 불을 지펴 막대한 돈을 쓰게 하는 한편 샤를르 몰래 빚까지 지게 만든다. 빚이 눈덩이처럼 불어나 도저히 감당할 수 없는 상황이 되자, 엠마는 레옹에게 돈을 빌리려 하지만 레옹은 이를 거절하고 이 일을 계기로 두 사람은 헤어진다. 그녀는 옛 애인인 로돌프에게까지 찾아가 돈을 빌리지만 로돌프 역시 엠마를 외면하고, 그러는 사이 뢰르가 발행한 어음의 만기가 돌아오자 엠마는 더욱 궁지에 몰린다. 그녀는 결국 약국 창고에서 독약을 훔쳐 먹게 되고, 이를 알게 된 샤를르가 아내를 구하기 위해 노력하지만 결국 그녀는 사망하고 만다. 엠마가 죽은 후 한동안 아내를 잊지 못해 괴로워하던 샤를르는 어느 날 엠마가 애인들과 주고받은 편지를 발견하게 되고 그 충격으로 인해 얼마 후 죽음에 이르고 만다.

욕망으로 인한
방황과 그 허무함

‡

이 소설은 발간 당시 프랑스 사회를 뒤흔들었다고 하는데, 그럴 법도 한 것이 당시 관점에서는 파격적인 내용이었기 때문이다. 결혼한 유부녀이면서도 자극적인 사랑을 갈구해 여러 명의 애인을 두고 육체적 관계까지 서슴지 않았던 엠마의 모습은 분명 충격적이었을 것이다. 당시 사람들은 이 소설의 주인공 엠마에게 방탕하고 문란하다는 죄목을 적용했지만, 지금 시대를 살아가는 우리는 다른 관점에서 생각해 볼 필요가 있다. 엠마의 모습은 단순히 음탕한 한 여성이 아니라 육체적 욕망을 이기지 못해 방황하는 모든 인간의 모습을 대변한다는 것이다. 그녀는 남편의 사랑에 만족하지 못하고 더 자극적인 사랑을 원했지만, 최소한 불륜에 대한 양심의 가책은 분명 가지고 있었다. 하지만 그녀는 첫 번째 애인 로돌프나 두 번째 애인 레옹의 끈질긴 유혹에 결국 넘어가고 만다. 자신의 의지와 상관없이 욕망에 흔들리는 사람들의 모습을 적나라하게 보여주고 있는 것이다.

그렇게 자극적인 사랑을 찾아 헤맨 엠마가 행복했는가 하면 전혀 그렇지 않다는 점 역시 이 소설의 중요한 포인트라고 할 수 있다. 엠마에게 욕망을 느끼고 그토록 뜨겁게 유혹했던 로돌프와 레옹은 막상 그녀가 위기에 처하자 차갑게 돌아서고 만다. 결국 엠마는 그들에게 버려지면서 비참한 죽음을 맞이할 수밖에 없었던 것이다. 욕망은 엠마에게 영원한 행복을 줄 것처럼 보였지만, 욕망을 채우고 나자 로돌프와 레옹은 엠마를 떠났고 엠마에게 남은 것은 끝없는 허무일 뿐이었다.

우리는 모두 이방인이다

《이방인》
L'Etranger

알베르 카뮈
Albert Camus

알베르 카뮈,
인간의 불안함에 공감한 작가

‡

우리나라에서도 많은 인기를 얻고 있는 작가 알베르 카뮈는 1913년 당시 프랑스의 식민지였던 북아프리카 알제리에서 태어났다. 그가 태어나자마자 발발한 제1차 세계대전으로 인해 아버지를 잃은 카뮈는 이후 홀어머니 밑에서 어렵게 성장한다. 대학에서 철학을 전공하기도 한 그는 기자생활을 하면서 작품활동을 시작했는데, 특히 《이방인》으로 당대 문단에 큰 반향을 불러일으켰다. 작가로서 그는 인간의 실존에 대해 고민하는 실존주의 작가로 분류되지만, 스스로는 실존주의 작가로 분류되는 것을 반기지 않았다고 한다. 《이방인》의 성공 이후에도 카뮈는 왕성한 작품활동을 이어갔고 1957년에는 노벨문학상을 수상하기도 했다.

알베르 카뮈의 사상을 가장 잘 보여주는 작품은 아무래도 《이방인》일 것이다. '오늘, 엄마가 죽었다. 아니, 어쩌면 어제였을까. 모르겠다'(《이방인》, 알베르 카뮈 지음, 김예령 옮김, 열린책들, 2011)라는 인상 깊은 첫 문장으로 유명한 이 소설은 처음부터 끝까지 군더더기 없는 이야기 전개로 독자들을 몰입하게 만든다. 어머니의 죽음으로 시작하는 것은 주인공 뫼르소에게 있어 존재의 근원과 이유의 상실을 의미하며, 이러한 분위기는 작품 전체를 지배하고 있다. 특히 소설 후반부에 감옥에 갇혀 있는 뫼르소를 찾아온 사제와 그가 나누는 대화는 카뮈가 직접 하는 이야기로 봐도 무방한데, 불안한 실존으로 인해 방황하는 인간의 모습을 너무나도 잘 대변하고 있는 부분이라 할 수 있다.

알베르 카뮈와 실존주의 철학의 대가 장 폴 사르트르Jean Paul Sartre 의 우정과 반목 또한 유명하다. 두 사람은 1943년 파리에서 처음 만나 1952년까지 깊은 교분을 이어갔는데, 두 사람이 갈라서게 된 계기는 당시 소련의 스탈린 체제를 바라보는 관점의 차이였다. 사르트르는 사회주의 이념의 실현을 위해 어느 정도의 부조리는 용납할 수 있다고 여긴 반면, 카뮈는 이를 반대했고 둘의 우정은 이런 견해차를 극복하지 못했다.

한 손에 쥐고
단숨에 읽는 작품 속으로

‡

등장인물과 그들의 관계

어머니의 죽음

주인공 뫼르소는 양로원에 있는 어머니의 부고 소식을 전해 듣고는 이틀의 휴가를 내 장례를 치르기 위해 양로원으로 향한다. 어머니를 양로원에 모신 후 뫼르소는 사실상 어머니를 잊고 지내왔기 때문에 어머니의 죽음에 대해 특별한 감정이 없었으며, 어머니의 시신을 안치한 관을 대할 때도 무신경할 뿐이다. 그는 어머니의 시신을 보겠느냐는 수위의 권유도 거절하고, 풍습에 따라 양로원 노인들과 함께 꾸벅꾸벅 졸며 하룻밤을 지새운다. 더운 날씨 탓에 장례식은 그쯤에서 끝내고 다음 날 어머니의 연인 페레를 포함한 몇몇의 조문객과 함께 장지로 가 매장하는 것으로 장례를 마무리한다. 장례를 치르는 내내 뫼르소의 감정에는 별다른 변화가 없었고, 단지 집으로 돌아가는 버스 안에서 잠을 잘 수 있다는 것이 반가울 뿐이었다.

마리, 그리고 레몽과의 인연

다음 날은 토요일이었고 뫼르소는 바닷가로 나가 해수욕을 즐기다 과거 회사 동료였던 마리를 만난다. 내심 호감을 갖고 있던 터라 뫼르소는 그녀에게 접근하고 두 사람은 뫼르소의 집으로 가 하룻밤을 보낸다. 다음 날 아침 뫼르소가 일어나 보니 마리는 떠난 후였고, 일요일이었기에 그는 거리의 사람들을 구경하며 시간을 보낸다. 주말이 지나고 회사에 출근한 뫼르소는 평소와 다름 없이 열심히 일하고 집으로 돌아오는데, 이웃 레몽이 그를 저녁식사에 초대한다. 레몽은 그에게 자신의 속사정을 이야기하는데, 아랍인 여성을 애인으로 두고 있으며 최근 그녀가 다른 남성과 바람이 난 사실을 알았다고 했다. 레몽은 자기 애인을 구타해 쫓아냈지만 성이 풀리지 않아 편지로 그녀를 다시 불러들인 후 모욕을 줄 생각이라며, 뫼르소에게 편지 쓰는 것을 도와달라고 한다. 그는 별생각 없이 편지를 대필해주고, 며칠 후 마리를 다시 만나 집에 데려오는데 레몽의 집에서 소란이 일어난다. 편지에 속아 레몽의 애인이 찾아왔는데 레몽은 그녀를 또다시 구타한 까닭에 큰 소동이 일어 경찰까지 출동한 것이었다. 경찰은 여자를 빼내고 마리는 씁쓸하게 앉아있다가 집으로 돌아가는데, 밤늦게 레몽이 뫼르소를 찾아와 경찰에 불려가게 되면 증언을 해달라고 부탁한다.

뫼르소의 살인

얼마 후 레몽은 해변에 있는 친구 집에 함께 놀러 가자며 뫼르소와 마리를 초대하고, 자신이 전 애인의 지인들에게 타깃이 되었다는 이야기를 한다. 뫼르소와 마리, 레몽은 마송이라는 이름의 레몽 친구 집에 놀러 가 해수욕을 즐기며 즐거운 시간을 보낸다. 점심 식사 후 뫼르소와 레몽, 마송은 해변으로 산책을 나오는데 레몽을 노리고 쫓아온 아랍 청년들을 만나 한바탕 싸움이 벌어진다. 그들이 휘두른 칼에 레몽은 상처를 입게 되고 이에 응급처치를 한 레몽 등 세 사람은 이후 다시 해변으로 나온다. 그때 레몽은 권총을 들고 나오는데 아까 만났던 그 청년들과 다시 만나게 되자 뫼르소는 사고를 미연에 방지하기 위해 그를 달래 권총을 건네받는다. 그들은 꽁무니를 빼고 세 사람은 마송의 집으로 돌아오지만 뫼르소는 다시 권총을 지닌 채 해변을 따라 걷는다. 뜨거운 햇볕에 정신이 아득한 뫼르소 앞에 아까 그 아랍 청년 중 하나가 나타나고 그가 칼을 빼들자 뫼르소는 충동적으로 총을 다섯 발이나 쏴 그를 죽인다.

결국 뫼르소는 살인 혐의로 체포되고 예심판사의 심문을 받는 한편 변호사를 만나면서도 자신을 적극적으로 변호하지 않는다. 예심판사는 뫼르소의 죄를 지적하며 신에게 귀의할 것을 권하지만 그는 받아들이지 않았다. 뫼르소는 나름대로 감옥에 잘 적응하며 생활하고 수감된 지 몇 달이 지나 재판이 시작된다. 재판 과정에서 뫼르소는 자신의 운명이 의지와 상관없이 흘러가는 모습에 회의감을 느끼게 된다. 검사는 뫼르소가 어머니의 죽음 앞에서도 무덤덤했던 점, 장례식 다음 날 해수욕을 하고 마리를 만났다는 점을 들어 그를 공격한다. 배심원단은 검사의 논고에 마음이 기울고 뫼르소는 결국 사형을 언도 받아 형이 집행될 날을 기다리는 신세가 된다. 교도소 부속 사제가 그를 만나려 하지만 계속 거절하다 어느 날 포기하지 않고 찾아온 사제와 면담을 하게 된다. 뫼르소는 종교에 귀의할 것을 강요하는 사제에게 화가 나 평소 그답지 않게 열변을 토하며 자신에겐 삶과 죽음에 대한 나름의 확신이 있다고 주장한다. 사제는 떠나고 뫼르소는 죽음을 앞둔 상황에서 어머니의 죽음을 떠올리며 사형집행일을 기다린다.

이방인으로서의 삶

‡

사실 알베르 카뮈가 이 소설의 제목을 왜 '이방인'으로 정했는지가 의

문인데, 등장인물 중 사전적 의미의 이방인은 없어 보이기 때문이다. 하지만 소설을 가만히 읽다 보면 주인공 뫼르소의 감정과 모습이 마치 이방인을 연상시키기에 제목에 대한 작가의 의도를 어느 정도는 이해할 수 있다. 이 소설의 공간적 배경은 프랑스령이었던 북아프리카 알제리로 작열하는 태양과 숨 막히는 더위로 유명한 곳이다. 뫼르소는 이곳 사람임에도 불구하고 유독 태양과 더위에 약한 모습을 작품 곳곳에서 보여주고 있다. 특히 그가 해변에서 아랍인을 권총으로 살해할 당시 그는 더위와 햇볕으로 인해 거의 정신을 잃기 직전의 상황이었다. 마치 북아프리카에 처음 와 본 이방인처럼 뫼르소는 현지 기후에 낯선 모습을 보여주고 있는 것이다.

그런가 하면 뫼르소가 살인을 저지른 후 재판을 받는 모습은 책 제목이 왜 이방인인지를 더욱 확실하게 보여준다. 뫼르소는 자신이 감옥이나 법원뿐 아니라 재판 절차 등 모든 것을 낯설게 느끼는 반면, 뫼르소를 제외한 다른 사람들은 이러한 방식에 익숙한 모습을 보면서 자신이 이곳에서는 이방인임을 직감적으로 깨닫게 된다. 게다가 그는 자신의 의지와 상관없이 자신의 운명이 결정되는 현실에 혼란을 느낀다. 본질적으로 뫼르소는 자신의 운명에 있어서조차 이방인이었던 셈이다. 이방인의 본질은 낯섦이라고 할 수 있는데, 주어진 환경도 낯설고, 자기를 둘러싼 상황도 자신의 운명조차도 낯선 것이었다. 결국 작품 속에서 주인공 뫼르소는 우리 인간의 모습을 은유적으로 보여준다. 우리는 감옥과 재판에 던져진 뫼르소처럼 낯선 세상에 던져진 것이다. 그리고 자기 운명에 결정적 영향을 끼치는 재판 과정에 실질적인 역할을 하지 못하는 뫼르소처럼 우리 역시 자신의 운명에 실질적인 역할을 하지 못하는 경우가 허다하다. 뫼르소로 대표되는 우리 인간은 각자의 삶에서 모두가 '이방인'일 수밖에 없음을 작품은 보여주고 있는 것이 아닌가 생각해본다.

무엇이 죄인가에 대한 갈등

《죄와 벌》

Преступление и наказание

표도르 도스토예프스키

Fyodor Mikhailovich Dostoevskii

인간의 영원한 질문에 대해 탐구한
도스토예프스키

✝

도스토예프스키의 대작 《죄와 벌》은 고전문학이라고 하면 가장 먼저 떠오르는 작품이 아닐까 생각한다. 작가는 이 소설을 통해 인간의 죄와 그에 상응하는 벌에 대해 보여줌으로써 인간이라면 누구나 겪게 되는 양심의 갈등을 너무나도 사실적으로 묘사하고 있다. 특히 주인공 라스꼴리니코프(로쟈)가 가지고 있었던 믿음, 어떤 행위를 해도 죄가 되지 않는 특별한 존재가 있다는 믿음이 자기 자신에 의해 깨어져 나가는 장면에서는 '죄'라는 것이 결국은 누구에게도 예외가 되지 않는 보편적인 것이라는 점을 상기하게 만든다. 워낙 유명한 작품이라 많은 사람에게 익숙하겠지만 실제로 이 소설을 완독한 사람은 상대적으로 많지 않다. 도스토예프스키 특유의 장광설이 여전할 뿐 아니라 사건들이 복잡하게 중첩되어 전개되는 까닭에 읽으면서 피로감을 느끼기 때문이다. 하지만 이 소설이 담고 있는 주제 의식은 인류가 존재하는 한 유효한 것이라 시간이 더 흐르더라도 불멸의 고전으로 남을 것임은 분명하다.

《죄와 벌》은 1866년 〈러시아 통보Russkii Vestnik〉지에 발표되었는데, 같은 시기 톨스토이의 대작 《전쟁과 평화》도 연재되고 있었다. 당시 러시아 사람들은 이 두 작품이 러시아 문난이 세계에 남긴 불후의 명작이 되리란 것을 알고 있었을까?

한 손에 쥐고
단숨에 읽는 작품 속으로

‡

등장인물과 그들의 관계

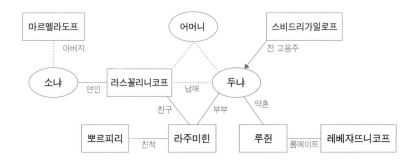

라스꼴리니코프의 사상

라스꼴리니코프라는 남자는 최근 한 가지 생각에 전념하고 있는데, 바로 이 세상의 고혈을 빨아먹는 존재인 전당포 노파를 살해하는 일이다. 그는 숭고한 이상과 목표를 위해 살인을 포함한 어떤 행위도 저지를 수 있는 권한이 자신에게는 있다고 생각했다. 라스꼴리니코프는 이 일을 결행할지 망설이던 차에 한 술집에서 마르멜라도프라는 하급 관리를 만나고 그의 딸 소냐가 궁핍한 가족을 위해 몸을 파는 매춘부가 되었다는 슬픈 이야기를 듣게 된다. 다음 날 아침 라스꼴리니코프는 고향의 어머니로부터 편지를 받는데, 여동생인 두냐가 가정교사로 일하던 집에서 스비드리가일로프라는 유부남 주인의 유혹을 받았으나 이를 뿌리쳤으며 주인의 아내가 루쥔이라는 나이는 많지만 꽤 부유한 남자를 소개해주었다는 것으로, 조만간 두냐와 함께 그를 찾아오겠다는 내용이었다. 라스꼴리니코프는 두냐가 자신과 가족들을 위해 원치 않는 결혼을 하려는 것이라 단정하고 상당히 불쾌해한다.

범행, 그리고 소냐와의 만남

라스꼴리니코프는 마침내 전당포 노파를 도끼로 살해하는데 때마침 현장에 나타난 노파의 여동생 리자베따까지 우발적으로 살해한다. 다음 날 그는 경찰서로부터 출두 요구를 받는데, 이는 전날 벌어진 살인사건 때문이 아니라 밀린 방세 때문이었다. 그는 경찰서에서 전날의 살인사건에 대해 이야기하는 것을 듣다가 그만 기절하고 만다. 정신을 차린 그는 집으로 돌아와 전당포에서 갈취해 벽에 숨겨둔 물품들을 한 공터의 바위 아래로 옮겨 숨긴다. 라스꼴리니코프는 여러 가지 일로 몸과 마음이 쇠약해져 열병을 앓게 되고, 다음 날 라주미힌과 의대생 조시모프가 그의 집을 방문해 살인사건 당시 아래층에서 작업하던 페인트공 니콜라이가 용의선상에 올랐다는 이야기를 주고받는다. 이 이야기를 들으며 흥분하고 있는 라스꼴리니코프에게 루쥔이 찾아왔지만 루쥔은 홀대받고 기분이 상한 채로 떠난다. 라스꼴리니코프는 라주미힌과 조시모프를 돌려보내고 밖으로 나왔다가 마차에 치인 마르멜라도프를 발견한다. 그는 피투성이가 된 마르멜라도프를 그의 집으로 옮기고, 그곳에서 사고 소식을 듣고 온 소냐와 운명적인 만남을 가진다. 결국 마르멜라도프는 죽음을 맞고 라스꼴리니코프는 자신이 가진 모든 돈을 장례식에 쓰라며 주고 나온다.

집으로 돌아온 라스꼴리니코프는 라주미힌이 어머니, 두냐와 함께 있는 것을 발견하는데, 그는 두냐와 루쥔의 결혼은 있을 수 없는 일이라고 반대해 두 사람을 놀라게 한다. 그는 가족들에게 신경질적인 태도를 보이며 내쫓다시피 하고, 어머니와 두냐는 라주미힌을 의지해 숙소로 향한다.

다음날 어머니와 두냐는 루쥔으로부터 편지를 받는데 그는 두 사람과 할 이야기가 있으며 라스꼴리니코프는 절대 데려오지 말라는 내용이었다. 하지만 그들은 루쥔의 말을 따를 생각이 없었고, 라스꼴리니코프를 찾아가 그 편지를 보여주기까지 한다. 그때 전날의 일에 감사를 표하기 위해 소냐가 그의 집을 방문하고, 라스꼴리니코프는 그들과 헤어진 후 라주미힌과 함께 전당포 노파에게 맡긴 물건을 찾기 위해 예심판사인 뽀르피리를 찾아간다. 그곳에서 그는 뭔가 이상한 낌새를 챈 뽀르피리와 그가 과거에 쓴 논문을 주제로 논쟁을 벌이게 되고, 집으로 돌아온 후에는 예상치 않게 스비드리가일로프의 방문을 받는다. 스비드리가일로프는 라스꼴리니코프에게 자신은 두냐를 위해 필요한 것들을 제공할 수 있으니 그녀를 만나게 해달라고 간청하지만 그는 이 부탁을 단호하게 거절한다. 그는 라주미힌과 함께 어머니, 두냐, 루쥔을 만나고, 어머니와 두냐는 무례하게 구는 루쥔을 홀대해 파혼에 이르게 된다.

이후 라스꼴리니코프는 소냐에게로 향하고 소냐가 매춘을 하게 된 것이 가족 때문이라는 것을 알게 되면서 그녀를 불쌍히 여기는데, 이

때 소냐는 라스꼴리니코프에게 요한복음에 기록된 나사로의 기적 부분을 읽어준다. 결국 그는 소냐에게 자신의 범죄 사실을 암시하는 말을 내뱉게 되고, 뜻밖에도 옆방에서 묵고 있던 스비드리가일로프가 이 사실을 듣고 만다.

자백

다음날 라스꼴리니코프는 예심판사 뽀르피리를 찾아가고, 그에게 혐의를 두고 있던 뽀르피리는 여러 가지 말로 그를 심문하지만 니콜라이가 자신이 범인임을 시인하는 바람에 풀려난다. 한편 루쥔은 파혼으로 분이 풀리지 않은 상태였으나 이를 다시 회복할 수 있을지도 모른다는 막연한 희망을 품고 있었다. 그는 룸메이트 레베쟈뜨니코프를 이용해 소냐를 방으로 불러 이런저런 이야기를 하고 돌려보내는데, 그때 소냐의 주머니에 몰래 100루블 지폐를 숨겨둔다. 마르멜라도프의 장례식에서 루쥔은 소냐가 자신의 돈을 훔쳤다고 모함하지만 마침 그것을 본 레베쟈뜨니코프에 의해 진실이 밝혀진다. 현장에 있던 라스꼴리니코프는 소냐와 만나 자신이 전당포 노파 살인사건의 범인임을 명시적으로 밝히고 이에 소냐는 자수를 권한다. 그때 레베쟈뜨니코프가 들어와 소냐 어머니의 정신이상 소식을 전하고 두 사람은 함께 그녀를 찾아나서지만 소냐의 어머니는 결국 사망하고 만다.

자수, 새로운 삶

스비드리가일로프는 무슨 속셈인지 자신의 재산을 이용해 소냐와 동생들을 구제하겠다고 나서며, 자신이 라스꼴리니코프의 범죄사실을 알고 있다는 것을 넌지시 드러낸다. 다음날 라스꼴리니코프는 라주미힌으로부터 뽀르피리가 니콜라이의 혐의를 확신하고 있다는 소식을 듣고 뽀르피리를 찾아간다. 뽀르피리는 라주미힌을 속여 라스꼴리니코프로부터 멀어지게 하기 위해 거짓말을 한 것이었고 그가 범인임을 확신하고 있다며 자수를 권한다. 뽀르피리와 헤어진 라스꼴리니코프는 스비드리가일로프를 찾아 가고 그에게 두냐를 괴롭히지 말 것을 당부하지만 스비드리가일로프는 이미 두냐에게 오빠의 비밀을 이용해 만나기로 약속해둔 상태였다. 그는 라스꼴리니코프의 비밀을 이용해 두냐와의 관계를 개선해보려 하지만 두냐는 끝내 그를 거절하고, 결국 스비드리가일로프는 소냐 등에게 자신의 재산을 남겨두고 자살하고 만다.

한편 라스꼴리니코프는 자수를 결심하고 어머니와 두냐에게 영원한 이별을 고한 후 소냐를 만나 결의를 다진다. 경찰서로 향한 그는 스비드리가일로프의 자살 소식을 듣고 돌아서려 하지만 자신의 뒤를 밟은 소냐의 간절한 눈빛을 보고는 결국 자수하기에 이른다. 그는 감형되어 8년의 유형을 선고받고 소냐는 유형지까지 그를 따라 나선다. 한편 그 사이에 라스꼴리니코프의 어머니는 사망하게 되고 두냐와 라주미힌은 결혼한다. 유형지에서 라스꼴리니코프는 그제야 자신이 가지고 있던 사상이 잘못되었음을 꿈을 통해 깨닫게 되고 완전히 새로운 사람으로 다시 태어난다.

죄의식에 대한
갈등

‡

이 작품에서는 '죄'라는 것을 어떻게 정의할 것인가에 대한 갈등을 너무나도 잘 보여주고 있다. 작품의 주요 내용은 결국 주인공 라스꼴리니코프가 원래 가지고 있던 죄에 대한 생각이 어떻게 변화하는지의 과정이라고 볼 수 있다. 그는 사회가 소수의 선택받은 선각자들과 다수의 평범한 대중으로 구성되어 있으며, 전자에 속하는 사람들은 인류의 발전을 위해서라면 어떤 행동을 해도 죄가 되지 않는 특권을 가지고 있다고 생각한다. 그가 전당포 노파를 살해한 사상적 배경이 여기에 있는데, 그는 노파가 대중의 피를 빨아먹는 기생충에 불과한 존재라 여기고 노파를 제거하여 사회에 유익을 가져다줄 명분이 자신에게는 있다고 생각했다. 그렇기 때문에 그는 자신의 살인행위를 소냐와 경찰에 자백하는 순간에도 살인 자체를 죄라고 생각하지 않고 노파 살해 전후 받게 된 극심한 스트레스와 죄책감이 죄라 여긴다. 한마디로 전혀 죄책감을 느끼지 말아야 할 소수의 선택받은 자에 어울리는 행동이나 감정을 가지지 못한 자신의 모습을 죄라 여긴 것이다. 하지만 예심판사 뽀르피리나 소냐의 생각은 그와 달랐다. 뽀르피리는 실정법이 살인을 죄로 규정하고 있으므로 모든 살인행위를 죄라 보고 있고, 소냐는 인간을 살해하는 것 자체가 죄라 판단하고 있다. 라스꼴리니코프가 뽀르피리, 그리고 소냐와 작품 속에서 논쟁하고 갈등하는 것은 바로 죄에 대한 견해 차이에서 비롯된 것이다.

그의 죄에 대한 생각은 체포되는 순간에도 변하지 않다가 유형을 사는 과정에서 변화하게 된다. 8년의 형 중 첫해를 보내는 와중에 그는 꿈을 꾸고, 아시아에서 시작된 전염병이 유럽으로 유입되는 것을 보는데 그 전염병은 각자가 자기가 생각하는 것이 옳다고 믿는 병이었다. 결과적으로 그 병으로 인해 사람들은 서로를 죽고 죽이며 지옥을 연출하는 모습을 보이는데, 라스꼴리니코프는 그 꿈을 꾼 후 생각의 변화를 경험한다. 모두가 보편적으로 인정하는 기준이 필요하며 자기 생각을 고집하는 마음을 버린 것이 분명하다. 그제야 그는 진정한 마음의 평화를 얻게 된다. 결국 이 작품에서 죄란 각자의 생각에 따른 상대적인 것이 아니라 모든 사람에게 적용되는 보편타당한 죄의식, 양심에 따라 정해지는 것이라 말하고 있다.

9장

미지의 세계에 대한
모험에 함께하다

《해저 2만리》 / 쥘 베른

《걸리버 여행기》 / 조나단 스위프트

《로빈슨 크루소》 / 대니얼 디포

《톰 소여의 모험》 / 마크 트웨인

미지의 세계를 대하는 자세

《해저 2만리》

Vingt Mille Lieues Sous Les Mers

쥘 베른

Jules Verne

쥘 베른,
공상과학이라는 잠수함으로 문학의 지평을 넓히다

‡

1828년 프랑스 서부의 항구도시 낭트에서 태어난 쥘 베른은 어린 시절부터 《로빈슨 크루소》 같은 모험과 여행 이야기를 담은 작품들을 탐독했다고 한다. 성인이 되어서는 파리로 이주한 후 작가가 되고 싶어 문학 살롱에 드나들 정도로 적극성을 보였다. 그는 초기에 희곡과 단편소설들을 주로 집필했는데, 1963년 발표한 《기구를 타고 5주간 Cinq Semaines En Ballon》이 큰 인기를 끌면서 작가로서 본격적인 커리어를 펼치게 된다. 작가로서 쥘 베른은 비교적 평탄한 길을 걸었다고 볼 수 있는데, 헤첼이라는 출판인이 그를 든든하게 지원해 대부분의 작품 출판에 도움을 주었기 때문이다. 쥘 베른은 과학기술이 급격히 발전하기 시작하던 19세기 사회적 분위기를 반영하여 공상과학에 기반을 둔 모험 소설을 많이 남겼다.

쥘 베른의 작품 중에서도 가장 유명한 작품인 《해저 2만리》는 '잠수함을 통한 해저 탐험'이라는 당시로서는 파격적인 소재를 채택하고 있다. 소재 자체가 이미 쥘 베른의 작가적 상상력이 어느 경지에 이르렀는지를 잘 보여준다. 또한 이 소설을 읽다 보면 19세기 당시 지리적 지식 수준이 어느 정도였는지와 작가가 얼마나 사전 조사를 철저히 했는지도 확인할 수 있다. 게다가 과학적 사실과 아틀란티스 대륙 같은 전설을 적절하게 버무린 줄거리는 당시 사람들의 흥미를 불러일으키기 충분했을 것이라 생각한다. 소설 속 잠수함의 이름인 노틸러스호나 이 잠수함의 선장 네모의 이름은 이후 여러 창작물에도 적잖이 활용될 정도로 유명해졌는데, SF 소설의 고전으로 이 작품이 차지하는 위상을 짐작하게 한다.

지금이야 쥘 베른 작품들의 문학적 가치를 인정하는 분위기지만 당대만 해도 쥘 베른을 단순히 상업 작가로, 그리고 그의 작품들을 문학적 가치가 없는 것으로 보는 분위기가 팽배했다. 특히 프랑스 문학의 거장 에밀 졸라Emile Zola는 쥘 베른의 작품을 평가 절하한 것으로 유명한데, 요즘에도 장르 문학에 대한 평가가 엇갈리는 것을 연상하게 한다.

한 손에 쥐고
단숨에 읽는 작품 속으로

‡

등장인물과 그들의 관계

바다 속 괴물

1866년 세상은 해상에서 자주 목격되는 미확인 물체에 대해 떠들썩한 관심을 보이고 있었다. 게다가 괴물로 추정되는 그 물체의 공격으

로 배가 사고를 당하는 일까지 발생하자, 유럽과 미국의 당국자들은
마냥 손 놓고 있을 수만은 없었다. 미국에서는 에이브러햄 링컨호를
파견해 괴물을 제거하려는 계획을 세우고, 유명한 박물학자인 피에르
아르낙스 박사와 그의 충실한 하인인 콩세유가 함께 배에 오른다. 한
동안 괴물에 대한 소식이 들려오지 않다가 북태평양에 이르러 목격담
이 들려오자 링컨호는 태평양으로 향한다. 괴물을 찾아 헤맨 그들은
드디어 괴물과 조우하게 되는데, 그 괴물은 놀랍도록 단단하고 빨라
서 도저히 상대가 되지 않았다. 결국 링컨호는 괴물의 공격을 받아 크
게 파손되고 그 와중에 피에르 박사와 콩세유, 그리고 뛰어난 작살잡
이 네드가 바다에 빠진다. 한참을 표류하던 세 사람에게 괴물이 다가
오는데 괴물로 알려진 그 미확인 물체는 정교하게 만들어진 잠수함이
었다.

노틸러스호

그들은 잠수함에 납치되어 갇히는데, 나중에서야 잠수함의 선장이 나
타나 그들에게 인사를 건넨다. 자신을 네모 선장이라 소개한 그는 이
잠수함의 이름이 노틸러스호이며, 첨단 기술이 집약되어 무한한 동력
을 사용할 뿐만 아니라 바다로부터 자체적으로 식량을 조달하고 있다
고 말한다. 무슨 일인지 육지와 인간에 대한 혐오로 가득 찬 네모 선
장은 세 사람에게 일단 노틸러스에 발을 들인 이상 나갈 수 없을 것이
라고 경고한다. 피에르 박사는 해저를 조사할 수 있다는 학자적 호기
심 때문에, 콩세유와 네드는 어쩔 수 없이 노틸러스의 모험에 동참하

게 된다. 노틸러스호는 태평양 해저 곳곳을 탐험하기 시작하고, 피에르는 이전에 볼 수 없었던 새로운 생물체들과 해저 지형을 관찰한다. 이후 노틸러스호는 남태평양 해저 탐험을 계속하는데, 그러던 어느 날 호주 대륙과 뉴기니섬 사이의 좁은 해협을 지나다 노틸러스호가 암초에 좌초되고 피에르 일행은 오랜만에 인근 섬에 발을 들인다. 하지만 그 섬은 공격적인 원주민들이 사는 곳이었고, 원주민들은 피에르 일행을 쫓아와 좌초된 노틸러스호를 포위한다. 이에 잠수함은 전기를 이용해 원주민들을 쫓아내고 때마침 밀물로 수위가 올라가면서 암초에서 벗어나 항해를 지속할 수 있게 된다.

계속되는 항해

네모 선장은 서쪽으로 방향을 잡아 항해를 시작하고, 피에르는 네모가 대단한 지식의 소유자이며 해저 탐험을 통해 많은 연구 자료를 축적했음을 알게 된다. 그런데 정작 네모는 이를 세상에 공개할 생각도 피에르 일행을 풀어줄 생각 또한 없어 보였다. 성미 급한 작살잡이 네드는 어떻게든 배에서 탈출해야 한다며 전의를 불태우지만 피에르 박사는 그를 달랜다. 그로서는 해저 탐사에 대한 호기심과 기대가 꽤 컸기에 네모를 자극하면서까지 탈출을 시도하고 싶지 않았던 것이다. 그러던 어느 날 노틸러스호 선원의 부상이 악화되어 사망하고 네모 선장 등 선원들은 수중 장례를 치르기로 한다. 인도양에 진입한 노틸러스호는 인도 대륙과 스리랑카 사이의 바다에서 진주조개를 구경하기도 하고, 거대한 상어의 공격을 받은 네모 선장을 네드가 작살로 구하기도 한다. 노틸러스호는 아라비아해를 지나 홍해로 진입하고, 네모 선장은 피에르에게 이제 지중해로 들어갈 것이라고 한다. 당시는 아직 수에즈 운하가 개통되기 전이었으므로 피에르는 의아하게 생각했지만, 네모는 지하에 지중해와 홍해를 연결하는 해저 통로가 있다고 말한다. 이 통로를 이용해 노틸러스호는 지중해로 진입하지만 육지와 인간들을 싫어하는 네모는 속도를 올려 빠르게 지중해를 빠져나간다. 이 때문에 어떻게든 노틸러스호에서 탈출해보려던 네드는 기회를 놓쳐 두고두고 아쉬워한다.

아틀란티스와 남극 탐험

대서양에 진입한 그들은 네모 선장의 안내로 전설 속에만 존재하던 아틀란티스 대륙의 실체를 확인하게 된다. 해저에 가라앉아 있는 아틀란티스 대륙을 탐험하면서 피에르 일행은 높은 문명 수준에 감탄을 금치 못한다. 네모 선장과 노틸러스호는 카리브해 해저를 지나 계속 남쪽으로 향하고, 잠수함에서 탈출하고 싶은 네드의 불만은 극에 달한다. 피에르는 네드가 사고를 칠까 봐 걱정하는 한편 네모 선장이 어디까지 가려는지 궁금해하는데, 네모는 남극까지 가겠다고 선언한다. 남극 해저에 진입한 노틸러스호는 우여곡절 끝에 당시 누구도 가지 못했던 위도 90도의 남극점까지 도달한다. 빙하에 갇히면서 위기에 처하기도 하지만 다행히 탈출하게 되고 다시금 북쪽으로 항로를 잡는다. 미국과 캐나다 연안을 지나며 네드의 탈출 욕구는 극에 달하지만 피에르 일행은 어떤 시도조차 하지 못한 채 그냥 지나쳐버린다.

이윽고 노틸러스호는 도버해협 쪽으로 진입하고 네모 선장은 어느 특정 지점에 멈춰서는 피에르에게 특별한 이야기를 한다. 그곳은 방죄르호라는 프랑스 배가 영국 함대의 공격을 받아 침몰한 곳으로, 네모는 방죄르호에 대한 복수심으로 살아온 것이었다. 때마침 네모 선장의 복수 대상인 전함이 지나가다 노틸러스호와 포격전을 벌이게 되고, 결국 단단한 노틸러스호가 전함을 들이받아 승리를 거둔다. 어쩌다 보니 네모의 끔찍한 복수극에 휘말린 피에르 일행은 빨리 노틸러스호를 탈출해야겠다는 결심을 굳히게 된다. 북해를 지나던 어느 날 밤 노틸러스호가 수면에 올라온 틈을 타 피에르 일행은 몰래 탈출을 시도한다. 하지만 급류에 휩쓸려 피에르는 정신을 잃게 되고 눈을 떠 보니 콩세유, 네드와 함께 노르웨이 연안의 한 어부의 집이었다. 이후 그들은 무사히 고향으로 돌아가게 되고, 네모 선장과 노틸러스호의 소식은 더 이상 들려오지 않는다.

모험을 감수하는 긍정의 힘은
어디에서 비롯되는가

‡

우리가 알다시피 지구에서 육지가 차지하는 비중은 30% 정도에 불과하고 나머지 70%에 해당하는 부분은 바다다. 게다가 바다는 측량이 불가능할 정도로 깊은 곳이 많아 지금도 미지의 영역으로 남아 있다.

발표 당시 이 작품이 많은 인기를 끌고 지금 읽어도 재미있게 느껴지는 이유는 그런 미지의 영역에 대한 이야기를 풀어놓고 있기 때문이다. 우리가 흥미롭게 바라봐야 할 부분은 이 작품을 통해 알 수 있는 미지의 영역에 대한 19세기 서양 사람들의 관점이다. 이 소설의 주요 인물인 피에르 박사는 분명 네모 선장에 의해 잠수함에 납치되었으나 아이러니하게도 흥분과 즐거움을 감추지 못한다. 인간으로서 미지의 영역인 깊은 바닷속을 관찰하고 탐사할 수 있는 기회를 얻었기 때문이다. 이런 피에르 박사의 모습을 통해 우리는 과학기술이 고도로 가속화되어 발전하고 있던 당시 서구 사회의 지적 호기심과 욕망을 발견하게 된다.

그런가 하면 이 작품에서는 과학기술의 무한한 진보에 대한 낙관적인 전망도 발견할 수 있다. 여전히 깊은 심해는 인간에게 미지의 영역으로 남아 있지만 과학기술은 무한히 진보할 것이라는 쥘 베른의 믿음이 느껴지는 것이다. 문학 작품은 필연적으로 그 작품이 집필된 시대 분위기를 반영할 수밖에 없다. 따라서 우리는 이 소설을 통해 19세기 당시 서구 사회의 과학기술에 대한 무한한 신뢰와 자부심을 확인하게 된다.

다른 문명을 바라보는 시각

《걸리버 여행기》
Gulliver's Travels

조나단 스위프트
Jonathan Swift

조나단 스위프트,
날카로운 풍자와 비판정신을 남기다

‡

조나단 스위프트는 지금은 영국으로부터 독립한 아일랜드의 수도 더블린에서 태어났다. 유복한 집안 출신이었지만 아버지가 일찍 세상을 떠나는 바람에 큰아버지의 손에 자랐으며 나중에는 템플이라는 관료의 집에서 지내기도 했다. 정치적 야심이 컸던 스위프트는 성직을 얻었으나 이에 만족하지 않고 중앙 정계 진출을 꾀했지만 여의치 않아 결국 아일랜드에 정착해 살아갔다. 그러면서 당시 영국 정부에 의해 수탈당하고 있던 아일랜드의 현실에 눈을 뜨게 되고 정부 정책을 날카롭게 비판하는 글을 쓰기도 했다. 말년의 그는 정신질환으로 고통받았던 것으로도 알려져 있다.

《걸리버 여행기》는 조나단 스위프트가 남긴 대표작이다. 대중들에게는 소인국 이야기가 많이 알려져 있기 때문에 재미있는 동화 같은 이미지가 있지만, 사실 스위프트의 날카로운 풍자, 신랄한 비판의식이 잘 드러나 있는 소설이다. 이 작품은 총 4부로 구성되어 있는데 각각 소인국, 거인국, 라퓨타섬, 후이늠 나라를 여행하는 내용이다. 작가는 자신이 창조해낸 작품 속 세상을 소개하면서 현실 정치의 모순을 풍자하고 있는데, 그가 얼마나 현실 정치에 실망하고 있었는지가 여지없이 드러난다. 또한 이를 통해 후대의 독자들은 당시 영국의 정치 상황을 엿볼 수 있으며, 정치적인 갈등은 동서고금을 막론하고 크게 변하지 않음을 깨닫게 된다.

말년에 정신질환으로 고통받던 조나단 스위프트가 사망한 후 그의 재산 중 일부는 정신질환을 겪는 환자들을 위한 병원을 세우는 데 남겨졌다고 한다.

한 손에 쥐고
단숨에 읽는 작품 속으로

‡

등장인물과 그들의 관계

소인국 탐험

영국의 노팅험셔라는 곳에서 태어난 걸리버는 선상 의사가 되고, 어느 날 브리스톨에서 출발한 항해에서 풍랑을 만나 혼자 표류하게 된다. 파도에 이리저리 휩쓸려 다니던 걸리버는 어느 육지에 도착하는데 그곳은 릴리푸트라는 이름의 나라로 키가 15cm 정도밖에 안 되는 소인 종족이 사는 나라였다. 바닷가에 기진맥진 지쳐 잠든 걸리버를 발견한 릴리푸트 사람들은 난생 처음 보는 거인에 놀라 사지와 머리카락까지 땅에 묶어두고, 보고를 받은 황제는 걸리버를 수도로 끌고 오게 한다. 걸리버는 이동하면서 도시와 건물, 동식물도 모두 릴리푸트 사람들의 비례에 맞게 작다는 것을 발견한다. 온순한 태도를 보이는 걸리버에게 황제는 자유를 주고 걸리버가 살만한 장소를 하사하는 한편 그에게 막대한 양의 음식도 제공한다. 대신 걸리버는 그 힘을 이용해 릴리푸트에 봉사하도록 계약을 맺는다. 한편 릴리푸트와 바다를 사이에 두고 블레푸스쿠라는 이름의 나라가 있었는데 릴리푸트와는 앙숙관계였다. 걸리버는 바다를 건너가 블레푸스쿠의 전함을 여러 척 끌고 와 큰 전공을 세우고 황제로부터 작위를 하사받는다. 걸리버에 놀란 블레푸스쿠 사람들은 릴리푸트와 화친 맺기를 간청하고 걸리버의 중재로 두 나라는 조약을 맺는다. 걸리버의 명성이 높아지자 릴리푸트 사람들 중 그를 시기하는 사람들이 생겨났으며, 왕비의 궁에 불이 난 것을 그의 소변으로 진화한 것을 계기로 그를 탄핵하자는 목소리가 늘어간다. 결국 걸리버는 릴리푸트를 떠나 자신에게 호의적인 블레푸스쿠로 망명하고 그곳에서 잠시 지내다가 영국으로 돌아온다.

이번엔 거인국으로

걸리버는 귀국 후 두 달 만에 다시 항해에 나서고 어느 육지에 상륙해 항해에 필요한 물자를 찾던 중 거인의 눈에 띄게 된다. 그는 신장이 수십 미터에 달하는 거인족에게 발견된 것인데, 거인족이 사는 그 나라의 이름은 브로브딩낙이었다. 걸리버는 농부인 거인의 집으로 잡혀가 마치 애완동물처럼 거인족들의 돌봄을 받고, 심지어 장터에서 재주를 부리며 돈벌이를 하기도 한다. 이에 농부는 큰돈을 벌 생각에 걸리버를 데리고 수도로 가고 그곳에서 진행한 걸리버 쇼는 그게 흥행한다. 그 소식이 브로브딩낙 황제의 귀에 들어가고 그는 황제와 왕비의 비호를 받으며 궁에서 살게 되는데, 원래 그들의 총애를 받던 난쟁이의 괴롭힘을 당하기도 한다. 걸리버는 궁 안에서 여러 모습을 보여주며 황제와 왕비의 총애를 받고, 황제에게 유럽의 존재와 정세를 알리며 이런저런 이야기들을 나눈다. 황제는 걸리버 같은 소인들이 사는 세계를 우습게 여기고 영국에 대해서도 폄하하지만 걸리버는 자신의 조국을 열렬히 변호한다. 그러던 어느 날 걸리버는 이동용 상자에 싸여 해변에 끌려나갔다가 거대한 독수리에게 채이고, 다행히 바다에 빠졌다가 구조되면서 영국으로 귀국한다.

떠다니는 섬 라퓨타

귀국한 지 얼마 되지 않아 걸리버는 한 선장의 제의를 받아 다시 항해에 나서고, 이번에는 해적선을 만나 모조리 털린 채 미지의 육지에 버려진다. 그는 그곳에서 놀랍게도 공중에 떠다니는 섬을 보게 되는데, 라퓨타라는 이름의 섬 사람들이 걸리버를 초대하면서 비행 섬에 올라타게 된다. 라퓨타는 그 나라 왕족이 사는 곳으로 그들이 통치하는 나라는 지상에 있었다. 그 나라 사람들은 천문학과 여러 가지 과학기술에만 관심을 쏟고 있었으며, 걸리버는 그곳에서 공상과학 실험에 대한 이야기를 듣는다. 여러 도시들을 구경하며 지내던 어느 날, 걸리버는 한 마법사의 섬에 도착해 이미 죽은 옛날 사람들의 영혼을 불러내 대화를 나누기도 한다. 그 대륙의 여러 나라들을 구경한 걸리버는 대륙 서쪽에 위치한 일본을 거쳐 그들과 통상관계에 있는 네덜란드로 이동해 다시 영국으로 귀환하게 된다.

영국으로 돌아온 지 5개월 후 걸리버는 이번에 선장이 되어 항해에 나서지만 선상 반란으로 인해 어느 해안에 버려진다. 그곳은 인간 이상의 지성을 지닌 말들이 다스리는 나라로, 후이늠이라 불리는 말들이 야후라 불리는 인간 종족을 짐승처럼 부리고 있었다. 야후들은 본능만 있는 짐승이나 마찬가지였고 후이늠의 경멸을 받고 있었는데, 걸리버를 발견한 후이늠들은 처음에 그를 야후라 생각하고 경멸한다. 이에 걸리버는 뛰어난 언어능력으로 후이늠이 사용하는 언어를 배워 자신이 야후와는 다른 존재임을 각인시키고 그들과 어울려 생활하기 시작한다. 후이늠들이 생활하는 그 나라는 거짓말이 없는 정직하고 이상적인 곳이었고, 걸리버는 그들과 대화하며 인간 세계가 얼마나 추악하고 모순으로 가득찬 곳인지를 새삼 깨닫게 된다. 걸리버는 그곳이 마음에 들어 평생 살아도 좋겠다는 생각을 할 정도였지만, 그를 본 다른 후이늠들이 그를 추방할 것을 요구해 결국 쫓겨나고 만다. 후이늠들로부터 카누를 얻어 항해에 나선 그는 포르투갈 배에 의해 발견, 구조되고 그들 덕분에 다시 영국으로 돌아온다.

수많은 다른 문화를
우리는 어떤 시각으로 바라볼 것인가

‡

이 소설은 우리나라 사람들도 어렸을 때부터 널리 접할 정도로 재미

있는 부분이 많은 작품이다. 먼바다로 나가 보니 소인국도 있고 거인 국도 있고, 심지어 짐승인 말이 다스리는 나라도 있더라는 내용은 상당히 흥미로운 것이 사실이다. 마치 현대를 살아가는 우리가 지구 바깥의 외계인들을 상상하는 것처럼 그리고 있는데, 이는 당시 유럽인들이 유럽 이외의 세계를 어떻게 바라봤는지 보여주는 것이 아닐까 생각된다. 사실 정도의 차이만 있을 뿐 당시 사람들은 다른 문명권의 사람들을 마치 외계인 보듯 했을 것이다. 지금은 사람들의 관점이 많이 성숙해졌지만, 불과 200~300년 전만 해도 그렇지 않았기 때문이다. 이런 관점은 당시 서구 열강들이 식민지배를 정당화하는 근거로 제공되기도 했다.

그들의 눈에는 타 문명권에 있는 사람들이 자신들과 같은 인간이라는 점에 대한 이해가 부족했고, 도리어 완전히 다른 존재라 생각했던 것이다. 그래서 상대를 마음대로 정복하고 자기들 방식대로 통치해도 된다고 생각했을지 모른다. 당시 영국은 전 세계 바다를 누비며 이곳저곳에 자신들의 식민지를 건설해 원주민들을 수탈의 대상으로 삼았다. 그러면서도 그들은 미개한 나라나 종족들의 문명화에 자신들이 도움을 주었다며 식민지배를 정당화하기도 했다. 이 소설 속에서도 영국인 작가는 자국의 식민지배는 다른 유럽 나라들과 달리 현지 원주민들에게 도움을 주고 있다는 생각을 곳곳에서 드러낸다. 따라서 이 작품을 통해 우리는 다른 문화와 문명권의 사람들을 어떤 시각으로 바라볼 것인지 다시 한 번 생각해보게 된다.

우리의 삶을 모험으로 이끄는 것은 무엇인가

《로빈슨 크루소》
Robinson Crusoe

대니얼 디포
Daniel Defoe

대니얼 디포,
비주류의 중심에 섰던 작가

‡

《로빈슨 크루소》로 유명한 작가 대니얼 디포는 영국의 부유한 상인의 아들로 태어났지만 비국교도란 이유로 영국 사회의 주류가 되지는 못했다. 당시 영국 정부는 강력한 영국 국교회 위주의 정책을 펼쳤고 비국교도를 탄압했기 때문이다. 디포는 '비국교도 박멸책'이라는 글을 썼는데, 비국교도에게 교수형을 내려 제거해야 한다는 극단적인 주장을 펼친 글로, 사실은 정부의 비국교도 탄압정책을 반어적으로 비판한 것이었다. 나중에서야 이 글에 숨겨진 의도가 알려지면서 그는 투옥되기도 했다. 디포는 여러 번 사업에 손을 댔지만 크게 성공하지 못하고 항상 빚에 쫓겼는데, 결국 그는 자신의 글솜씨를 활용해 돈을 벌겠다는 결심을 하고 왕성하게 작품활동을 벌이는 작가가 되었다.

대니얼 디포의 이름을 널리 알린 작품 《로빈슨 크루소》는 주인공 로빈슨 크루소가 항해 중에 난파하여 표류하다가 한 무인도에 정착해 30년 가까이 생존한 이야기를 그리고 있다. 이 소설은 스코틀랜드의 선원 셀커크라는 사람이 겪은 실제 사건에서 영감을 얻어 쓴 것으로, 크루소의 무인도 생활이 워낙 생생하게 묘사되고 있어 마치 작가 자신이 비슷한 경험을 한 것 같은 착각이 들 정도다. 등장인물인 로빈슨 크루소나 그의 하인이 되는 프라이데이의 이름도 널리 알려질 정도로 유명한 작품이지만, 지금의 관점에서 보면 백인 중심의 시각, 인종 차별적인 관점도 드러나기에 비판적 독서가 필요한 작품이기도 하다.

대니얼 디포는 다작의 작가로도 유명한데 1719~1724년까지 약 5,6년 동안 무려 21권의 장편소설을 집필했다고 한다. 한 해에 서너 편의 작품을 집필한 셈이니 이 시기에 얼마나 그가 글쓰기에 매진했는지 알 수 있는 대목이다.

한 손에 쥐고
단숨에 읽는 작품 속으로

‡

등장인물과 그들의 관계

아프리카로 가게 된 크루소

이 소설의 주인공 로빈슨 크루소는 영국의 중산층 출신으로 그리 유복하지는 않지만 그렇다고 가난하지도 않은 그럭저럭 살만한 집안의 아들이다. 크루소의 아버지는 그가 평범하게 살아가기를 바라지만, 당시 유럽의 많은 모험가들이 그랬듯 그는 새로운 세상을 향해 탐험하고 싶어 한다. 그렇게 아버지의 만류를 뿌리치고 브라질로 향한 그는 그곳에서 농장을 경영하기 시작한다. 나름 사업수완이 있었는지 크루소의 농장은 번창하게 된다. 한편 브라질로 이주해 온 영국인이 그루소뿐은 아니었는데, 그들은 어느 날 크루소에게 노예무역을 위한 상선의 항해에 동행해줄 것을 부탁한다. 크루소는 자신에게 한 부탁을 거절할 수 없어 배를 타고 아프리카로 향하게 된다.

무인도에서의 삶

선단은 항해 도중 거대한 풍랑을 만나 거의 모든 배가 난파되고 크루소는 바다를 표류하다 다행히 한 무인도에 도착하게 되는데, 나중에 알게 된 그곳은 카리브해의 트리니다드 근처 섬이었다. 어쨌든 그는 각고의 노력 끝에 무인도였던 그 섬을 개척하기 시작한다. 야생 염소들을 잡아 사육하고 농사를 짓고, 심지어 자신만의 집뿐만 아니라 별장까지도 소유하게 된다. 이렇게 무려 20여 년을 살아가면서 그는 무인도에 성공적으로 적응한다.

탈출

그러던 어느 날 크루소는 해변에서 사람의 발자국을 발견하고 소스라치게 놀란다. 사실 식인 풍습을 지닌 원주민들이 종종 그 무인도에서 식인 행사를 해왔고 크루소는 식인 풍습을 지진 원주민들에 대한 극한의 공포와 증오심을 갖게 된다. 그는 한 식인 행사의 희생자 중 하나를 구출하는데, 그가 바로 로빈슨 크루소의 충실한 부하이자 친구가 되는 프라이데이였다. 크루소는 프라이데이에게 총 사용법을 알려주고, 그것을 이용해 식인 원주민들의 접근을 차단한다. 프라이데이와 함께 생활한 지 3년이 되던 때, 주변 해역을 지나던 영국 상선의 선상 반란을 제압하는데 로빈슨 크루소가 큰 도움을 주게 된다. 덕분에 크루소는 28년 만에 무인도를 탈출하게 되고, 28년이라는 시간 동안

묵혀두었던 그의 자산은 엄청나게 불어나 부자가 되어 고향 영국으로 돌아간다.

우리의 삶을
모험으로 이끄는 원동력은 무엇일까

‡

이 소설을 읽다보면 어쩌면 우리 모두는 로빈슨 크루소가 아닐까 하는 생각도 든다. 크루소는 미지의 세계 무인도에 내던져진 채 생존을 위해 그곳을 개척하며 살아간다. 크루소뿐 아니라 사실 모든 사람들은 미지의 세계에 내던져진 채로 살아가는 것이 일반적이다. 크루소가 그랬듯 우리도 우리에게 그다지 호의적이지 않은 환경에 적응하며 살고 있다. 크루소의 생존을 위한 엄청난 노력과 노동이 낯설게 느껴지지 않는 이유는 그 때문이 아닐까 싶다.

그렇다면 우리의 삶을 모험으로 이끄는 있는 동력은 과연 무엇일까? 작가 대니얼 디포는 우리 내면에 있는 불만족을 그 답으로 내놓고 있다. 주인공 로빈슨 크루소는 스스로를 가리켜 '자신의 운명을 불행하게 이끌어가는 재주가 있는 사람'이라고 여러 번 이야기하고 있다. 그 이유는 자신의 현재에 대해 감사할 줄 모르기 때문이라고 한다. 작가는 사람의 인생이 불행해지는 이유를 자신의 처지에 대해 감사할 줄 모르는 마음, 불평과 불만을 가지고 있기 때문이라고 진단한 것이다. 크루소가 거의 매번 자기가 가진 것들에 대해 만족하지 못하고 더 나은 것을 찾아 나서다 결국 불행을 만나게 되는 모습에서 이러한 작가의 생각을 엿볼 수 있다. 하지만 사람들은 자기 삶에 대한 불만족이 삶을 더 나은 방향으로 이끌도록 하는 동력이라고 이야기한다. 어쩌면 우리 내면에 있는 욕구와 그로 인한 불만족이 우리의 삶을 모험으로 이끄는 것은 아닐까 생각해보게 된다.

누구나 한번쯤 겪어봤을 모험 이야기

《톰 소여의 모험》
The Adventure of Tom Sawyer

마크 트웨인
Mark Twain

마크 트웨인,
어린 시절의 동심을 잃지 않았던 작가

‡

미국 남부 미주리주에서 태어난 작가 마크 트웨인은 열두 살에 아버지를 여의면서 학교를 그만두고 지역의 한 신문사에서 견습 식자공으로 일했을 정도로 가정형편이 어려웠다. 이런저런 일을 전전하다가 나중에는 미시시피강의 수로 안내인을 했는데, 안전 수역인 12피트(약 3.7미터) 깊이의 수로를 뜻하는 용어 '마크 트웨인'을 필명으로 사용하게 된 계기가 되기도 했다. 그는 타고난 글솜씨로 지역 신문에서 저널리스트로 활동하다가 단편집을 발표하면서 본격적인 작가의 길로 접어들게 된다. 명문장가로서 촌철살인의 명언도 많이 남긴 마크 트웨인은 당대의 진보적인 지식인으로서 노예제도 철폐와 여성 인권 신장에도 많은 관심을 보였다.

《톰 소여의 모험》은 1876년 발표된 작품으로 미시시피강 유역 세인트피터스버그라는 가상의 마을을 배경으로 하고 있다. 이 작품은 시대를 뛰어넘어 지금까지도 널리 읽히고 있으며 출간 이후 단 한번도 절판된 적이 없는 작품으로도 유명하다. 마크 트웨인은 이 소설을 집필하면서 당시 미국식 영어를 그대로 사용해 그때까지만 해도 영국 문학의 일종으로 평가받던 미국 문학의 본격적인 독립을 이끌었다는 평가를 받기도 했다.

당대에도 많은 인기를 얻었던 작가 마크 트웨인은 돈을 많이 벌었지만 그 돈을 관리하는 일에는 그다지 재능이 없었던 것 같다. 그는 특히 새로운 기계에 관심이 많아 거금을 투자했지만 대개 투자 실패로 이어졌고, 이로 인해 재정적 어려움을 겪었던 것으로도 유명하다.

한 손에 쥐고
단숨에 읽는 작품 속으로

‡

등장인물과 그들의 관계

톰과 허클베리

미국 세인트피터스버그라는 작은 도시에 톰 소여라는 소년이 폴리 이모와 함께 살고 있었다. 장난이 심하고 꾀 많은 톰은 늘상 이모에게 혼이 나지만 그런 톰을 폴리 이모는 지극히 보살피고 있었다. 어느 날 오후 톰은 동네에 새로 이사 온 예쁜 여자아이를 보게 되고 한눈에 빠져버린다. 월요일이 되자 톰은 가기 싫은 학교에 억지로 가게 되고 점심시간에 떠돌이 부랑자 허클베리 핀을 만나게 된다. 어른들은 아이들에게 부랑자 허클베리와 놀지 말라고 하지만 톰은 허클베리와 친하게 지냈으며 둘은 그날 밤 묘지에서 만나기로 한다. 오후 수업에 지각한 톰은 벌로 처음 보는 여자아이 옆에 앉아 수업을 듣게 되는데, 놀랍게도 그 아이는 톰이 한눈에 반한 소녀였고 거기서 톰은 그 아이의 이름이 베키임을 알게 된다.

살인사건 목격

허클베리와 만나기로 약속한 그날 밤 톰은 몰래 집을 빠져나와 공동묘지로 향한다. 그곳에서 톰과 허클베리는 우연히 세 명의 남자가 묘지를 파헤치는 장면을 목격하게 되는데, 그들은 술주정뱅이 포터, 흉악한 인전 조, 그리고 젊은 의사 로빈슨이었다. 로빈슨은 포터와 인전 조를 포섭해 묘지를 파헤치지만 품삯 문제로 언쟁을 벌이다 싸움이 나고, 평소 로빈슨이 자신을 무시한다고 느낀 인전 조는 로빈슨을 살해하고 만다. 이때 인전 조는 로빈슨에게 머리를 맞아 기절한 포터의 손에 칼을 쥐어주고 깨어난 그에게 살인죄를 뒤집어 씌운다. 모든 것을 목격하게 된 톰과 허클베리는 묘지에서 도망쳐 나오고, 흉악하기로 유명한 인전 조의 보복이 두려워 죽을 때까지 이 일을 비밀에 부치기로 한다.

가출과 양심 고백

다음 날 로빈슨의 시체가 발견되면서 작은 마을은 발칵 뒤집히고 마을 사람들이 모두 묘지로 몰려간다. 현장에서 인전 조의 거짓 증언으로 포터가 체포되는 것을 본 톰은 두려움에 그의 죄를 밝힐 수 없었지만 양심에 가책을 느낀다. 한편 톰은 허클베리와 친한 친구 조를 끌어들여 해적단을 결성해 밤중에 몰래 가출한다. 그들은 작은 뗏목을 타고 근처 섬에서 며칠을 보내다 돌아오는데, 죽은 줄 알았던 아이들이 살아 돌아오자 마을 사람들은 모두 따뜻하게 맞이하고 그들은 아이들 사이에서 영웅이 된다. 얼마 후 로빈슨 살인사건에 대한 재판이 열리고, 양심의 가책을 느끼던 톰은 결국 포터의 변호사를 찾아가 사실을 털어놓는다. 재판 당일 톰의 증언으로 모든 사실이 밝혀지자 법정에 있던 인전 조는 창을 깨고 도망쳐 행방불명된다. 톰은 인전 조의 보복을 두려워하지만 그가 실종되고 시간이 어느 정도 흐르자 차츰 평소의 삶을 살아간다.

다시 나타난 인전 조

얼마 후 톰과 허클베리는 묻혀있는 보물을 찾아 유령의 집이라 불리는 흉가에 찾아드는데, 거기서 인전 조가 변장한 채 낯선 남자와 있는 것을 목격한다. 그들은 인전 조가 훔친 돈을 어디에 숨겨두었는지 엿듣게 되고 수소문 끝에 돈의 행방을 알게 된다. 톰은 허클베리에게 망을 보게 한 채 베키와 함께 소풍을 가버리는데, 그날 밤 인전 조와 낯선 남자가 돈이 든 보따리를 들고 나오는 것을 본 허클베리는 그들의 뒤를 쫓는다. 인전 조와 무리는 과부인 더글러스 부인의 집을 찾아가 과거 그녀의 남편이 자신을 멸시했다며 복수하겠다고 말한다. 그 말을 들은 허클베리는 급히 이웃으로 달려가 이 사실을 알리고, 이웃들은 총으로 무장한 채 더글러스 부인의 집으로 달려가지만 인전 조를 놓치고 만다.

한편 그 사이 소풍 간 톰은 베키와 함께 동굴 탐험에 나섰다가 길을 잃고 며칠 밤낮을 헤매다 동굴 속에서 인전 조를 목격한다. 놀란 톰은 베키와 여기저기 헤매다 겨우 반대편 입구로 나와 마을로 돌아간다. 한편 아이들이 소풍에서 돌아오지 않자 대대적인 수색을 벌이던 어른들은 톰과 베키가 돌아오자 안도하며 아이들이 더이상 동굴에 들어가지 못하도록 입구를 봉하는데, 거기에 인전 조가 있다는 톰의 말에 다시 동굴을 수색하다 그의 시체를 발견하게 된다. 톰과 허클베리는 동굴에서 인전 조가 숨긴 돈을 발견하고 그 돈을 나눠 가짐으로써 부자가 된다. 이후 허클베리는 더글러스 부인에 의해 그 집에 양자로 들어가지만 틀에 박힌 생활에 점점 답답함을 느낀다.

어린 시절의 모험을
되새기게 하는 소설

‡

아마도 많은 사람이 이 소설의 제목을 한번쯤 들어봤을 것이고, 또 어린 시절 동화나 만화를 통해서도 접했을 것이다. 사실 이 작품이 담고 있는 내용이 10대 초반의 아이들을 다룬 이야기이기 때문에 어린이를 위한 동화라고 생각하는 사람도 꽤 있다. 실제로 이 소설에 나오는 에피소드들은 학교에 가기 싫어 꾀병을 부리는 것, 아이들 사이에서 돈보이고 싶어 과시하는 것, 어른들에게 혼나는 것 등 아이들의 일상을 담고 있다. 그렇다고 해서 이 작품이 성인이 읽기에 부적합하다고 할수 있을까? 추측하건대 마크 트웨인은 이 소설을 어린이가 아닌 성인들에게 읽히기 위해 쓴 것이다.

이 소설의 가장 주된 줄거리는 톰과 허클베리가 우연히 살인사건을 목격하고 이를 해결하는 데 결정적 도움을 주면서 많은 보상을 얻게 된다는 내용이다. 전형적인 영웅 스토리처럼 보이지만 이런 내용으로만 전체를 채웠다면 이 작품의 가치가 지금까지 높게 평가받지는 못했을 것이다. 작품을 읽다 보면 톰을 중심으로 한 아이들의 행동과 감정, 소소한 에피소드들이 가득하다는 것을 발견하게 된다. 이 작품의 진정한 맛은 바로 이런 에피소드들에 있는데, 이를 읽는 성인들은 작가의 의도대로 자신의 과거를 저절로 회상하게 된다. 톰이 꾀병을 부리다 흔들리던 이를 뽑는 장면이나 이후 빠진 이를 가지고 노는 모습같이 누구나 한번쯤 겪었을 법한 이야기들이 담겨 있기 때문이다. 따라서 독자들이 자신의 어린 시절을 떠올리며 잠시나마 그 시절을 회상할 수 있게 해주는 것이 이 작품의 진짜 가치다. 누군가 나에게 이 소설이 '어른을 위한 작품인가'라고 묻는다면 나는 단호히 '그렇다'라고 대답할 수 있을 것이다.

도움 받은 책들

1장 사랑과 결혼에 대해 다시 생각해보다

《안나 카레니나》, 레프 톨스토이 지음, 장영재 옮김, 더클래식, 2019

《오만과 편견》, 제인 오스틴 지음, 원유경 옮김, 열린책들, 2010

《브람스를 좋아하세요...》, 프랑수아즈 사강 지음, 김남주 옮김, 민음사, 2008

《연인》, 마르그리트 뒤라스 지음, 김인환 옮김, 민음사, 2007

《독일인의 사랑》, 프리드리히 막스 뮐러 지음, 배명자 옮김, 더클래식, 2020

2장 가족의 의미를 되새겨보다

《대지》, 펄 S. 벅 지음, 홍사중 옮김, 동서문화사, 2009

《까라마조프 씨네 형제들》, 표도르 도스토예프스키 지음, 이대우 옮김, 열린책들, 2007

《부덴브로크가의 사람들》, 토마스 만 지음, 홍성광 옮김, 민음사, 2001

《백년 동안의 고독》, 가브리엘 가르시아 마르케스 지음, 안정효 옮김, 문학사상사, 2005

《다섯째 아이》, 도리스 레싱 지음, 정덕애 옮김, 민음사, 1999

3장 '나'란 존재의 정체성에 대해 탐구하다

《정체성》, 밀란 쿤데라 지음, 이재룡 옮김, 민음사, 2012

《나를 보내지 마》, 가즈오 이시구로 지음, 김남주 옮김, 민음사, 2009

《지킬 박사와 하이드 씨》, 로버트 루이스 스티븐슨 지음, 조영학 옮김, 열린책들, 2011

《오페라의 유령》, 가스통 르루 지음, 베스트트랜스 옮김, 더클래식, 2019

《변신》, 프란츠 카프카 지음, 홍성광 옮김, 열린책들, 2009

4장 인간의 삶과 죽음에 대해 찬찬히 되짚어보다

《이반 일리치의 죽음》, 레프 톨스토이 지음, 이순영 옮김, 문예출판사, 2016

《사람은 무엇으로 사는가》, 레프 톨스토이 지음, 윤새라 옮김, 열린책들, 2014

《신곡》, 단테 알리기에리 지음, 김운찬 옮김, 열린책들, 2009

5장 국가와 사회의 존재와 필요에 질문을 던지다

《레 미제라블》, 빅토르 위고 지음, 베스트트랜스 옮김, 더클래식, 2012

《동물농장》, 조지 오웰 지음, 박경서 옮김, 열린책들, 2009

《분노의 포도》, 존 스타인벡 지음, 김승욱 옮김, 민음사, 2008

《멋진 신세계》, 올더스 헉슬리 지음, 안정효 옮김, 소담출판사, 2015

《그들》, 조이스 캐롤 오츠 지음, 김승욱 옮김, 은행나무, 2015

6장 삶과 전쟁의 메시지에 귀기울이다

《서부전선 이상없다》, 에리히 레마르크 지음, 홍성광 옮김, 열린책들, 2009

《무기여 잘 있거라》, 어니스트 헤밍웨이 지음, 이종인 옮김, 열린책들, 2012

《전쟁과 평화》, 레프 톨스토이 지음, 박형규 옮김, 문학동네, 2017

《누구를 위하여 종은 울리나》, 어니스트 헤밍웨이 지음, 이종인 옮김, 열린책들, 2012

《일리아스》, 호메로스 지음, 천병희 옮김, 숲, 2015

7장 평범한, 그러나 치열한 일상을 담담히 그려내다

《노인과 바다》, 어니스트 헤밍웨이 지음, 이종인 옮김, 열린책들, 2012

《야간 비행》, 앙투안 드 생텍쥐페리 지음, 윤정임 옮김, 더클래식, 2016

《세일즈맨의 죽음》, 아서 밀러 지음, 강유나 옮김, 민음사, 2009

《스토너》, 존 윌리엄스 지음, 김승욱 옮김, 알에이치코리아, 2015

8장 방황하는 인간의 마음을 들여다보다

《데미안》, 헤르만 헤세 지음, 김인순 옮김, 열린책들, 2014

《마음》, 나쓰메 소세키 지음, 유은경 옮김, 문학동네, 2016

《마담 보바리》, 귀스타브 플로베르 지음, 김화영 옮김, 민음사, 2000

《이방인》, 알베르 카뮈 지음, 김예령 옮김, 열린책들, 2011

《죄와 벌》, 표도르 도스토예프스키 지음, 홍대화 옮김, 열린책들, 2009

9장 미지의 세계에 대한 모험에 함께하다

《해저 2만리》, 쥘 베른 지음, 김석희 옮김, 열림원, 2007

《걸리버 여행기》, 조나단 스위프트 지음, 박용수 옮김, 문예출판사, 2008

《로빈슨 크루소》, 대니얼 디포 지음, 류경희 옮김, 열린책들, 2011

《톰 소여의 모험》, 마크 트웨인 지음, 김욱동 옮김, 민음사, 2009